枕边有你 上

三水小草◎著

中国致公出版社　知音动漫

知音动漫图书 · 漫客小说绘出品

目录

CONTENTS

楔子

在地下车库等电梯上楼的时候，男人侧头看了看电梯门口映着的影子——身高一米八二，肩宽腿长，发型利落，五官俊朗，穿黑色的衬衣、深蓝色西装，搭配深蓝色领带。

什么都很完美，从头到尾都是“他”自己最喜欢的样子。

“很快，这一切都要结束了。”他轻声说着只有自己听得懂的话，对着自己的影子眨了一下眼睛。

电梯门打开，他走了进去，市场部在十九楼。

电梯升到一层的时候，好几个行色匆匆的年轻人冲了进来，看见男人，他们都低下头，说：“褚经理早！”

男人点点头，笑着说：“早。”

平易近人的态度给了人勇气，一个捧着牛奶、把面包和公文包夹在腋下的男人笑着说：“褚经理，我是宣传部的，上次公司年会的时候我还找您做过宣传，恭喜您高升。”

“谢谢。”

电梯一路上行，到了十二层，那个宣传部的男人出了电梯，一个穿着套装的女人走了进来，脸上挂着有点儿甜的笑：“褚经理，我出差之前市场部给我的那份文件缺了一个你的签名，正好碰见了，我也不用再上去了。”

“好。”

褚年，今年二十九岁，昨天刚刚被公司任命为国内市场部副经理，真正春风得意。跟着这个女人到了她的办公室，褚年站在原地不动，看着女人貌似是随手关上了房门。

“这个签名，我可等了半个月了。”女人没有从办公桌上拿起什么文件，而是站在褚年的面前，拉了一下那条跟他西装同色的领带，“知道我回来了，衣服倒是配得好看了，你穿黑衬衣最好看。”

女人凑近到褚年的耳边，浅淡诱人的香气在褚年的鼻尖萦绕，气音浅浅地喷在男人的耳垂上：“我都出差回来了，你怎么还没跟你老婆离婚啊？”

褚年的老婆叫余笑，今年二十九岁，三年前和褚年结婚后辞职成为全职家庭主妇，现在应该还在家里开着电视打扫卫生。

可事实上……

半个月之前，褚年和余笑结婚三周年那天，他们家的墙上出现了一个会发声的计分器。

与此同时，“褚年”看着“余笑”说：“老公？”

“余笑”的表情跟天塌下来也差不多。

——他们夫妻两个竟然互换了身体！

眼下，看着花一样攀附在自己身上的女人，披着“褚年”壳子被挑逗的余笑想要尖叫。

她——老公——早就——出轨了？！

第一章 / 归零

我这些年为谁辛苦为谁忙。

1

九点半，褚年顶着“余笑”的壳子从床上坐了起来，伸个懒腰，靠坐在床头迷糊了一会儿。

睁开眼睛，褚年叹了一口气。余笑从前一直说她低血压，早上醒不过来，自己还不信，这半个月他自己感受了一下，才知道余笑说的都是真的。

“幸好，今天晚上我们就能换回来了。”

从床上起来，褚年穿着拖鞋走到厨房，看见了锅里的蒸蛋和煎饺——褚年从来只吃打散的鸡蛋，就算他现在是在余笑的身体里也不会变，就像他现在还穿着他自己的睡衣一样。

蘸着酱油吃完了蒸蛋和煎饺，褚年站起来走到客厅，看一眼墙上那个计分器显示的“99”，笑了笑：“就当是放了个假，幸好什么事都没耽误。”

半个月前，他和余笑结婚三周年纪念日，他们出去吃了饭，又喝了点儿酒，因为褚年工作太累了，也没什么心情，他们就早早睡了。夜里十二点，他们被客厅传来的奇怪声音吵醒了，在看见“彼此”的一瞬间，都觉得自己可能是疯了，或者是在做一场噩梦。

客厅的墙上，那个计分器显示的是“36”。此外，茶几上还有一张说明书，告诉他们这是一场提高婚姻质量的游戏，只要他们的分数达到“100”，再说出最相爱时候的那句话，他们就能换回来。

说真的，这个狗屁游戏真是让褚年当场就爆了粗口，还差点儿砸了家里的茶几。因为时任池新建设市场部第三小组组长的褚年正和他的四个同事竞争市场部副经理的位置，在这竞争到了白热化的当口，进了他的身体的余笑能做什么呢？给人事总监和市场部经理表演洗衣做饭吗？在某个瞬间，褚年甚至怀疑是不是自己的哪个竞争对手给自己下了蛊。

“老公，你放心，该是你的肯定都是你的。”

听余笑用本属于自己的声音喊自己“老公”，褚年只能强迫自己冷静下来。

这次的升职机会他必须争取到，换言之，是余笑必须替他争取到。不管余笑行不行，进了他的身体，顶了“褚年”的名字，她都必须行。

下了这个决定，褚年做的第一件事就是拿出自己的手机，打开微信，开始记录微信里所有能用得上的好友的信息：“这张照片是栋梁建材管投标的陈主任，前天我们在……市建委的改建会议上见过，现在我们在争取的这个旧城改造项目还要争取他们的支持，你把聊天记录看一下。”

压着还有些茫然的余笑恶补属于自己的人际关系，褚年看见计分器上的分数变成了“38”。刚刚好像是“36”？他深吸一口气，抬起手，想摸一下现在的余笑，却对那头短发下不去手，最后摸了一下肩膀。但计分器上的数字没有丝毫变化。

“老公，我把这个人的信息记好了。”

“很好。”

褚年随口夸了一句，计分器上的分数变成了“39”。他觉得自己大概明白了这个计分器的套路。

那之后，褚年足不出户，每天等着余笑用他的身体西装革履地上班，而自己在家里努力梳理各种关系网，晚上还要听余笑的各种报告，再给她补课。

当了四年男女朋友、三年夫妻，即使是热恋的时候，褚年也没像这半个月一样满心满眼想的都是余笑——余笑没有犯错吧？余笑今天没有说错话吧？人事部约谈的时候余笑不会露怯吧？

重重叠叠的担心压在心里，褚年也不是没有爆发过，可他扔了一下手机，那个计分器上就掉了五分。要知道，他夸余笑整整十次也不过涨三分而已。

为了换回身体，为了能顺利升职，他得哄着余笑，忍受她顶着自己的脸小心翼翼地看自己，忍受她用自己的嘴问无知的问题，忍受她……好在忍多了，大概也就习惯了。有时候褚年也会想，余笑经历的压力就是自己一直经历的，对一个结婚后就成了家庭主妇的女人来说已经很不容易了。这么一想，他就觉得自己能多说两句哄她的话，哄多了，自己也就信了。

好在昨天他拿到了人事任命。不仅如此，他激动之余和余笑激动地抱在了一起，计分器暴涨了十二分，过了九十分大关，今天早上分数更是到了“99”，只要今天余笑回来，自己夸一夸她，他们就能换回来了。

收回思绪，褚年瘫在沙发上用手机看新闻，刷着刷着睡了过去。

2

“醒醒。”

褚年略睁开眼睛，慢慢坐直了身子：“妈？”

“哎哟，可不敢担这一声‘妈’。我说余笑啊，我们家褚年天天在外面跑，辛苦养家，不图你一定要当个贤内助吧，可这家里也不能这么乱呀。你看看你现在是个什么样子：大白天穿着褚年的睡衣在沙发上睡觉，厨房里锅碗都不刷……家里就你们两个人，这些活你不做，是不是还要褚年回来做呀？”

褚年揉了揉眼睛，看着自己的亲妈在自己家里走来走去、指指点点。

“妈，我……”想起自己现在是余笑，褚年说，“我马上就收拾，您别生气，我今天有点儿不舒服。”

褚年的妈妈穿了一件深蓝白花的短袖，褚年上个月母亲节送她的白金钻石项链在她脖子上轻晃："不舒服？你天天在家里躺着还不舒服？褚年在外面冒着风冒着雨地工作，那叫什么？"说着她气笑了，"余笑，不是我一定要嫌弃你，让你待在家里是让你好好照顾褚年的，你就这么照顾他吗？你之前倒是装得挺好，幸好今天我来了，不然我都不知道褚年受了多少委屈。当年你怀孕了，褚年研究生还没毕业就要娶你，结果领证了，你的孩子又没了，孩子没了，身体也不好了……我也不懂，我当年生下褚年出了月子就能回工厂上班，怎么你没了个孩子就什么都不行了？行，你身体不好，结婚之后不工作就不工作了，可你不能作践我们家褚年啊！你看看这地，你看看那个厨房……"

听见妈妈说自己从前和余笑的事情，褚年有些烦躁地抓了下头发。他想说地和厨房昨晚余笑回来都擦过了，可这话也没法儿说。

"妈，您先坐，我去换衣服。"

走进卧室，褚年长出了一口气。他从小长得好，成绩也好，从没让家里担心过，自从他长大赚钱了，妈妈跟他说话都是和风细雨的，虽然一直知道余笑和妈妈关系紧张，真直面了一次才知道真的是让人难以招架。

唉，幸好半个月就来一次，幸好马上要换回来了。

打开余笑的衣柜，褚年直接套上一身运动服，又听自己妈妈说："余笑啊，你赶紧把地拖了，再跟我说说今天晚上你打算做什么菜。"

褚年拿起拖把，冲了冲水，拎着拖把路过书房的时候叫了一声："妈？"

他妈妈站在书桌前，放下手里的小本子，回头看着"余笑"："余笑，你怎么半个月没记账了？褚年十号发工资，给了你多少钱，你怎么也不记呀？"

褚年退后了一步。他很震惊，他真是怎么也没想到，结婚三年了，他都快三十了，他妈居然还过问他们家里的财政情况。

"褚年赚的钱是要养家的，余笑，把钱交给你不是让你连账都不记随便花的……"

"妈，我们已经结婚了，每年也没少给家里交钱。"

褚年说的是实话，余笑虽然缺点不少，但在钱上还真不怎么在意。不提他妈妈脖子上的钻石项链，光是今年的过年费，他们就给了两万，逢年过节更是大包小包、真金白银地往家里送。

“你们交钱，交的也是我儿子的钱！”

听见自己妈妈的声音提高了一个八度，褚年真的很想说，他赚的钱就是他赚的钱，他给是应该的，但是别人要管就是过界的，亲妈也不行。可这话，他现在是“余笑”，不能说。

其实以前家里人也没少说类似的话，说余笑花的、用的都是他赚的，那时候他还挺得意自己养着老婆，现在换了他“被养着”……

书房门边的墙上有一面穿衣镜，褚年看着镜子里的自己，觉得看见了余笑，脸上透着苦又说不出的余笑。

接下来的时间，褚年一直沉默，因为他说一句话，他妈妈有十句在等着，还不如忍一忍，忍忍就好了。

下午五点半，褚年的妈妈看着褚年把家里打扫了一遍，又把晚餐要用的菜和肉都切好了才走，走的时候还叮嘱：“账本好好做。”

大门关上，听到妈妈的脚步声远去，褚年立刻瘫倒在沙发上。

看一眼墙上的计分器，他用手捂住脸，慢慢地深吸了一口气：“最后一天，真的是最后一天。”

这样的日子，他绝不要再过第二次了。

六点。

七点……

“今天很忙吗？不是说了不能去饭局吗？应该就快回来了吧？”

七点半，褚年拨了自己的手机，没有人接听。

九点半，褚年又拨了自己的手机。

“喂？嫂子啊？”

电话接通，接电话的却是自己的酒肉朋友陆大帆。

3

一整天，余笑都不知道自己是怎么过来的。

离开了那个女人的办公室，她回到十九楼，打了卡，然后进了卫生间，洗了自己的手和脖子。可那个女人的香水味儿一直纠缠着她，提醒她，她的老公、爱人、全心全意相信的人已经出轨了，甚至跟别的女人说要跟她离婚……就连想离婚，她知道的都是二手消息！

余笑挺想哭的，交往四年，结婚三年，一开始都年轻，大家爱不爱都挂在嘴边，后来结婚了，日子过起来了，慢慢地也都成熟了……不应该是一起成熟、一起变老吗？怎么她就半道被人赶下车了，连一声提前通知都没有？！

镜子里倒映着属于褚年的那张脸，余笑到底没有哭出来。盯着镜子，她一巴掌打在自己的脸上。这一疼，让她清醒了一点儿。

旁边一个职员目瞪口呆地看着褚副经理给了自己一个耳光，然后大步走出了卫生间。

“昨……昨晚喝多了？”这话他只在心里偷偷问。

下班之后坐在办公室，余笑甚至不知道自己该去哪儿。她现在是“褚年”，跑回爸妈家说自己是余笑，褚年要跟自己离婚，多半能把爸爸的心脏病吓出来。好朋友也不能联系。至于回家……那是自己的家吗？余笑很怀疑。连自己的枕边人都早就有了外心，余笑觉得这个世界上哪哪儿都透着股子假。

哦，还有那个莫名其妙的“游戏”。褚年一心想把身体换回去，现在肯定等着自己回家呢。

不回去！不顺他的这个心！

电话响了，余笑看着上面“A 余笑”三个字，觉得它们看起来跟电话簿里的“客户 ×××”“亲戚 ×××”大概也没什么两样，不对，甚至还不如——别人在他这里是客户、亲戚，自己可不是“老婆”。

想到自己给褚年的电话备注的是“老公”，余笑把手机扔到一边，抓起同事下班前给自己的调研报告看了起来。

为了帮褚年升职，她这些天简直比当年高考的时候还要努力，这些文件从看不懂到看得懂，她只用了三天的时间。褚年并不是一个有耐心的老师，出事后情绪还很焦躁，很多问题余笑没听懂也不敢问，就记在笔记本上，在上班的间隙查、背，有足足一大本。

“我这些年为谁辛苦为谁忙。”苦笑了一下，余笑有心不想看了，却又舍不得。明天的会上肯定要提到这份调研的数据的……升职之后的第一场项目会，她不能搞砸了，毕竟她搞砸的东西太多了，现在也就剩这个了。

时间一点点转到了八点半，电话又响了。这次是陆大帆听说褚年成功升职了，请他出去喝酒庆祝。

余笑想了想，决定去。酒是个好东西，连着几杯下去，脑子也就混沌了。

酒吧的卡座里，余笑两只手捧着酒瓶，听陆大帆在乱糟糟的背景音中跟自己说话。

就在这个时候，“他”的手机又响了。

余笑看着陆大帆熟门熟路地拿起电话：“喂？嫂子啊？”

电话那头，褚年说：“大帆，你把电话给余……褚年。”

陆大帆看了“褚年”一眼，笑着伸出空着的一只手对他摆了摆：“他去厕所啦。”

褚年运了运气，说：“别跟我来这套，褚年人呢？你把电话给他。”

余笑两根手指拎着酒瓶，看着陆大帆趁着说话的空隙对自己做口型：“生气了？”

“嫂子，我今天吧，听说我哥升职了，就来看看他。哎呀，我哥这个忙啊……”

别人不知道陆大帆的招数，褚年能不知道吗？他捏着手机说：“陆大帆，我知道他在你身边，你把电话给他！”

“喂？嫂子，哎呀，我哥公司……信号怎么这么差……喂……喂！”

听着电话对面的声音越来越小，然后趋近于无，最后被挂断，不管自己怎么叫都没用，褚年坐在沙发上，猛地用手拍在了自己的额头上。完了，陆大帆那张嘴，余笑怕是该知道的不该知道的，都知道了。

“哎呀！”他看了一眼墙上的“99”，深吸了一口气，掏出手机开始发微信。

酒吧里，余笑在笑，垂着眼睛对陆大帆说：“你还挺熟练啊！”她心里莫名地有点儿快意。

“那是！哥，不是我说你，这才九点多呢，你看嫂子的电话就追来了。”举起酒瓶，陆大帆摇摇头，“女人管得太严了，只会把男人越管越走。”

管得太严了？谁？我吗？

余笑又喝了一口酒。

每天下午五点她要开始准备做晚饭，隔三五天褚年的妈妈就会来“检查工作”，必须看她把晚饭准备好了才走，稍有不如意，就拿她当年婚后流产的事来刺她。然后，她就要开始等，等褚年回来，或者告诉自己他不回来了……提前通知基本是不可能的，每天晚饭的等待都像是在考试，不到分数揭晓，不会知道究竟是什么结果。她甚至也不能打电话问。

“万一他在跟人谈工作呢？老婆一个电话打过去，他还要说自己回家吃饭不吃饭，像什么样子！”这是褚年他妈教训她的，更难听的话还有的是。

有时候饿着肚子等到晚上八九点，结果人回家就是一句“我吃过了”，这样也是管得严吗？

可能……是对自己，管得太严了吧。

一口酒接着一口酒，余笑解开脖子上的领带，就听见陆大帆说：“年哥，嫂子在家里待久了，天天就会胡思乱想，也是没办法。我记得你上次在这儿撩的那个妞儿不错，一看就是听话又懂事儿的，我还以为你今天能把人叫出来呢。”

余笑：“……”原来还不止一个？

手机的消息提醒音响个不停，余笑直接把手机关了。

陆大帆呱唧呱唧地给“他”鼓掌，过了一会儿又说：“不过，年哥，你想跟嫂子离婚这事儿吧……”

话还没说完，他就看见“褚年”站了起来：“连你也知道他要离婚？！”

“年哥？年哥你怎么了？”

抓住陆大帆的衣领，余笑打了个酒气十足的嗝儿，双眼红得要滴血：“你哪次来我家，我没好吃好喝招待你？你妈被送去急诊，一个电话我就去医院帮你送钱……嗯？连你都知道要离婚？！”

“年……年哥，你这是上头了吧？”

“上头？我还真上头了！我都上头多少年了！”

拉扯中，余笑拿起酒瓶，兜头倒了陆大帆一头一脸的酒。

早上五点，褚年是在沙发上被冷醒的，低血压的身体让他甚至有种身在冰箱里的错觉。手机屏幕还亮着，他再拨打电话，还是关机。

从前他怕自己那些朋友胡乱说话，连他们的电话、微信都不让余笑加，现在看着手机里短短的通讯录，他的心头空落落的。

怎么办呢？褚年想过给自己的父母打电话，可想到昨天自己亲妈那态度，他觉得这个不是好主意。打电话给余笑的爸妈，他又该说什么？“爸妈，褚年他一晚上没回来”，还是“妈，我是褚年，现在跟余笑换了身体，余笑一晚上没回来”……

要不去公司门口找人？这个念头刚起来，就被褚年压了下去。夜不归宿，老婆闹到了公司，这样丢脸面的事，“褚年”可不能干。

翻着属于“余笑”的手机通讯录，褚年的眼睛突然一亮。

4

和陆大帆闹过一通之后，余笑蜷在汽车后座上睡了一夜，醒来的时候才六点多。从车里坐起来，她看见了后视镜里的自己——那张属于褚年的脸——昨天的一切瞬间历历在目。

揉了揉脸，转了转有些僵直的脖子，余笑闻了闻自己身上浓浓的酒气，下了车。酒吧旁边不远处就有个酒店，余笑进去开了间房，洗了个澡。洗到一半的时候，她低头看看垂着的东西，越看越觉得脏，要不是还记得现在疼的是自己，她大概会找一瓶 84 消毒液就像昨晚浇陆大帆那样浇下去。

西装外套有些皱了，衬衣更是满是酒味儿，裤子上还洒了星星点点的酒液，余笑穿着浴袍坐在床上，抱着试一试的心拿出手机搜了一下外卖软件，还真找到一家能外卖的男装店。

一件深蓝色的长袖衬衣，一条休闲风的直筒裤，内裤和袜子也得买新的……买东西真的是会提振人的精神，余笑都有点儿奇怪自己怎么还能兴致勃勃地比较两个衬衣的颜色和花样。

把自己打点好，已经是上午八点半。余笑再次坐回车里，看着后视镜，伸出手点了点里面的那张脸："你就在家等着吧。"

工作期间，手机还是要开着的，下午三点，余笑看见"A 余笑"又给自己发来了消息，是一条彩信，图片跳在屏幕上让她的眼睛也跟着跳了一下。

那是一张很正常的照片，阳光挺好的一家餐厅里，三个女人笑容灿烂——中间的是"余笑"，另外两个是余笑的好友傅锦颜和李明晓。

"今天我和好朋友出来逛街啦，你今天还不回来，我晚上和她们睡哦。"

"砰"，余笑一拳捶在了桌子上。

晚上六点半，余笑顶着褚年的身体回了家。

守在门边的褚年听见脚步声，赶紧打开了门。

就在这时，刺耳的声音同时在门内门外的两人耳边响起："归零，归零，归归归零！"

完了，全完了！

"归零"声里，褚年看看站在外面的"褚年"，眼前一阵天旋地转。

余笑回来的时候心里怒恨交织。自己认识多年、全心全意信赖的男人是个会偷偷出轨、到处跟别人说自己要离婚的人渣，还有什么比这个更糟吗？有，他用睡自己的闺蜜来威胁自己！余笑甚至怀疑他是不是早就对傅锦颜和李明晓有了什么企图。这么一想，她越发觉得恶心。在开车回来的路上，她甚至动心想直接把这具身体撞个半身不遂，当然，只是在等红灯的时候想一想。

现在，看着原本属于自己的身体退后了一步扶住墙边的柜子，余笑突然明白了什么："哈，你特别想要换回来，对吧？"

想想之前的那些鼓励、拥抱，那些让她觉得重新有了恋爱时相互依靠感觉的相处，再看看计分器上硕大的"0"，余笑冷冷地笑了："你出门去上班，有钱赚，有人捧着，还有年轻漂亮的姑娘跟你调情，肯定比在家里当家庭主妇舒服呀，所以你一直想换回来。你对我好也是想换回来，我早该想明白，你之前半个月、一个月也就偶尔一次，早上醒了面朝着我都会再背过去，吃饭的时候宁可看新闻都不看我，天天半夜回家……我以前是不是瞎了？你早就烦了我了，我还自以为是，我在你眼里就是个傻子吧？"

靠着柜子站稳的褚年，看见一根手指指着自己的鼻子，手指的主人脸上是嘲讽的表情，只有一双眼睛，像是要哭了。

褚年从来没有这样的表情，这个表情属于余笑。可那个身体是自己的！那张脸！那只手！都是自己的！深吸一口气，他在心里默默对自己说："要冷静，你要换回来，跟她吵架解决不了任何问题，你要冷静下来……"

可他还是能感觉到自己的心正跳得飞快。这真是他这些年来从来没有经历过的困境。

"余笑，你想多了，我不知道你昨天经历了什么，但是我昨天真的一直在担心你，等你等到天亮。陆大帆那个人天天胡说八道，是不是他说了什么？我们认识七年了，你信任我难道还不如信任一个外人吗？"

"呵……"余笑冷笑了一声。

褚年身高一米八二，余笑身高只有一米六一，居高临下地看着在自己身体里的褚年，余笑突然有了一种奇怪的感觉——现在的褚年很弱小，他的手臂真细啊，他的脖子也细，试图跟你讲理的时候也没有什么底气的样子。

这大概也是褚年以前看自己的感觉吧？

瘦弱、无力，能怎么挣扎呢？就算再怎么挣扎……只要属于男人的手掐上去，就什么都停止了吧？

“余笑，你知道吗，昨天我妈来了，我真的……我真的不知道这些年你都过的什么日子，真的。我妈在我面前真的没有表现出这么不好相处的样子，我从前真是太不关心、太不体贴你了。”

褚年还在努力调动情绪，竭力想用语言让余笑相信自己，却不知道自己面前的人已经渐渐冷静下来了。

余笑慢慢关上了家里的大门，往前走了一步。她觉得自己从没这么冷静过，不，与其说是冷静，不如说是镇静，因为褚年表现得越迫切和真诚，越表明他的手上一点儿筹码都没有。

真巧，这还是前几天褚年教过的，她活学活用，实在是个好学生。

“所以你以后会关心我、体贴我？”

听见余笑发问，褚年努力捡拾自己遗忘好久的甜言蜜语技能，可注视着自己的那张脸，他又憋了回去，只能用力地以最大的真诚去点头。

“那你想怎么关心我？”

褚年听了这话，以为余笑的态度软化了，但他不习惯来自余笑的俯视：“我们坐下慢慢说好吗？我担心了你一天一夜，饭都没好好吃，你看我为了把你找回来，我发给你的那些话都像是个流氓了。”

余笑坐在沙发上，看见茶几明显是被整理过的。不止茶几，连地板都被擦过了。

褚年本想和她并排坐在沙发上，转念一想，坐在了沙发对面的木头椅上。

“我已经想好了。第一，我们每年过节给的钱不变，但是给的生活费变成给他们买保险，钱不会直接给他们了。这些事情都由我来沟通，以后我妈再有事儿，也都交给我管。第二，以后咱两边爸妈都一个待遇，我妈这边有的，咱妈那边也要有。我过年的时候给我妈买了条钻石项链，我想过几天也给咱妈买一条，款式我都看了，买一条黄金镶钻的。第三，也是最重要的，我以前是担心你一个人在家万一有什么事我顾不上，才把咱家的钥匙给了我妈，现在的话，我觉得还是要回来吧。我们已经结婚三年了，作为两个成熟的社会人，父母都不该干涉太多了。除了钥匙拿回来之外，以后每个月从我的工资卡上定额划一笔钱到你的个人账户上，这笔钱你怎么花我都不管。这些年你的辛苦是我之前疏忽了，真的……”

真是梦一般美好的场景。

这些年，余笑真是在梦里都没有想过有一天褚年会对自己说这些，她的困境、她的彷徨和为难都被理解和照顾，她被人尊重，这样面对面恳切地征求意见，太令人感动了。

原来这就是褚年低下头好好说话的样子？原来这就是占据了优势的滋味。

目光从属于“余笑”的脸庞上划过，看见那双眼睛里闪烁的光，看见那探向自己的上半身，余笑慢慢地坐直了身子：“这些话要是你半个月前咱们结婚纪念日那天说就好了。可那天你说了什么？”

面对着褚年的目光，余笑笑了：“早上你跟我说，上午你有个会，让我给你找那条去年你在法国买的领带……你上班的时候，我说‘老公，今天是结婚纪念日，你抱抱我再走吧’，你说我的围裙都没摘，会弄脏你的衣服。中午我给你打电话，想问问你晚上怎么安排，你说你在跟老陈吃饭谈工作，让我下午自己先去定好的饭店。我一个人打车到了饭店，从六点半等到了快八点，你赶过来的时候连朵花都没带，你说你想了半天也不知道给我买什么，让我看好了自己去买。那天我跟你说你妈妈今天来了，我还跟你说我中午没吃好，你还说我怎么一个人在家里待着连照顾自己都做不到……就你妈妈那个样子，你跟她吃饭，你吃得下去吗？”

余笑从沙发上站起来，她爱死了居高临下的俯视：“你那天但凡说过一句人话，今天你说的我都会多信一点儿。你摸着自己的心问问你自己，你说过吗？！”

这是褚年在心里预演过的、预料中的余笑的爆发，女人吵架总是爱翻旧账的，可他之前想好的种种应对，在这一刻都被卡在了嗓子里。因为余笑和他想象中的表现并不一样，她好像有了力量。

“说起来……”在站起来的一瞬间，余笑的脑海中有什么一闪而过，她猛地弯腰拿起了手机，“老陈，你天天挂在嘴边的老陈，怎么我根本不知道这么一个人呢？”

褚年也站了起来，想要从余笑的手里把手机拿过来，可他失败了。

余笑像个胜利者一样拿着手机，翻看着属于“褚年”的通讯录——老陈，这个名字只有两个字，并没有人际关系的备注。

“余笑，你看看你现在是个什么样子。你在干什么？你到底怎么了？”

“所有不符合你要求的事情我做了，你都会这么说，可我干什么了？以前我是你老婆！现在我是你！不过是过问一下你的朋友，你在发什么疯呢？你怎么不看看你自己是什么样子？”

说话的时候，余笑已经拨通了老陈的电话。

“喂，怎么这个时间给我打电话呀？昨天在我办公室里你走得那么快，是不是我半个月不在，你又变心了？”熟悉的女声从电话那头传来，甜软得让人瞬间想起了萦绕在鼻尖的香气。

余笑对着褚年露出了灿烂的笑容，她的眼眶还是红的，说出的话却很冷静：“没有，我昨天突然想起来有工作的事，你知道，刚升职，所有人都盯着我呢。”

“哎呀，我们的褚经理高升了，能不能给我个机会，让我帮你好好庆祝一下呀？”

褚年目瞪口呆地看着余笑跟“老陈”调笑，顿时明白了，她不止是从陆大帆那里听到了什么，更是直接跟陈潞有了交集。她知道的比自己想象中多多了！

"好呀。明天晚上吧，我们去……"余笑说出口的饭店是她和褚年经常去的，那里离褚年的公司远，基本碰不到他的同事。瞧，这么一想，她这个妻子当得多可悲呀！

"余笑，我跟她就是逢场作戏，她其实……"

"你不用跟我说。"余笑打断了褚年的话，"明天这个约会，你去。你让这个女人从此离'褚年'远一点儿，我就考虑你说的什么温柔体贴，不然，我觉得这样也挺好，升官发财都是我的。有钱赚，有人捧着，还有年轻漂亮的姑娘来调情，这样的日子你喜欢，我也过不腻！"说完这句话，她转身往外走去。

回来的时候，她有些绝望，离开的时候，不知道为什么……站在门外转身看了一眼追到门口的褚年，她松了一下肩膀，感觉自己是一只从笼子里飞出去的鸟。

开着车在路上，余笑以为自己是在笑着的，眼前却逐渐模糊，到最后她不得不停下来，擦掉一脸的泪水。从知道褚年出轨到现在三十多个小时，她终于哭出来了。要知道，就在三十多个小时之前，她是真的认为自己的一切都很美好，可这个游戏给了她一场梦，又在梦的尽头一刀捅穿她的心，拉下了她一直以来遮住眼睛的双手，让她的眼睛被真实刺出了血。

"呜呜呜……我到底做错了什么……"捂着脸，趴在方向盘上，余笑把另一只手塞进自己嘴里，都堵不住从心里涌出来的痛苦，痛苦从心里空的那一块源源不断地流出来，像是血，也像是脓。

"妈妈，那个叔叔是不是在哭啊？"

车前面的人行道上，一个路过的小女孩儿歪头看着余笑，被她妈妈拉着赶紧走了。小孩子不懂，人长大了总想有个体面，让一个男人舍了体面这样号啕的事情，估计也是足够的苦吧。

哭了二十分钟，余笑抬起头，看着被咬出牙印的属于男人的手，慢慢擦干净了脸。

时间已经是晚上九点多，余笑先去商场买了几身衣服。在买衣服的时候，她意识到自己并不知道褚年的银行卡密码，只能通过指纹解锁支付。这也不是什么大事，毕竟她现在是“褚年”。

在一家距离公司三公里远的五星级酒店一次性定了一个礼拜的房间，入住后洗了个澡，时间已经是十点半。穿着新买的衣服，端着酒店送的红酒，坐在二十四层酒店餐吧的落地窗前看着脚下的车来车往，余笑越发觉得从前等在家里的自己很可怜。

算了，不想了。

与此同时，褚年正面对着家里的电脑。

“怎样将第三者赶走？聪明原配处理小三的技巧有哪些？”

“怎么斗小三？挽回老公的正确挽心方式……”

“如何斗小三？女人也要懂的‘套路挽回’/亲身经历……”

百度上这些让人心动的词条大部分是广告，褚年点进去又退出来，看见真正写了东西的，又觉得可笑。

“不要和丈夫针锋相对，先反思自己的缺点……她的缺点是很多，可这跟我有什么关系？我能反思什么？现在是她让我明天去见陈潞，我能对着陈潞反省‘她的缺点’吗？！”嘴里的抱怨说了一半，褚年突然觉得这是一个思路，“反省、哭求，反正我现在不是我，就豁出去跪在地上……”

陈潞今年二十八岁，是总公司董事的侄女，有国外留学背景，回来之后直接空降他们公司的宣传部门，才半年就成了个小主管。褚年早就知道这个背景雄厚的姑娘，却没想到自己会在两个月前公司组织的一场团建活动中和她看对眼——第一次约会就是在那次团建的晚上，他们避着所有人在海边聊天。跟只会关心早饭晚饭的余笑相比，陈潞真是个有风情又有见识的女孩子，和她说话的时候，褚年觉得自己人都飘起来了。

那之后，他们经常背着人在公司里勾搭，比如陈潞的办公室，或者在微信里给对方发一个数字，那是约在了某一层人少的茶水间或者安全通道……时间越是短暂、越是有随时被人发现的风险，褚年越是沉迷于这样的刺激。

虽然他和陈潞实质上还没有做什么，因为陈潞说她不想睡一个被别的女人盖了章的男人。

只这一句话，褚年就动心想要离婚了。除了可见的权势、地位，褚年觉得自己更喜欢的是自己和陈潞之间的合拍，他们互相了解，每一个眼神的交换都带着火花。直到他和余笑交换了身体……

“不要太把出轨当回事，更多时候都是冲动的产物。”

看着网页上教女人挽回男人的“秘籍”，褚年苦笑了一下，他现在觉得自己还是冲动了，很想一切都没发生，最好自己睁开眼睛还是那个没出轨的褚年，有用吗？

客厅墙上那个硕大的“0”，其实就是回答。

摸了摸空荡荡的肚子，褚年又在网上搜起了“怎么和小三谈判”。

5

第二天早上七点，余笑起床吃了顿酒店提供的早餐，然后冲澡、看文件，八点半下楼开车去上班。

这些年随着城市的发展，房地产行业野蛮生长的局面早就结束了，作为国内建筑的龙头，池新建筑的总公司开始关注起了老城区规划和旧楼改造的项目，这也是池新建筑新阶段的主要业务走向。池新建筑市场部的主要工作就是分析市场走向、组织市场调研、确定营销策划……因为老城区规划和旧楼改造往往是政府牵头的项目，市场部也少不了跟政府的相关部门打交道。

“褚经理，总经理让你去一趟，估计是因为上次那个烂尾楼项目。”

“好。”死啃了几天的材料，又把之前褚年做的项目书看了几遍，余笑的心里已经不会胆怯了。虽然三年没有正经工作了，可她从前女承父业学的是建筑设计，对建筑成本评估并不陌生，在辞职之前也在一家设计所工作过。相比较而言，学了金融的褚年最后进了建筑公司，才是“跨界”。

看着“褚年”胸有成竹地带着项目书走进电梯，一个文员对另一个文员说：“你有没有觉得褚经理升职之后更帅了？”

“男人嘛，当然是越有钱越有权，才会越让人觉得帅。”

“不是，我是觉得，褚经理一下子就有了阅历了。那种有故事的味道，真帅啊！”

“再帅也结婚了。”

一句话，就把天给聊死了。

中午，余笑跟着总经理一起吃了工作餐。

“之前老魏向我保举你的时候，我还觉得你年纪轻，做事有些张狂，现在看倒是比我想象中成熟多了。”四十多岁的总经理很满意这个谨慎的年轻人。

余笑只是笑。她知道自己的底子薄弱，除了奋起努力之外没有别的办法，只能谨慎、低调地努力着。

“赭阳的烂尾楼项目，总公司的意思是他们吃下，由我们承建。这个项目很重要，除了规模大，社会意义也很大，要是能做成，对我们公司的好处并不只是经济效益。”

余笑点头，总经理的话算是给了她一个底。

赭阳的这片烂尾楼，十二年前是名震全国的地王，可随着一个房地产公司的资金链断裂，这个地王成了赭阳政府的一块心病，赭阳的领导甚至放话，谁能解决这片烂尾楼，他可以把旧城改造计划的大头一并送上，真的是一大块让人口水淋漓的肥肉。

“到底怎么规划、怎么把这个烂尾楼盘活，就看你们的计划了，好好准备，我希望下个月能带着你一起去京城见董事长。”余笑离开总经理办公室的时候，总经理是这么对她说的，话里包含着肯定。

关上门，跟秘书们打招呼，走进电梯……余笑抬起手捂住了自己的胸口。她觉得她能做到，只要她尽力去做。

下午两点多，余笑借口约了人谈事情提前离开公司。她先去了银行，挂失并补办了“自己”在这家银行的所有银行卡——有着褚年的脸和褚年的身份证，她很快就拿到了能够彻底、全部支配的银行卡和信用卡。然后，她才开车去了约谈事情的地方。

“褚经理，我们主任说了，您来了直接上楼就好。”

“好。”俊朗的“男人”面带微笑，打开门，走进宽大的办公室。

晚上七点，陈潞走进了跟“褚年”约好的饭店，报上了“褚先生”三个字，随后被引到一张桌前。看见桌边坐着的女人，她修饰精美的眉毛挑了一下。

“陈……陈小姐。”褚年站了起来。他的手里捏着一张纸巾，上面沾了一点儿芥末——在他筹划的“哭求”剧本里，这是必不可少的道具。

“不好意思，我不知道您本名叫什么，褚太太，你好，我是褚年的同事陈潞，去年公司年会的时候我见过你。”目光划过对面女人素白的脸、身上穿的运动服和略有些凌乱的头发，陈潞心里觉得好笑，这个女人连来找“小三”摊牌都不知道收拾一下自己吗？

“是……是吗？”褚年看着陈潞，他也有半个多月没见她了，虽然昨晚他觉得自己后悔了，可真看见陈潞，他依然觉得她很美好。

一个呆呆地看，一个静静地看，半分钟后，陈潞说：“我知道褚太太你是希望我不再和褚年往来，好，我答应。”

褚年：“……”

又过了一会儿，他才开口说：“为……为什么？”

陈潞撩了一下长发，说：“本来我也没打算真跟褚年结婚，就是挺享受一个长得挺帅的男人被我撩得神魂颠倒的样子。我如果结婚，标准还是挺高的，毕竟女性在婚姻里付出的要比男性多。”

“可你之前还说让褚年离婚？”

见对方的眼睛有些泛红，陈潞长出了一口气，叫来服务生点了几个菜，还点了一杯鲜榨果汁：“我知道他离不了才这么说的。他这种男人得一直钓着才好玩儿，本来我还想过几天再约他开房……现在算了吧，万一他当真了，难不成我还真痴痴地等他离婚了，再嫁给他？就算确实长得很好，他至少也得是个总经理吧？”

褚年震惊了，真的震惊了，在陈潞喜欢他、希望他离婚这件事情上，他真的从没怀疑过："你不是喜欢他吗？！不然为什么明知道他都结婚了，你还要撩拨他？！”

“我是喜欢啊，可你在宠物店看见小猫小狗可爱，你会都领回家吗？你在马路上看见别人牵着的小猫小狗可爱，你也会逗着玩儿吧？我知道，你会觉得我没有道德感……不过，我勾勾手指就能引过来的男人，也实在是没什么节操，对吧？”

果汁上来了，陈潞端着果汁对“余笑”说："褚太太，这杯果汁是我请你的，你要是泼在我身上……我这身衣服不算代购费八千多，我会跟褚年要的。”

褚年："……”

看着面前的果汁，他的大脑已经彻底混乱了，他觉得自己从来没有看清楚眼前这个女人。难道一切都只是他的自作多情？那他岂不一直是个笑话？

菜上来了，陈潞吃了两口，看着还在那儿发呆的女人，擦了擦嘴："褚太太，没事我就先走了。你放心，我说到做到，也没精力玩什么藕断丝连。”

“不，你等等！”褚年站起来看着陈潞，来之前他以为自己会扮演余笑的狼狈，可他没想到真正被甩了的是自己，“为什么一看见我，你……你就说你对褚年放手了？”他要问个明白，他必须问个明白。

“你真想知道答案吗？”精致到了头发丝儿的陈潞回头，目光自下而上打量着褚年的妻子，面上竟然流露出了一点儿不忍。

“我要知道！我必须知道这是为什么！”褚年几乎要咆哮了，饭店里的其他人都抬起头来看“她”。

“因为你，褚太太，你的样子太惨了，我一看见你就知道你会怎么求我。让自己的妻子变成这个样子，褚年……呵，他现在在我心里已经不是可爱的小猫小狗了，我不喜欢他了。”

让自己的妻子变成这个样子……

变成什么样子？

陈潞结了账，离开了饭店。褚年慢慢地跌回到座位上，带翻了那杯果汁，红色的汁水淋漓，他看看自己的手，脸上什么表情都没有。

“人都走了，别想了。”戴着棒球帽的余笑从旁边角落里的位置走过来。之前陈潞的话像是一个大棒子，也把她劈头盖脸地打了一顿。是的，褚年不值得。

可谁又能惨得过褚年自己呢？

“我告诉你，我不只出轨这一次！为我要死要活的女人多了去了！”

见褚年猛地抬起头这样恶狠狠地说话，余笑噎了一下，她觉得褚年已经疯了：“……行吧。”

对于褚年的“出轨宣言”，余笑觉得自己应该是难过的，可仔细品品，其实也没什么感觉。大概是因为她开始学会看透这个男人隐藏的狼狈和绝望，也可能是因为她的心已经被伤得足够透，多挨几刀痛也是一起痛，不会升级。

“你干什么？”看着“自己的身体”在打车，褚年抓住了余笑的衣服，“你不送我回家吗？”

“在别人那里受了气，就想在我这儿找别扭是吗？”余笑声音淡淡的。

褚年抬起头，看见“自己”的脸上没什么表情。

余笑接着说：“你是不是忘了，你在三天前被我发现背叛婚姻，半小时前又告诉我你出轨了好几次，我现在打车只是怕你把我的身体累倒了，懂吗？”

褚年还是抓着余笑的衣服。他觉得自己现在需要安慰，需要有人证明他还是那个褚年。

可余笑没理他：“回家，睡觉，到下周一，你再有别的小四小五小六也都通通给我解决掉。我说过，你都解决了咱们再说以后的事。”

褚年的手都快要攥出青筋了：“我要是都解决了，我们就可以想办法换回来了对不对？”

“褚年……”余笑低头看着“自己”，表情更冷了。她突然想到，要不是这突如其来的互换，这样无措可怜的表情就会出现在自己脸上，要是自己这样紧紧抓着褚年的衣服不依不饶，他会说什么呢？

“褚年，你现在看起来就像个被抛弃的女人。别把事情搞得这么难看，好吗？”多么轻描淡写的语气。

褚年的手被余笑硬生生扯了下来：“我这段时间要忙赭阳的烂尾楼改造案子，总经理对我修改过的项目书很满意，你乖乖的，别惹事。”

褚年震惊的表情一直维持到了上车。

坐在车里，他猛地拍了一下自己的脑袋，也许他一直就在一场噩梦里——真是一场可怕的噩梦，陈潞变成了一个他不认识的人，余笑也变成了一个他不认识的人，甚至他都不认识自己了——痛多了就醒了。

把脸埋在自己的掌心，褚年只能靠这样来让自己暂时遗忘这些天经历的一切。

“跟老公吵架了？男人啊，有时候好都是在心里的，说话不过脑子，你不要跟他们计较，说不定过一会儿他们又想起来你的好咯。”

听见前面传来的劝慰声，褚年才意识到自己坐的出租车是个女司机。

“男人好都是在心里”，这句话他挺赞同的，能赚钱养家，什么过年过节的活动都有，他这样的男人还有什么不好的？可是余笑不满意，知道自己出轨之后，那个相爱分数直接从九十九跌到了零，好像只要自己出轨这一件事情在，其余的好就都没有了。陈潞呢，自己是真把一颗心挖出来恨不能放在她面前，她竟然说看见了“余笑”就不喜欢自己了。

对余笑他是错了，可对陈潞呢？他又做错了什么？

褚年想不通：“我就是出个轨，我也还没跟人睡……”

“吱——”

红绿灯前面，车停得有点儿急。

“小妹啊，我跟你说，既然结婚了，你就要本本分分地跟老公过日子，女人呀，要自爱……”

褚年揉了揉脑袋，是真的觉得头疼：“不是我出轨，是我老公出轨。”

绿灯亮了，司机踩下油门：“是你老公出轨呀？哎呀，你吓死我了。小妹啊，我跟你讲，男人啊，没办法的，你把他的钱袋子抓紧就好了，早晚就回来了，不用担心的。”

两段话好像都有些道理，如果它们不是只间隔了一行。

褚年喃喃地反问：“女的出轨就是女的不自爱，男的出轨就是没办法？”

“不然呢？到啦，车费二十六。”

下了车，褚年的脚有点儿软，好不容易一步一挨地回到家，手机又响了。

“余笑，褚年回家了吗？我这里有一张褚年的银行卡怎么告诉我被锁了？我问褚年，他说他在忙工作不知道。我告诉你，我花我儿子的钱天经地义，余笑，你别在那儿给我耍这些小手段。”

“妈……我很累。”褚年觉得自己成年之后就没有用这么可怜的语气跟自己的母亲说过话。

“天天在家里有什么累的？余笑，我告诉你，我可不是能哄着娇小姐儿媳妇的那种婆婆，我也没理由惯着你。褚年是我的儿子，他跟你结婚了也是我儿子！”

你的儿子正在接你的电话，你就是听不出来！

你的儿子的身体被别人换了，你就是不知道！

“妈！”喊出这一声，褚年觉得自己的嗓子被堵住了，太难过了，他真的太难过了。爱情、金钱、事业、地位、婚姻……甚至父母，他都没了。

什么都没了！

“砰”，手机砸到了墙上的那个计分器上，手机电池都摔了出来，可计分器上面还是一个“0”。

“啊！！！”

尖叫声回荡在空空的房间里。

余笑回到酒店,她的心也有些乱。陈潞说看见了“余笑”就不再喜欢褚年了，看似不合逻辑的话却让现在的余笑十分警醒。

很多人都会说看见一个男人就会知道他的老婆是什么样子的，干净整洁有品位或者邋遢懒惰不修边幅。其实看一个男人的妻子，也能看出他是个怎样的男人，就像余笑的妈妈。

余笑的爸爸是搞建筑设计的，余笑的妈妈是高中老师，在余笑的记忆里，妈妈总是显得过于强悍，而爸爸文质彬彬。小时候，余笑更喜欢爸爸。看着一次又一次为一点儿小事近乎歇斯底里的妈妈，余笑总是会在心里祈祷，希望自己将来不要像妈妈一样。可在余笑十九岁那年，爸爸遭遇了事业危机，每天除了酗酒就是出去看人打牌，扛起了整个家的人是她的妈妈，甚至放下为人师表的尊严去哭求别人再给她爸爸一次机会的也是她的妈妈。

年轻的时候不懂，现在想想，要是她爸爸是个能扛事儿的，又有哪个女人愿意歇斯底里地活着呢？一次次“难看”和“发疯”的背后，不就是安全感的缺失吗？

今天陈潞的话，让余笑不禁审视起了自己——曾经的“余笑”是个什么样子？

“哥们儿，让我用会儿椭圆机呗？”

余笑的思绪被打断了，她从酒店健身房的椭圆机上下来，用纸杯从饮水机里接了杯水喝。

因为没有心情整理工作，她干脆来了健身房消耗体力，顺便清净一下。坐在健身房的软凳上，余笑看见三四个金发碧眼的外国小帅哥正在撸铁，不一会儿一个国产小帅哥也加入其中，等余笑再喝完一杯水的时候，几个小帅哥已经把上衣都脱了。

余笑：“……”我是在赏景解闷吗？

看着那些不过二十出头的小帅哥，余笑想起了二十出头时的自己。那时候她想过自己在大学里努力学习考证，却只工作一年多就成为全职家庭主妇吗？

那时候她想过自己构想了各种和褚年的未来，真正迎来的却是自己变得面目全非的未来吗？那时候她想过自己因为母亲而立志成为一个温柔体贴的妻子，却在这样的一个夜晚真正懂了自己那个被她嫌弃了许多年的母亲吗？

她想妈妈了。

“妈。”

电话接通的一瞬间，余笑想起了自己是“褚年”。

“怎么了小褚？”

“没什么……之前余笑说想回家去看看您，结果我突然出差了，觉得很过意不去。”

“没事儿。”妈妈的声音柔和又客气，“你们年轻人工作最重要，我和笑笑爸爸什么都不缺，你们就好好过好自己的日子，努力拼事业吧。”

“嗯，好，妈。”余笑咬了一下舌尖儿，把眼睛里的泪水逼了回去。

“小褚啊，我还有点儿事想跟你商量一下。”

“妈，您说。”

“是这样，笑笑呢，之前身体不太好，就把工作辞了，这也已经两年多了，我想她是不是该找点儿工作做一下。笑笑爸爸这边的设计院呢，他有个学生开了个工作室，笑笑可以去试试，反正也就是坐班……嗯……当个文员，朝九晚五的，也能顾上家。我就是怕笑笑一个人在家久了，对她的身体和心情都不太好，不过一切都以你们年轻人的意愿为主……”

“等我回去，我跟余笑商量一下。”

“嗯，小褚啊，你是不是不太舒服啊？怎么声音都变了？”

“咳，没事儿，妈，我就是有点儿感冒，这边空气不太好，等我回去了，和笑笑一起去看您和爸。”

挂掉电话，余笑擦掉了自己脸上的眼泪。她现在很后悔，昨天不该哭那一场的，她这辈子，有个愿意为了她收敛所有脾气跟她老公好声好气打商量的母亲，有个为了让她重新出去工作求人办事的母亲，有个半年没见到女儿也不抱怨只希望女儿家庭和美的母亲……她却把眼泪都流到了狗身上。不，那个男人，连狗都不如。

“余笑啊，你不只眼瞎，你是耳聋心盲，把垃圾当宝，把宝……踩在地上，还踩了好多脚。”

晚上十点，手机的短信提示音惊醒了躺在床上的褚年，他在床上摸索了好一会儿，终于拿到了手机。

“后天周六我去接你一起回家看我妈，你把自己收拾得好一点儿，表现好了我考虑搬回去。”

褚年揉了揉眼睛，他受够了，无论如何，他不想再被人这么威胁了：“你今晚就回来，不然我明天晚上就去和你闺蜜睡。”这一招之前成功过，褚年不怕招数老，好用就行。

过了一分钟，余笑的回复来了，是一条彩信：“随便！”

配图是“褚年”搂着一个上身光溜溜的金发碧眼肌肉型小帅哥的快乐自拍。

“砰！”

命运多舛的手机再次被砸在了墙上。

6

周五，余笑在十七层遇到了陈潞。

“褚经理，之前两个项目的宣传要求我们已经提进了工作流程，希望你们那边快点儿通过，不要拖过周末。”陈潞说话的时候一副公事公办的态度，连一个多余的眼神都没有给“褚年”。

很奇怪地，看见陈潞，余笑的心里并没有嫉妒或者攀比的情绪，就好像她已经默认了就算没有陈潞也会有张潞、李潞……倒是陈潞小姐轻而易举就能从和褚年的纠葛中脱身，让她有一丝丝的敬佩。毕竟很多女人都会嘴上“断舍离”，心里却是另一回事，最后就成了“空口撂狠话”。就连余笑自己也不例外，不过她现在已经快改掉了。

“好。”

“嗯。”陈潞路过褚年的时候有些诧异，她以为昨天褚太太一定会把自己的话复述给褚年，她都准备好了应对一个不甘心被当“别人家小猫小狗”的男人，没想到褚年竟然比她还镇静。

低头用手机查看了一下工作流程，找到了宣传部的工作提交，余笑先确定了一下市场部的两个文员今天的工作情况和下周一的安排，才把宣传部的工作安排下去。

做完这些，“他”抬头，忍住想要活动肩膀的动作——昨晚自己一激动抓着一个外国小哥拍照，小哥误以为自己是喜欢硕大的肱二头肌和六块腹肌，居然硬拉着自己做了几组训练，不只练了手臂，还做了什么腹肌激活训练，几组下来，“他”认识自己的肉，自己的肉却有些不认识“他”了。

手臂疼，肚子也疼，但是精神感觉还是挺好的，余笑打算今天晚上再去锻炼一会儿。其实她从前一周也会去游泳两次，不过去年褚年的妈妈不知道从哪里听来的歪理，说女的游泳多了会受凉生不了孩子，余笑就没怎么去了。现在想想，人都是一步一步被逼退进笼子里的，然后左支右绌，成了一只困兽。

只不过，现在的困兽不是她了。

“褚经理！”

几个年轻的女同事说说笑笑地从余笑身边经过，都笑着跟“他”打招呼。

余笑的心情也好了起来。

六月的阳光正好，“余笑”被太阳晒得懒洋洋的，像是一条刚结束冬眠的蛇。傅锦颜坐在她对面，忍不住摇了摇头：“这才几天不见，你怎么看着又憔悴了？”

“憔悴？我觉得我现在挺好的。”

“听你的话就觉得你不好。”说完，傅锦颜低头喝了一口咖啡。今天是周五，几个朋友里除了是自由职业者的她，也没有别人能陪“余笑”这个家庭主妇出来消磨时间了。

褚年抬起眼睛，第一次跟余笑的朋友约出来见面，是他想利用她们逼余笑回家，但这次出来，是他为了躲自己的亲妈。从前在工作中遇到了挫折，他都会跟自己说扛着就过去了，可亲妈带着狂风暴雨来了，你让他怎么扛——在面对自己亲妈这件事上，褚年认㞞了。他至今想不明白为什么他亲妈会有天差地别的两副面孔，也不想知道后面还有什么样的狂风骤雨。

“余笑。”傅锦颜放下咖啡杯，定定地看着自己的发小兼老同学，“你告诉我，是不是褚年出轨了？”

褚年的神经猛地绷紧，他有些不自然地抓了一下桌子边，说：“你在开什么玩笑，是不是……是不是写剧本写上头了？”

傅锦颜的职业是编剧，忙的时候在剧组里半年都不出来，不忙的时候可以拉着余笑天天喊着无聊。在余笑的所有朋友里，他最讨厌的就是傅锦颜。当然，他也不觉得傅锦颜喜欢他。

戴着眼镜的女人却还在审视着“她”：“我从没见过你这么疲惫的样子，余笑，以前不管多累，你说话的时候总是热情满满，现在呢，就像刚从汉堡高地撤离的美军。除了褚年，我不信还有谁能让你变成这个样子。”

还有可能是余笑自己让现在的“余笑”变成这个样子。

褚年直起身子，长出了一口气：“你想多了，我就是不太舒服。”

“我们认识这么多年，你……”傅锦颜打开手机看了一眼日历，“你是不是要来大姨妈了？”

褚年：“……”

看着傅锦颜站起身去跟服务生要热巧克力，褚年默默捂住了自己的肚子，不会吧……

“之前我就说过你不能再听你婆婆的吃什么乱七八糟的补品了，一堆刺激雌性激素分泌的垃圾，除了让你身体坏掉还有什么用？褚年也是个没用的，男人不行的概率比女人不能生的概率大多了，他妈怎么不往他身上使劲呢？不就是看你好欺负？”

端着热巧克力，褚年想起从前余笑来例假时的惨状，已经隐隐开始觉得肚子有点儿疼了。

傅锦颜看着闺蜜那副㞞样儿，语气软了一些：“正好我这几天有空，等你这次经期结束了，我陪你去医院查一查。要是你实在太疼了，咱们现在就去医院。还有，你不能不吃止痛药，别再听你婆婆的屁话，好吗？”

褚年还能说什么，只能默默地点头，又过了几分钟，他十分纠结地躲进了厕所里。

“好像没有。”把衣服整理好，他走出来，觉得自己刚才的肚子疼大概是心理作用。

晚上七点，余笑才下班，想起今天两个女同事谈起的网红店，她打算开车去尝一尝。网红店的红不是没有道理的，气氛挺好，味道也还行，就是停车很麻烦。

坐在粉色的灯光下，余笑慢慢地品尝着网红焗龙虾，并不知道就在“他”的斜对面，一个女孩儿拿起手机给“他”拍了一张照片——

“在梦幻西餐厅遇到了一个帅气小哥哥，一个人慢慢地吃着饭，身边都是粉粉的光，超级可爱！”

吃过晚餐，余笑又开车回了酒店，半路上还在一家运动商品店买了两条运动短裤和两件T恤，最重要的是挑了一双很舒服的运动鞋。

酒店的健身房里，余笑又见到了那几个金发碧眼的外国小哥，几个小哥很热情地招呼“他”一起来锻炼。嗯……年轻又美好的肉体，真是让人心情愉快。

撸着铁、蹬着腿、虐着腹肌，余笑觉得自己也算是痛并快乐着。

同一个夜晚，褚年第五次从床上爬起来。

自从知道自己可能“流血”，他就陷入了一种很紧张的情绪里，不时地想看看到底来没来。在这个过程中，他一时觉得自己的手脚冰凉得像是被放进了冰箱里，一时又觉得自己浑身都在冒冷汗。可是该来的似乎还是不肯来。

“说不定是换了身体之后，激素分泌变化了。”青着脸仰躺在床上，褚年给自己做着心理建设，再这么折腾下去，他就要死在“大姨妈”手里了。

想着想着，他的手又往下摸了过去，是干的！

睡觉！

五分钟后，他又觉得自己那个熟悉又陌生的部位有些发凉。

过去那么多年，这日子，余笑是怎么过的呀？

7

“褚年，虽然你现在是在我的身体里，是不是也该爱惜一点儿？”周六的早上，余笑通过后视镜看着褚年，终于忍不住开口说道。

褚年打了今天的第十个哈欠：“要是心疼了，就把身体换回来。”

其实，他心里有一点点的开心，因为不知道为什么，明明余笑一直没回来，今天的计分器上的分数竟然成了“3”。这对褚年来说是巨大的惊喜，说明他换回去的可能还是有的，只是得找出分数变化的原因和规则。

余笑冷笑：“呵呵，别忘了，我们的身体换不回来，是因为你出轨，一个对婚姻不忠诚的人总该有点儿基本的羞耻心吧？”

说到出轨，褚年又想起了陈潞，她对自己的“否定”，可以说是自己这一生从没有过的屈辱和挫败。

“你……也觉得我很糟糕吗？”褚年问。自出轨暴露到现在，这竟然是他除了诡辩和情绪发泄之外第一次用正常的思维和语气跟妻子交流。

这个问题，余笑连个眼神都欠奉：“我觉得，那个计分器已经足够回答一切问题了。”

归零，就是她对褚年的态度。

“可是我养家，逢年过节我也从没缺席过，余笑，我们不是没有好的时候，之前我们刚换身体的时候，不是一切都很好吗？难道这些都不算了吗？”

“你以为我嫁给你是为了被人养、有人陪着过节吗？如果真的用物质衡量婚姻，我为什么不去给有钱人当情妇？如果真的只是贪图被人当宠物一样养在家里，想起来就捏捏抱抱，我为什么还要当个人呢？你问出这样的问题，让我觉得特别荒唐，认识七年，你到底是多么不了解我？多么看轻我？”

余笑的父母住在城西，距离小两口的家大概有五十分钟车程。汽车缓慢行驶进种满了梧桐的老小区里，下车前，余笑最后对褚年说：“既然你觉得被人养在家里就足够了，那你就好好地被养在家里吧。”

看着“自己”唇角的笑容，褚年觉得浑身发冷，大概那个薛定谔的大姨妈又要来了吧。

刚进余笑父母家的门，褚年看一眼余笑，转身委屈地对余笑的爸妈说：“爸妈，褚年欺负我！”

幼稚就幼稚吧，他就是要让余笑尝尝被自己爸妈嫌弃的滋味。

“死丫头，瞎说什么呢？褚年天天工作那么累，你照顾他情绪不是应该的吗？”

褚年震惊地看着在自己面前从来很温柔的“丈母娘”点着自己的脑门儿：“妈……妈？”

余笑的妈妈小心地看了一眼“褚年”，继续教育自己的“女儿”：“你都多大年纪了，什么事不能自己解决？找爸妈告状，你是才三岁半吗？我告诉你，褚年对你够好了，就你这样的嫁给别人，早就被嫌弃到脚后跟了！”

褚年不想说话了。

余笑站在后面，不由自主地笑了。

亲妈这个话就是说给褚年听的，有了丈母娘这些话垫底，“褚年”有了台阶，真有事也得让着“余笑”。可惜从前的余笑不懂，直到换了一个身体，才能去体悟这份苦心。

“妈，您放心，我跟笑笑挺好的。”

余笑说这话的时候，还很入戏地搂了一下褚年，褚年脸上的青色越发重了。

吃了一顿按照“褚年”口味布置的丰盛午饭，余笑的爸爸拉着“女婿”去喝茶，余笑的妈妈拉着“女儿”去聊天。

余笑出嫁前住的卧室里，褚年看着丈母娘扔了个信封给自己。

“我打算接受返聘回去教书，你爸现在也经常被人请出去参加活动，家里不缺钱，有事儿就直接说。”面对自己的女儿，余笑的妈妈从来直白。

看着厚实的信封，褚年突然语塞了。今天早上，他还接到了自己亲妈的“轰炸电话”，可能在他和余笑的这段婚姻里，确实有太多他没有注意过的细节。

客厅外的阳台上，绿植蜿蜒在花架旁，小小的藤椅上，余笑的爸爸给“褚年”倒了一杯茶：“我听你宋叔叔说你已经当了副经理，这是好事儿啊！现在这个行业是你们年轻人的，敢想敢做都是好事，可遇到要出头的时候还是谨慎一点儿，赭阳那个项目，我有个朋友之前研究过……我跟他把材料要过来了，你有空也可以拿来当参考。”

爸爸说话总是慢条斯理，可看着那些材料，余笑却觉得心头惊雷滚落，难怪褚年当初的“跨界”那么容易！

回家的路上一直安静，褚年想起自己包里的那一沓钱，心里五味杂陈。

到了家，下车，上楼，开门的时候，褚年轻轻开口：“我觉得，这些年我——”

就在门打开的一瞬间，一阵尖利而熟悉的声音在两个人的耳边再次响起：“归零，归零，归归归零！”

“你想说什么？”计分器的聒噪声里，余笑声音冰冷。

褚年就算想说什么，在这片刻也完全失去了力气。

“要是你没话说，我就走了。”

余笑说话都要调整呼吸，她怕当着褚年的面又哭出来，从在父母家到现在，她都在极力压抑自己。

恨褚年吗？

他受了父亲的帮扶却提也不提，背叛婚姻也毫无愧疚。

恨。

可余笑更恨自己，如果不是她眼瞎心盲，她的父母为什么要对褚年如此小心翼翼？要是她一直工作，有独立的收入，她的父母又哪里需要为她担心到这个份上？可她被生活蒙住了眼睛，一步步退让和苟且，直到身体交换，被现实打击得痛不欲生才醒悟。

褚年越渣，越衬着自己曾经的蠢，几近无可救药，唯有拆骨换血可治。

褚年张了张嘴，说：“余笑，你不是说，要是我好好表现，你可以考虑搬回来吗？”

“嗯？我这么说过吗？”余笑一脸无辜。

褚年回头看着她，又听她慢慢地说：“你也说过一生一世对我一心一意，说你的梦想是每天醒来枕边有我，不也没做到吗？言而无信，应该是‘褚年’的权利，对吧？”

“余笑！你不能这样！你难道不想换回来，真正叫你爸妈一声‘爸妈’？”

“褚年，你知道这个世界上，现在谁是最讨厌‘余笑’的那个人吗？”余笑抬起手，手指点了点自己的胸膛，“是我。”说完，头也不回地走了。

她一分钟也不想再待在这儿。褚年和这个家，余笑都想用力抛到天边，这样她才能慢慢地成为一个新的人。

褚年看着她的背影，眼前一阵恍惚。

第二章 / 死心

余笑，再也不会了，你再信我一次好不好？

1

“咣”，任由重力器落下，把腿从健身器上挪下来，余笑慢慢擦着身上的汗，走去饮水机边喝水。

在健身房里待了足足两个小时，几乎把所有能用的碰了一遍，余笑才觉得心里的憋闷难受发泄了出来。

“哥们儿，你今天练得很猛啊！”五星级酒店的健身房里永远不缺健身达人，一个肱二头肌比头还宽的男人拍了拍余笑的肩膀。

“啊，是。”忍不住把视线从对方的胸肌上划过，余笑点点头算是打招呼了，刚刚她锻炼的时候这位大哥帮了她好几次，指导她用器械的时候，两个人也聊过几句。

“哥们儿，我看你也是一个人在这儿没事干，要不要一起去酒廊喝一杯？你放心，我也是酒店的常客，有几张饮酒打折券今天到期，便宜不能不占，能抓一个人算一个。”男人笑容爽朗，抖了抖手里的几张券。

余笑把毛巾搭在肩膀上，说：“好。”

这是七年来余笑第一次独立接受褚年之外的男人的邀请。

肌肉男换了一件休闲T恤，体形看起来就没那么有冲击力了。吧台边上，他把券递过去，要了两瓶啤酒，一瓶递给了余笑。

两个同性在一起，最好的话题切入点就是异性：“哥们儿，你结婚了吗？”

“结了。”

“啧，年纪轻轻就走了死路。”男人摇摇头，晃了晃手里的酒瓶。

余笑喝了一口酒，婚姻对她，还真是一条死路。

“我媳妇儿管得严，要是知道我又出来喝酒，肯定说我，嘿嘿。”男人喝了一大口酒，仿佛“背着媳妇儿喝酒”这件事已经给这个酒提了味儿，“哥们儿，我看你像心里有事的，要不要说出来一块儿唠唠？”

举着酒瓶子，余笑想了想，说：“我之前为了自己的小家很对不起父母，现在觉得很后悔。”

“因为老婆不靠谱吧？”男人嘿嘿一笑，一脸的“我懂”。

余笑慢慢地说：“男人娶个老婆就为了伺候自己爸妈吗？也不能什么事都往别人身上推吧。”

大手拍了拍她的肩膀，酒瓶子碰了碰酒瓶子：“听你这话就知道你是个好男人，来，哥们儿，咱走一个。”

余笑仰头喝了半瓶，酒液从她的心里往下走，微微热。

男人的酒已经喝完了，他又叫了一瓶，灌了一口说：“爹妈既然是咱自己的事，那咱就自己扛，媳妇儿能帮是人情，不能帮，那人家也不是喝咱妈的奶长大的。反过来吧，媳妇儿好，那是丈母娘教得好，咱受了媳妇儿的好，就得谢谢人家丈母娘。两边都有情分，事儿就好看了。”

这话，余笑听进了心里，她一直想褚年的爸妈和自己的爸妈为什么差距这么大，想来想去，也不过是一边对自己无情，一边太有“人情”。

“哥们儿，你听哥一句，要是爹妈身体还好，你该尽孝尽孝，啥也不晚；要是爹妈身体不好，你跪地上一年他们也好不了，还不如把该做的好好做了，心里难受有用吗？”

再喝口酒，男人又叹了一声：“爹妈亲情，真是算不清谁亏欠了谁。你要说爹妈有恩情吧，毕竟生养了你，在咱中国人看，这是大恩，比天都大。可天下也没人说当爹当妈还能实习的，又不能考个证再生孩子，所以这爹妈就一定啥都好？那也不是。搁儿女心里头，坏了的爹妈估计比他们见的坏人都多，人一辈子，多少想要又得不到都是从爹妈身上开始的，没人能跳出这个坎儿，回过头来看看，谁都能找出无数的委屈。等到真当了父母，才知道世上的事都是一个圈儿，欠人的要还，缺了的要补，为人儿女不容易，也得知道当爹妈也不容易……你现在这个年纪就能觉得爹妈不容易，已经是你爹妈积了德了。”

听着这些话，余笑把自己的那瓶酒也喝完了。

“嗝……”男人打了个嗝儿，想说的话噎了回去，余笑以为他又要发表什么对亲情的高论，却听他说，“最近的房价你怎么看？”

嗯？话题转得这么快吗？

从房价聊到房地产市场的政策，又聊到了股市和期货，看起来威风凛凛的肌肉男其实是一家投资公司的主管，谈起他擅长的领域几乎滔滔不绝，余笑在旁边听着觉得获益匪浅，恨不能拿出小本子啪啪啪把要点都记清楚。

最后，男人喝到第五瓶酒的时候，他们的话题已经来到了军事领域。

和男人告别回房间的时候，已经是晚上十一点，余笑脸颊微红，坐在床上，突然笑了一下。

她上高中的时候总喜欢和爸爸聊这些事情，那些新闻里出现的行政方针总是出现在他们的话题里。可是等她有了男朋友，和褚年在一起的时间越来越多，她能聊这些的时候就越来越少——自己回家，父母会问“褚年怎么样”“你生活怎么样”“最近吵架了吗”；和褚年一起回家，就像今天一样，自然地分了男性和女性阵营。

一边是事业工作，一边是家长里短，无声无息地，那些自己曾经喜爱的话题就消失了。

“谁当父母都没实习过，谁的可望不可得都是先从父母身上学到的……还真是这样。”缓了缓酒意，余笑用清水洗了把脸就躺倒在床上。

半梦半醒之间，她喃喃道：“当男人，真有意思。”

2

周日的上午，褚年睡醒了之后觉得精神好了一点儿，值得庆幸的是那个让他惶惶不安两天的大姨妈到底还是没来。果然是身体里换了个人之后影响了激素分泌吧？

当然，糟心事太多了，他暂时不愿意去想。

摸摸肚子，他想起来自己上一顿饭还是昨天中午在余笑家吃的，四舍五入就是二十四小时没吃饭了。

“当当当！”

还没等褚年起床，敲门声就赶走了他难得的一点儿清静。

大脑虽然还有点儿迟缓，褚年也已经想到了外面的人是谁。想到自己的亲妈手里有他们家的钥匙，褚年猛地跳下床，先关上了自己的房间门，上锁。

然后他掏出了手机。余笑不接他的电话，他只能和之前一样短信、微信一起发：“我妈来了，你赶紧回来，昨天我陪你回了你爸妈家，现在就当帮帮我了！”

房间外，褚年的妈妈已经用钥匙开了门进来了。听见声音，褚年紧张地往后缩了一下。

“余笑！余笑你出来！”褚年的妈妈用力往外拉着房门。

要不是现在力气小，褚年挺想把化妆台直接搬到门边挡着，他试着搬动床头柜，嘴里说：“妈，我身体不舒服，您有事我一会儿找褚年跟您说。”

“不用，我就来找你。我就问问你，怎么我儿子好好地就把银行卡密码给改了，现在跟我说话也爱答不理的！”

“我不知道呀，妈。”

“你怎么不知道？你不知道谁知道？”

“你去问褚年啊！卡是他的，要改也得他去改呀！”

“我不问他，我就问你！”

“你问我我怎么知道！”褚年快崩溃了，继续给余笑打电话。

褚年妈妈的声音又提高了一个八度：“你不知道谁知道！我儿子多乖巧啊，不是你在中间使坏，他能这么做吗？”

尖厉的声音灌进耳朵，褚年看看怎么也打不通的电话，深吸一口气，摁下了锁屏键。

求人不如求己。余笑你不管我，这个“好媳妇”我也不替你当了！

“好，就是我干的，怎么了？我是嫁给了褚年，按照法律，他现在的收入是夫妻共同财产，钱给谁，怎么花，我也有份儿管！他除了每个月交的那份赡养费之外还弄了一张卡背着我按时给你们打钱，他这就是不对的。谁不是爸妈养大的，他给了你们，也得给我爸妈！”

“呸！”隔着门，褚年的妈妈恨不能啐在“余笑”脸上，“你自己都全靠我儿子养着，你还想让我儿子养你爸妈，你做梦去吧！我告诉你余笑，你……你就是个不能下蛋的母鸡！现在没把你赶出家门是我儿子人品好！你……你给我等着！”

“等着就等着！你看看褚年会不会跟我离婚！你以为给你当儿媳妇还是什么好事吗？你来一次跟鬼子过村一样恨不能直接把我累死，你是把我当儿媳妇吗？就是把我当奴隶吧！还私下翻东西查账，你是进你儿子家还是当贼啊！你不也就惦记着你儿子赚的钱吗？我告诉你，不管怎么样，他现在赚的每一分钱都有一半是我的！是我的！不是你的！”

“当！”褚年的妈妈把什么东西砸在了地上：“行，余笑，你行！”

她掏出手机，在她“儿子”接通电话的一瞬间，眼泪就掉了下来：“褚年，妈妈的日子没法儿过了，你媳妇儿把我关在门外不让我进你家，她还骂我，她骂我！褚年，妈妈辛苦了半辈子，最大的骄傲就是有你这么个儿子啊，我怎么到老了，还得受这份委屈啊？！”

“她说您什么了？”

“她说我……她骂我老不死的，她说我拖累你们，说……说我是偷你们钱的贼！儿子呀，妈妈这辈子的脸面都没了，妈妈都不想活了！你——”

就在这时，房间里猛地传出了一声暴喝：“你撒谎！”

“褚年，你听听余笑的语气，她是在骂你妈呀！”

卧室里，褚年大口地吸气，被亲妈当面颠倒黑白的行为气到了，这真是他这辈子都想不到的画面。

是她说了什么“不下蛋的母鸡”，什么“钱都是她的”，是她偷偷翻账本，也是她先折磨人的！一腔委屈堵在褚年的胸口，几乎要化成血喷出来。

“好了，我知道了，妈。”来自“褚年”的声音淡定又和缓，“妈，余笑我会回去训她的，要是实在不行，我就离婚，您放心。”

褚年的妈妈还在说：“妈妈被这么说了，你怎么都不生气啊？”

“妈，我刚接手了公司委派的大项目……”酒店的玻璃窗映出了男人脸上淡淡的笑。

“好好好，你忙，你忙！”

挂掉了电话，褚年的妈妈像胜利者一般趾高气扬地说：“咱们就看看，是谁先被赶出去！你就等着离婚吧！”

听见外面门被甩上的声音，被困在余笑身体里的褚年慢慢地滑坐在了地上，回想着自己刚刚和亲妈的对骂，他抓住头上的长发，发出一声懊恼的号叫：“这都是些什么事啊！”

“哒哒哒。”

客厅里的计分器上，数字慢慢变化，最后升到了“8”。

“我之前干了什么？”

褚年站在客厅里，仰头看着墙壁上的计分器。

但哪里又还用问呢？

“难不成……我……骂我妈……还能涨分？”

“砰”，褚年拿起一个东西砸在了计分器上：“玩儿我呢？什么狗屁爱情计分器！你就是我越惨，你越高兴！”

塑料盒子砸上去又落下来，计分器在墙上岿然不动。

饿了一天没有力气，褚年砸了几下，只能慢慢地坐在了沙发上。他得冷静下来，从被发现出轨那天开始，他的大脑就完全乱了，一步错，步步错，现在和余笑的关系已经接近冰点，还被她彻底掌握了主动权，和自己妈妈的关系也完全混乱了……自己现在能掌握主动的地方，只有余笑的父母和她的朋友。

“我总不能真一直骂我妈吧，还是说……”褚年又去看那个计分器，“从前是要我对余笑好，你就涨分，现在我骂了我妈，你是不是也以为这是对余笑好？因为我做了她一直想做的事？”

那余笑还想做什么？

褚年只记得从前的余笑希望自己能按时回家吃饭。

哦，对了，他还没吃饭。

随便订了一份能最快送达的外卖，就是两素一荤一米饭的工作套餐，即便已经很饿了，褚年还是觉得不太好吃，尤其是那个蛋黄蛋清很分明的煎蛋。

吃过饭，褚年先是拿出手机，翻起了余笑的朋友圈。

“吃的、喝的、褚年……”

“看书、看电影、褚年……”

“朋友结婚了恭喜，朋友生孩子了恭喜，褚年……”

实在是没什么参考价值。

现在的褚年，送到余笑面前她也不要了呀。

站起身，褚年走进了书房，从前这里是余笑一个人打发时间的地方，他之前刷计分器分数的时候，也一直在这里和余笑两个人“点灯鏖战”。想想两个人越发亲密的那几天，褚年突然觉得中间好像隔了一辈子。

桌上那个被翻开的小账本还是摊开的，他一把把它扫到了一边。拉开抽屉，褚年看见了厚厚的笔记本，一打开，里面是前几天余笑做的笔记，“褚年的关系网”“褚年的工作记录”“褚年最近一周的工作计划”……现在也正是靠这些东西，余笑扮演着“褚年”，竟然没有人怀疑。

笔记本下面是另一本笔记本，纸页很蓬松。褚年翻开，看见上面贴着各种从报纸和杂志上剪下来的剪报：“三种按摩手法，让肩周炎离开你爱的人”“一个小妙招，做出完美戚风蛋糕”……剪报底下还有些笔记，也都是菜谱和生活常识，其中一道“快手酸辣龙利鱼”旁边还用红色的笔画了一个小心心，下面写着几个字——第一次就成功，褚年很喜欢吃。

看起来是挺好吃的，不过褚年已经忘了是什么味道了。

除了这两本笔记本之外，其余都是些小说、散文和建筑专业类的书籍，比较特别的只有一本《克服说不出的焦虑》。

褚年拿起这本书，他现在也很焦虑。

看了一圈没什么收获，褚年拿着那本书又回了客厅。计分器上的分数纹丝未动，他的心里也没什么好办法。

“要不我问问她的朋友，她有没有什么讨厌的人？”

骂谁都比骂自己的亲妈好吧？

褚年刻意忘掉了自己开口大骂的时候心里莫名的那一点儿畅快。

余笑的关系网实在是乏善可陈，好朋友一只手都数得过来，褚年选人的时候特意跳过了傅锦颜，毕竟她除了让褚年不喜欢之外，现在还会让他想起那个薛定谔的大姨妈。

李明晓是余笑工作时候认识的同事，现在还在设计院上班。除了她之外……褚年又看到了孙玲。她是余笑的高中同学，好像和傅锦颜有些不对付，前年还是去年，余笑招呼了朋友来家里玩儿，孙玲就和傅锦颜吵了起来，后来拎着包走了。

比起傅锦颜，褚年对孙玲的好感度高多了。

“你怎么叫了她来？昨天锦颜还跟我说你身体不舒服，我看你的脸色确实不好看，怎么不舒服还不休息，又叫了她出来？”

虽然对女人的各种弯弯绕绕不是很懂，褚年也看得出来李明晓也不喜欢孙玲，不然也不会在孙玲去卫生间的时候这么跟自己说话了。他摸了摸自己的脸，笑着说：“我没事儿，就是一个人在家里闷得慌。”

李明晓心疼地看着余笑：“闷得慌？是不是褚年还有你那个婆婆又欺负你了？要我说呀，你就该跟褚年置换一套房子，正好你们现在的房子是褚年婚前买的，贷款也是褚年在还，你要是置换一套离你婆婆远一点儿的，顺便还能把房产变成婚后财产。我之前在西环秀水山庄做设计，那边的环境真不错，配套也完善，户型也是一等一的，我听说呀，二中要在那边再弄个小学呢，等你有了孩子再上学，那边的小学也就完善了，价格也还不错，你们不如考虑一下。”

褚年怀疑李明晓从室内设计改行当了房产销售。

“什么房子？李姐要换房子呀？”孙玲的声音脆脆的，引得褚年转头去看她。

“是呀，我一直想换房子，就是我家老王那点儿死工资还有死脑筋，想换房难死了……”

默默听李明晓说了十分钟，褚年才弄明白，李明晓结婚五六年了，一直跟她那个公务员老公住在公婆家里，真是做梦都想买一套房子搬出来，只是困难重重。

听着李明晓诉苦，褚年也认真考虑起了要不要跟余笑说换套房子，这要是余笑一直想做的事情，那实现起来……难度还挺大。

另一边，孙玲慢悠悠地说：“换房子这种事情，我还真不知道，我家这些事都是我老公在管。对了，我上周去了一趟迪拜，你们看。”

褚年看着孙玲晃了晃她的手臂。

李明晓看见的则是孙玲手腕儿上轻晃着的阿拉伯风情金手镯，她转头说：“余笑，你怎么打算的，要换房子吗？”

“我考虑一下。”

看余笑蔫了，李明晓急着说：“每次有什么事你都说考虑一下，结果什么事都做不成。实在不行，你就让你爸妈买一套那边的房子，先交个首付，等你把褚年说服了，卖了旧房子，再从你爸妈那儿原价买下那套房。我跟你说呀，秀水山庄的房子买了一定赚，最近已经有涨的苗头了……”

在一声接一声的“买房”里，孙玲插嘴说：“余笑，你最近有没有和褚年出去玩儿呀？下次我们一起去法国吧，我一直想买一个爱马仕的包，去法国说不定能碰到我特别喜欢的款式。”

褚年在心里暗想，自己是不是也该给余笑买点儿什么，爱马仕就算了，好像余笑对这些的兴趣也不大。

听着这些纠缠于房子、旅游和老公的话题，褚年忍了又忍，觉得比上班时候开业绩报告会都沉闷。

下午三点半，李明晓先走了，她儿子在上早教班，她只是借着“陪孩子”的由头出来一个小时而已，现在要去接孩子回家了。

李明晓走了，孙玲挪动了一下位置，离“余笑”近了十五厘米。

“你看起来好累呀。”孙玲的语气柔柔的，很真诚。

褚年不禁低下了头：“是很累，我最近太累了，身上也累，心里也累。”褚年很想把自己的一点儿心事说出来，他这些天快要憋坏了，除了余笑，他身边的人竟然没有一个能听他说一句真话，可余笑也不理他了。

“褚年总不理我，我发消息他不回，打电话他也不接。褚年的妈妈真的很过分，你知道吗？褚年改了银行卡密码，她不去闹她儿子，却跑来闹我。”话是半真半假，情绪是真的，褚年真心觉得委屈，委屈大发了。

“余笑，你都有黑眼圈了，是不是褚年昨晚上太厉害了呀？”

褚年猛地抬起头：“……”

“褚年一看就很厉害。余笑，你跟我说，昨天晚上你们又做了几次呀？”

女性朋友之间的话题竟然开放到了这个程度？

不对，我刚刚的抱怨你没听见吗？

褚年还蒙着呢，就听孙玲继续说：“余笑，你不要总抱怨褚年不好，我觉得他已经很好了。对了，晚上叫褚年一起出来吃饭吧。”

“他晚上有事。”

“今天周末呀，能有什么事？余笑，打电话把褚年叫出来请我们两个吃饭吧，我们去吃泰国菜好不好？”

要是到了这时候，褚年还没看出来孙玲对“褚年”有意思，他也就不是一个晚上就跟陈潞勾搭上的褚年了。

虽然用“去跟你闺蜜睡”威胁过余笑，可褚年并不想真这么干，更别说他现在“有心无力”，还在谋求“慢慢刷余笑愿望好得分”：“我想起来还有事，我先走了。”

“余笑。”孙玲抓住了“余笑”的手臂，“我没想做什么，余笑，我就是……余笑，有了褚年，你还缺什么呢？别总一副别人欠了你的样子……”

看着孙玲的脸，褚年又想起了说他是小猫小狗的陈潞，不知道为什么，本该让他无感甚至可能窃喜的这么一份“恋慕”，竟然让他觉得恶心。

3

周一早上的部门会议，余笑提交了她成为副经理之后的首份工作报告。

对于总经理授意她准备的“赭阳烂尾楼改造项目计划”，市场部经理也只能表示自己会尽全力支持。

总经理脸上的欢喜很真心，余笑却不敢掉以轻心。

因为昨天下午她去拜访了宋叔叔，就是余笑爸爸的那个好友，池新建设所属总公司天池集团的前任设计副总监。病休后他离开京城回了老家，又被返聘进入了集团的项目评估团，也正是他看见了余笑的上一份项目书，给余笑的爸爸打了招呼。

余笑本以为褚年既然早就知道宋叔叔的存在，肯定来探望过人家了，没想到根本没有，幸好余笑够谨慎，全程一句多余的话都没说，才没露出破绽。

她奉上两盒上好的新茶作为礼物，宋叔叔很高兴，除了说了说余笑上一份项目书的不足，还提点了她一番。可见要是余笑没有登门，对方也不过是当成和老友的人情，偶尔说点儿小事；登门了，才会被人当成晚辈，再多受一些实惠。

市场部经理和池新的总经理分属集团内的两个派系，总经理越过了部门经理点名要她出项目书，未尝没有把她架起来跟部门经理打擂台的意思；而市场部经理面上高兴，心里却未必会这么想，他也并不是个心胸宽广的人。

——“被人利用不是坏事，你有用，才会被利用……刀越磨越光，人越磨越稳，别露怯，也别自以为聪明，就没有磨不过去的。”

宋叔叔的话言犹在耳。

余笑对着市场部经理的夸赞只是略略微笑，还带着一丝拘谨。

这点儿拘谨让市场部经理很满意。集团总部都看重的项目，要是成了自然也是他们整个部门的功劳，他也不会在中间做什么小手脚，可要是这个年轻人因为一点儿颜色就张狂了，他也不介意教对方做人。

“想用什么人尽管说，只要能出成绩，咱们部门里没有不支持的。”会后又说了一通漂亮话，部门经理才走了。

看着他的背影，余笑轻轻张开自己的手掌，有点儿潮湿。

——“我那个经理是个小心眼儿，你完美无缺，他会忌惮你；你要是显得有点儿笨，他就会鼓励你。”

——“咦？那他不就是个小说里的昏君？别的本事没有，就会嫉贤妒能？”

——“也没那么昏，不过我以后是知道怎么对他了。怎么样，我是不是特别棒？”

——“特别棒！来抱抱我老公！”

三年多前褚年刚入职的时候，就跟余笑分享过他是如何在市场部经理面前装乖的，余笑一直记得。那时候，他们之间还是挺有话聊的，不过很快，带着疲惫的沉默成了他们两人间不间断的和弦。

擦干净手，余笑随手整理了一下会议室就要离开，又被人叫住了："褚经理，您过几天要去赭阳实地考察，打算带谁呢？"

跟她说话的是市场部另一个小组的负责人，几天前和"褚年"竞争副经理职位失败。

余笑毫不迟疑地说："林组长和我一起去吧。"

"啊？我？"

"对，我记得林组长是赭阳当地人，到时候还要拜托林组长带我多看看。"

林组长有些纠结，其实在输给了年纪比自己小五岁的褚年之后，他已经动了跳槽的心思，这次出声问消息，是想给手下的组员找找路子。

"林组长，我还没参与过这么被重视的项目，很多事情实在没有头绪。四年前清海市老城区旧楼改造的项目您参与过，还要请您多帮帮我。"

"我那时候也就是个小白领，什么事儿都是听上面的……"话是这么说，林组长的语气却软了几分。

余笑知道，这位勤恳耿直、升迁难又好面子的同事已经被自己说动了。

与此同时，在家的褚年正看着工人换门锁。

他决定了，亲妈再来，他就隔着安全门使劲儿骂！

空调吹，战鼓擂。褚年刚换好门锁，他妈就来了。

隔着门听见钥匙在锁口处一通乱戳，褚年深吸一口气，默默锁上了手机屏幕，"重生后我和极品婆婆斗智斗勇的那些年"几个字被一片黑暗遮盖。

说起来可笑，他忙了一早上，最终能用到的"吵架资料"竟然来自网络小说。

一开始他正经搜"怎么骂婆婆"的时候，不管那些求教的人多么努力去表达自己婆婆的可恶之处，下面的回复都是"你想想你老公怎么办""低头不见抬头见，没必要""赶紧有个孩子就好了""多年媳妇熬成婆"……

最后一句真的是让褚年眼前一黑。

谁爱熬谁熬！谁想当婆婆谁当！他必须想尽一切办法换回自己的身体！

更可笑的是一篇名为“如何制服奇葩婆婆”的文章。褚年兴冲冲点进去，发现里面是在说“如何成为一个完美儿媳妇”，退出来之后，他给这个网站点了个“虚假营销”的举报。

再抬头看一眼计分器，在心里给自己鼓了一把劲儿，褚年提声说：“妈，您别试了，我把门锁换了。”

“砰”，什么东西砸在了门上。

“余笑，你什么意思？这是我儿子家，你想干什么？”

褚年手边有个本子，上面是他写的“大纲”，他瞄了一眼第一行“婚姻法”三个字，说：“妈，我再说一遍，这是你儿子家，也是我家，我不希望我家里有别人不请自入。户口本上是我和你儿子两个人的名字，可没说你是户主。《中华人民共和国婚姻法》里面说夫妻关系平等，婚后财产归双方共有，褚年赚的钱你说破天都有我的一半，这个家你到哪里去说理，都是我比你说得算！”

“呵，行啊，读过几年书，还跟我讲法了。我告诉你余笑，你跟我扯这些没用，天底下哪个儿媳妇敢把婆婆关在门外不让进？我告诉你，你这是丧尽天良，坏了良心了！”

褚年也知道自己现在是个丧尽天良的儿子，可他没办法，他想换回自己的身体，想让生活变回原来的样子。可他越来越觉得自己深陷在泥潭里，做的每一件事都是被逼迫的“不得已而为之”。

他那张大纲的第二行写着“道德”。

“妈，我这些年照顾褚年，也尊重您，您一来我就端茶倒水，逢年过节送的东西更是不少，该做的我都做了。可您呢？为了一点儿小事就来我家大吵大闹，砸门扔东西。您说我丧尽天良，我什么都没干怎么就丧尽天良了？！那给您改了银行卡密码，到现在都不管您的褚年算什么？他才是猪狗不如吧！”他狠起来，连自己都骂！

骂完，褚年看了一眼那个静悄悄的计分器。这时，计分器上的分数已经变成了“10”。

褚年眼前一亮，喝了一口水。

“你说谁猪狗不如？”

外面尖厉的声音刺得褚年的脑仁儿一阵生疼。

“我说我要是丧尽天良，那褚年就是猪狗不如！猪狗不如！猪狗不如！”

计分器上的分数变成了“11”。

尖叫完的褚年捂住自己的眼睛，脸上是麻木的绝望。他要换回去，他必须换回去！

褚年的妈妈跌坐在门外，掏出了手机给儿子打电话。电话接通的一瞬间，她号啕大哭：“褚年，妈妈不行了，你要是不离婚，妈妈就要死了！”

余笑正在上班，把手机移开一点儿，看了看办公室正关着的门：“妈，我在上班，有事你跟余笑说吧。”说完就挂了电话。

她是故意的，因为褚年的妈妈在两年半前说过几乎一模一样的话。

那天，她刚流产两个半月，嫁给褚年一个半月。

事情的起因是她找了个钟点工来帮自己做饭、打扫卫生，褚年的妈妈来看她，认为她这个儿媳妇太娇气，不愿意做家务：“不过是流个产，怎么搞得跟有功一样？还当上小姐、太太了？”

余笑确实是被爸妈给教得脾气好，可也不是完全没有火气的人，那一句“不过是流个产”成了一把刀，刺得她鲜血淋漓。

害怕、委屈、愤怒……她站在那儿，手都在抖，梗着脖子回了一句：“妈，我自己有钱，想当小姐、太太也当得起。”

褚年的妈妈立刻就爆发了。

和褚年恋爱差不多四年，余笑一直觉得褚年的妈妈算得上温柔和气，至少比她自己那个说话带了炮仗的妈妈是好多了的。结果这一次，她被对方一哭二闹三上吊的手段给吓住了。

真的是吓住了，也被气坏了，她拿起手机打给了自己的丈夫。

褚年那时候工作极忙，接了电话只有一句："我现在在上班，你跟妈的事儿别拿来烦我。"

钟点工成功被褚年的妈妈赶走了。

余笑那天跌跌撞撞地回了自己家，第二天晚上，褚年来找她，连着她爸妈轮番劝她到半夜。

第三天，余笑回了她和褚年的家。

褚年的妈妈并没有道歉，她依然进出这里，仿佛没事发生。

某个晚上，褚年抱着她说："你是我的媳妇儿，也是我妈的儿媳妇，一辈子低头不见抬头见，难道还能一直置气吗？她年纪大了，你让着她一点儿……"

蜜意浓情时脑子都不清楚，余笑忍不住想，她对褚年妈妈多一点儿容忍，就是对褚年工作的支持。

"一辈子低头不见抬头见，这话可真是让人毛骨悚然。"

回忆并不美好，余笑摇了摇头，把它们晃出脑海，继续查看同事们整理的资料。

而这头褚年的妈妈眼泪还没流出来，电话已经戛然而止，她再拨过去，电话却没人接了。

"唉？唉！"她扭头看着门，一双眼睛几乎想把门给穿透了，"余笑！你把褚年怎么了？你给他灌了什么迷魂药了？他怎么不理我了？"

顶着余笑皮子的褚年看着那个停在"11"的计分器，说："我天天听你的话，被你折腾，你说我丧尽天良！你看看你的儿子，是不是猪狗不如？你怎么有脸骂我？"

没了儿子的支持，褚年的妈妈真的惊慌了起来，她站起来，也顾不得擦裤子上的尘土，扶着门，眼泪流了出来："我儿子不理我了。"

她重复了两遍，然后再次爆发了："都怪你！都怪你！"

门的另一边，褚年拿着杯子的手在轻轻颤抖。外面那个人是自己的亲妈，她是不是真的哭了？

过了没多久，褚年的妈妈离开了。

女人真正伤心的时候绝少是号啕的，都是红着眼眶吞着泪，恨不能把一口的牙咬碎。就算是个奇葩到让人牙根发痒的极品婆婆也不例外。

她走了，褚年看着墙上的“11”，抄起手边的水杯砸了上去：“我到底在干什么！”

写着“大纲”的纸飘到地上，褚年看着上面的“法律”和“道德”，忽地冷笑了一下：“又不合法，又没有德行，我还真没说错。”

也不知道这话说的到底是谁。

这个白天剩下的时间，褚年就坐在客厅里盯着那个计分器。他的脑子乱糟糟的，一会儿好像想到了什么极重要的事情，一会儿又觉得什么都无所谓了，耳边时常响起亲妈刚刚的两声啜泣，后来想起的，是余笑。

“余笑，真是……”

从前的余笑在褚年的心里渐渐成了个扁平的符号，“乖巧、好用”两条排在前面，就像是性价比颇高的扫地机器人。但在他们刚换了身体的那短短几天里，这个符号渐渐添了几分鲜活。

可就在他想起了曾经的那些悸动与甜蜜的时候，一切又变了个样子，他们最终闹得这样不可开交。余笑自然也变了一副模样——出去喝酒，夜不归宿，对他父母也没什么好脸色，说话更是变得尖酸刻薄……

电话响了，褚年看了一眼，是余笑打过来的。

“你妈走了吗？”

“走了。”

“你今天在家吧？我回去收拾点儿东西。”

褚年哽了一下：“余笑，你不用说得好像我们已经离婚了在分财产一样。”

有差别吗？余笑看看属于自己的男人的手，说：“我大概七点回去。”

褚年想说什么，动了动嘴没说出来。

挂掉电话，他看着墙上的分数，深吸一口气站起来。这几天家里被搞得乱七八糟的，他左右看了看，上次有他妈在，虽然聒噪，但是该干的活儿都会说清楚，现在的他真是想收拾都觉得无从下手，最后只能从今天吃完的外卖包装盒开始。

收完了垃圾就得扫地，然后拖地，整理一下吃饭时掉在沙发上的残渣，把电视柜上的灰擦一下，床单好像也该换了……一开始是无从下手，后来褚年就觉得整个家哪里都不够干净。偏偏他干家务的机会真的很少，干了这个又漏了那个，弄好了一样做下一样的时候又把前面的成果给毁了……

等他终于把能干的活儿都干完，两三个小时已经过去了，褚年瘫坐在沙发上，找出遥控器打开了电视。

以前褚年最讨厌的就是一回家就看见余笑坐在沙发上看电视，可现在累趴在这儿的是他，他觉得能这么休息一下已经是偷得浮生半日闲了。而且，电视剧还……挺好看?

余笑敲门的时候，褚年慢悠悠站了起来，最后看了一眼那个计分器，不知道什么时候，上面的分数已经变成了“21”。

“是我刚才骂人时候算的分数延迟到现在？”褚年搞不懂这里面是个什么规则。

不过他懂不懂，好像关系也不大。因为就在房门被打开的一瞬间，一个声音第三次同时在余笑和褚年的耳边响起——

“归零，归零，归归归零！”

四目相对，余笑挑了一下眉头，说：“又折腾出了分数？看来你还真没闲着呀。”

褚年的表情在这一瞬间几乎成了一片空白，他折腾了整整两天，换来的不过是一场归零：“余笑，你到底在想什么？它怎么就又归零了？！”

男人的壳子里，余笑毫不畏惧对方这样的吵嚷：“我什么都没想，你觉得你有什么值得我想的吗？”

褚年语塞。短短几天，他觉得自己在余笑面前越来越没话语权，好像交换的不只是身体的身高，还有某种隐秘存在的地位。

“我是说这个计分器，它到底是什么原理，我明明……我也没做什么，它怎么就又归零了？”

余笑走进房间，褚年跟在她的身后。

那张计分器的说明书还放在茶几上，余笑拿起来看了一眼。

褚年站在她身后接着说：“余笑，不管怎么样，这个东西关系到我们能不能换回来，我们把它搞清楚总好过被它这么一直耍着玩儿吧？”

“我可没有被它耍着玩儿，相反，我得谢谢它。”抬头看看那个计分器，余笑把说明书放回茶几上，“要不是它，你现在受的苦，我不还在受吗？”

余笑轻描淡写，褚年却不得不为她的态度而心惊：“余笑，之前的事我对不起你，我道歉，你要怎么样都行，等我换回去，你要打要骂，带着你爸妈一起骂我打我我都不还手，但是这个事情它不一样。”他拉住了余笑，让她看向自己，“余笑，我们不可能一直这么混乱下去。”

“混乱？哪里混乱了？”余笑双手插在裤兜里，看着既熟悉又有几分陌生的家——地是扫过也拖过的，就是应该好几天才经历了这么一遭；沙发脚和柜脚都积了没有被清掉的灰；电视柜是用湿抹布擦的，抹布没洗干净，水渍在电视柜上斑驳着；茶几被整理过，一根被遗落的一次性筷子被压在茶盘底下。

她对褚年说：“你过得倒是挺混乱的。”

说完，她走进卧室，从衣柜顶上抽出了褚年常用的那个行李箱。

“你干什么？”褚年站在门口，嗓子有点儿发紧。

“我之前说了，赭阳那个烂尾楼的案子，公司觉得我的初步项目计划不错，让我去赭阳看一看。”

赭阳烂尾楼项目褚年当然还记得，昔日的地王、现在闻名业界的老大难项目。之前那份项目书他只是抱着试一试的心态写的，想的不过是在总公司刷刷脸，也在新来的总经理面前刷一点儿好感度，没想到居然被采纳了。

“我的计划书被采纳了？”

“是我的计划书。”挑选着要带走的内裤和衬衣，余笑随口纠正他。

褚年皱了一下眉头，说：“余笑，那份计划书是我写的，你明白这件事有多重要吗？我们必须立刻换回来，这不是闹脾气的时候。”

余笑又拿出两套直接套在防尘袋里的西装，头也不回地说：“我再说一遍，现在这是我的项目，要去赭阳的是我，被总经理叫去特别叮嘱的人也是我，这个项目失败了，那失败的人是我，这个项目成功了，升职加薪领红包的人也是我。”

“你放……”褚年想要爆粗口，又忍住了，“余笑，你开什么玩笑，去做个升职面试你都要准备半个月，你哪儿有本事把这个项目接下来？你别忘了，你可是已经在家里足足待了三年了，这三年的差距不是你用短短几个星期能补回来的。而且你从前也不过是画画设计图，跟去管理一个改造项目那是完全两回事，你懂吗？两回事！”

走近余笑，褚年努力组织着语言：“如果这个案子成功了，不到三十岁主持策划了一个烂尾楼改造项目，你知道这在履历上是多么光鲜的一笔吗？要是池新不晋升我当部门经理甚至公司副总，我甚至可以离开池新自己创业！有这个案子打底，我自己就能拉到投资和项目。余笑，这是改变我们一家前途的机会啊！我们换回来，你让我去做，不管你提什么条件我都答应你，真的，你相信我，我已经知道你这些年到底有多么不容易了。我妈不好，她以后不会再出现在你面前；你不喜欢我出去应酬，以后我六点准时回家；我以后只对你一个人好，再也不看其他的女人。真的，余笑你相信我，我……我真的……我彻底明白了，余笑，这个世界上真正对我好、把一颗心都交给我的人只有你。以前是我混账，是我傻，我把我承诺的都忘了，我以后再也不会了，余笑，再也不会了，你再信我一次好不好？”

褚年说到最后，语气已经是卑微的祈求了。

余笑背对着他，慢慢扣上了行李箱，然后，她转头对褚年说：“褚年，你猜为什么外面那个计分器每次我回来都会归零？”

褚年看着她，听她一字一句地说：“因为我已经对你彻底死心了，再不爱你了。”

计分器的说明上说两人相爱的分数累加到“100”他们就可以换回来，可余笑知道自己的心里给他们的感情打了几分——负无穷。

这是她人生中的一段歧途，在这条路上，她慢慢舍弃了一切，掏出了一颗心让褚年越站越高，而生活与婚姻是他们两个人共同担负的一桶水，在挑竿上，那桶水越来越靠近她，直到彻底压在她一个人的肩膀上。

褚年可以相对轻松地往高处继续走，而她变成了一只必须背着壳子生活的蜗牛。

现在，被困在壳子里的是褚年。

看着余笑的表情，褚年慌了，他语气急促地说：“余笑，不是的，你还爱我的，我们之前已经到了九十九分了，你……你只是现在还在生气。我告诉你，真的，我现在、以后、永远都不会再看别的女人一眼。还有我妈，她以后……”

余笑微笑：“褚年，换回身体，我能做的不过是期望你信守承诺，但保持现状，我不需要你的任何承诺就可以做任何我从前想做又做不了的事情。你猜，我会选什么？”

“不行！余笑，你不能这样！你知道我努力晋升、努力去做案子是为了什么吗？我就是为了这个家！余笑你把我的一切都毁了！”

“如果变成余笑，你就认为自己的一切都毁了……”余笑拉着行李箱，推开褚年走到门口，她看着扑上来摁住行李箱不让自己走的褚年，轻轻抬了一下下巴，“那变成褚年，我认为我把自己丢了的一切都找回来了。”

抓紧了行李箱的手被人以坚定不可抗拒的力量挪开，褚年想要抓住余笑，却被余笑轻易钳制住了两只手：“好好照顾我的身体，我还会按时给你打点儿生活费，不然，褚年，我大可以眼不见为净，只当你不存在。”

余笑走了。

站在客厅里，褚年看着洞开的大门，一时间连愤怒的力气都没了。

4

把行李箱扔进后备厢里，余笑坐进车里，也长长地出了一口气。

至亲至疏夫妻，就算从前没看透褚年，余笑依然是这世上最了解他的人。短短几天没见，她能感觉到褚年变得越来越“柔弱”了，或者说在失去了经济大权和性别优势之后，褚年因为手里筹码的稀少而变得步履维艰。这种艰难正在改变他的为人处世。

想想现在的褚年，余笑不断地反省曾经的自己，她这几年是不是也在流产、失业、成为家庭主妇之后发生了心理上的渐进变化，因为对自己在家庭和社会中地位的不满意，而将太多的东西寄托在了别人身上？或者说，她太想在那样的环境中证明自己，于是变得越发以“奉献”和“忍让”为标准去要求自己，最后演变成了“自我”的丧失。

人的付出都是需要“成果”反馈的，就像褚年努力工作能换来升职加薪一样，这些“成果”能鼓励人继续奋进。而跟褚年组建的这个家庭，让她毫无成就感可言。

贫瘠干涸的土地上，人们为了求雨甚至可以献祭自己的孩子，而一个内心贫瘠干涸的人，往往轻易献祭自己曾经最看重的珍宝。

比如尊严。

叹了一口气，余笑正要发动车子，手机突然响了。

看着上面的来电显示，余笑愣了一下，在那一瞬间想到了很多种可能，无数念头像毒藤一样在她的胸腔里蔓延、滋生。

给“褚年”打电话的人是她最好的朋友傅锦颜。

要是他真敢勾搭锦颜，我就去医院摘了他的配件儿送他。心中做好了决定，余笑接起了电话。

“褚年，我是傅锦颜，我知道你并不想跟我说话，很巧，如果不是我有急事，我也不会找你……”

一开头就是一串儿连珠炮似的呛声，让余笑的心里悄然安稳了下来。

傅锦颜继续说她打电话的原因："前几天我和笑笑见了一面，我发现她的状态非常不好。褚年，你要是个男人就好好关心一下自己的妻子，别以为结婚了交点儿钱回去就算是照顾老婆了，现在这个年代，谁还养活不了自己啊！笑笑尽职尽责地在家里照顾你，你不会真以为自己是找了个保姆吧？笑笑多久没做体检了，笑笑每天在想什么，笑笑每天在家做什么，你知道吗？要是这些都不知道，褚年你根本不配说自己是个丈夫……"

傅锦颜夹枪带棒的话进了耳朵，余笑的眼眶慢慢变红了："傅……傅小姐，余笑的事情，我们找个地方面聊吧。"

电话那边的傅锦颜迟疑了一下，答应了。

对傅锦颜开口说要约见的时候，余笑已经做好了要对她和盘托出的准备。至于傅锦颜信不信自己，余笑并不担心，在她的心里，傅锦颜一向头脑灵活、接受力强，也是她认识的所有人中对各种怪异事件最感兴趣的。

开车回到住的酒店，把行李放好，余笑又去了健身房。

当年她怀胎四个多月的时候意外流产，被送到医院之后做了子宫清理手术，又先后住院总共十几天，那之后她就觉得自己的身体比从前虚弱了一些。去年她为了备孕做检查，又发现了左侧卵巢囊肿，幸好是良性的，又做了一次手术。

两次手术消磨的不只是余笑的身体，也消磨着她的意志，身体深处不知名的虚弱感总是在侵蚀着她。

现在进了褚年的身体，余笑感觉到的是力量和健康，哪怕褚年在男人中远远谈不上强壮，可这副身体比余笑自己的要好，她甚至有点儿爱上了在锻炼中流汗的感觉。

"从赭阳回来我得再找一套房子，旁边必须有个健身房。"住五星级酒店过过瘾还挺爽，天天住，余笑也有点儿烦了。

属于男人的脊背上，汗水流下，滑入黑色的T恤里，重力器随着他的动作起起伏伏。他的身材不是健身房里最好的，样貌却是最养眼的。

一个身材高挑的女孩儿从他面前走过，坐在了他旁边的划船机上，一双大长腿平放在器械上，随着发力弯起又放平，实在是养眼。

余笑不为所动，颈部放松，持续用胸肌和肩胛发力，锻炼从前褚年聊胜于无、现在已经紧实了很多的胸肌。

两个年轻男人的目光一路追着那个女孩儿，发现女孩儿坐在了“褚年”身边，有些不服气地走了过来，也在旁边的设备上开始撸铁，不一会儿，汗水流了下来，他们先后脱掉上衣，露出了匀实的肌肉线条。

余笑看他们的时候，那些线条总是显得格外有力。她很开心，也练得更起劲儿了。

同一个夜晚，褚年在没有开灯的房间里静静地坐着，外面的灯光斜进来，在黑暗里静静装裱了他瘦弱的轮廓。

他刚刚睡了一觉，睁开眼睛的时候以为自己已经睡了一天一夜，看了手机才知道，自以为漫长的一觉其实只有一个小时。

在梦里，他还是“褚年”。

拿下了赭阳的烂尾楼改造项目，他一路升官发财，短短几年就坐上了公司总经理的位置。就在他春风得意的时候，他看见了余笑——余笑拿来了一面巨大的镜子，镜子里面是另一个“余笑”，而镜子外，余笑已经变成了“褚年”。

最可怕的从不是一场睁开眼睛就能散去的噩梦，而是你睁开眼睛，发现现实是噩梦的延续。

褚年感觉到崩溃，过去那些天里仅有的能够支撑他的信念，在余笑轻描淡写地说出“那变成褚年，我认为我把自己丢了的一切都找回来了”的时候，摇摇欲坠。

余笑不想换回来了，只靠他一个人能斗过外面那个动不动就干号着“归零”的计分器吗？

褚年没有幼稚到以为自己能做到。

“不能这么下去了。”褚年搓了搓自己的脸，“我不能再想换回去的事情了，这条路现在没办法，我得想别的路……”手指在腿上快速地点着，他自言自语，努力地自我说服，“不管怎么样，再这么下去我就废了，我不能再在家里这么待着了，我得出门，我得……我得去找工作。”

离开工作岗位一个礼拜都需要一点儿时间适应节奏，他在家里已经待了三周多了，再这么下去，褚年真的怕自己会成为一个工作能力降低的废人。

这么想着，褚年跳下床，打开灯，然后赤着脚走到书房：“余笑的毕业证应该就在这儿……”拉开书柜下面的抽屉，他拿出一个文件袋，里面放着余笑的大学毕业证和一堆证书。

“本科……”褚年叹了一口气，他自己是金融专业研究生学历，比一个同校建筑专业的本科生在就业上肯定是更有优势的。

要是当年让余笑一起考研就好了。这个念头在褚年的心里转了一下，又消失了。

大三的时候，褚年做了去美国留学的打算，忙着考托福、考 GRE，结果分数不理想——他的英语一直薄弱，一直陪着他、鼓励他、帮他复习的人是余笑。确定了不出国，褚年立刻转攻考研，虽然晚了点儿，可他到底还是考上了本校的金融专业研究生。

就在他这样反复折腾的时候，余笑已经悄悄定下了去一家设计院工作。

“六级证书、托福成绩单……”看着成绩单上的 107 分，褚年挠了挠头，他完全不记得余笑考过，分数还这么高。

“这个成绩单也没什么用了。”褚年叹了一口气，他的英语水平很一般，工作这几年用到的机会也不大，早就还给了当年的自习室，用英语专长作为自己的核心竞争力去找对口岗位是不可能的，也就只能让简历上多无关紧要的一笔。

“二级建造师执业资格证”，看见这个证书，褚年愣了一下，他竟然依然没有任何印象。看一眼颁发时间，他还记得那时候余笑已经从她工作了差不多两年的设计院辞职了。

“也是用不着的。”褚年是金融专业毕业，虽然在建筑公司工作了三年，真要搞硬核建筑设计，他跟门外汉的唯一区别就是他现在是个女的。

摩挲了一下证书的外壳，褚年感慨了一句：“看来就算在家里，余笑也不是什么都没干啊！”

客厅里，计分器上的数字悠悠跳到了“3”。

看完了所有证书，褚年发现自己如果想用余笑的身体出去工作，也就只能应聘一个文员之类的工作：“能找到工作就行，我可不是个真家庭主妇。”对着电脑屏幕映出来的清秀脸庞，他给自己打气。

打开电脑，褚年开始给自己写简历。

想要努力的人，大概真会变得幸运起来。第二天早上接到余笑妈妈电话的时候，褚年是这么想的。

“褚年跟你说了我给你找了个工作的事儿吧？我上次见面忘了问你了，你这丫头怎么都不给我回个话？”

工作？什么工作？什么工作都行！褚年觉得自己现在充满了干劲儿。

“妈，褚年跟我说了，也没说详细，您再跟我说一下，我挺想去的。”

电话那边的声音变得欢快了起来，余笑的妈妈生怕女儿反悔，连忙说：“想去就好，今天下午你就去你朱师哥那儿。你师哥也就是个小合伙人，你去了要乖巧一点儿啊！还有，好好收拾一下自己，你看看你现在那副死样子，垂头丧气的……”

收拾一下自己。

确实得收拾一下。

挂了余笑妈妈的电话，褚年打开衣柜，好一会儿才找到两条看起来正式的裙子。

穿裙子吗？褚年纠结了好一会儿，最后还是穿上一套运动服，拿上手机出门了。穿裙子是不可能的，化妆他也不会，只能先去买一条上班穿的裤子，再去找人化妆。

早上九点半商场开门，等候已久的褚年冲了进去。

买衣服还算顺利，褚年的原则是“简单”，一条黑色的长裤搭配短袖衬衣就够了。最窘迫的事情发生在换衬衣的时候，褚年发现自己并没有给“余笑”穿上内衣，只能借口衣服不合适先走人，找了一家内衣店，买了一套内衣穿上，再找地方买衬衣。

衣服买好了，褚年又在导购小姐的建议下去买鞋子，并且自不量力地看中了一双外表很美的鞋子。

七厘米高的尖头鞋踩在脚下勉强站直的一瞬间，褚年几乎想要惨叫出声。小脚趾几乎是硬被拗进去的，和其他脚趾紧紧地挤在了一起，这是穿鞋吗？这是上刑吧！还有这个永远找不到身体重心的坡度……

坐在鞋店里揉着脚，褚年突然愣了一下。他在干什么？逛街、买衣服、买高跟鞋，还在这里试新款？

他隐约觉得有点儿变态，又觉得新奇和刺激，最后还是从鞋店里穿走了一双平跟鞋，鞋头上镶了一圈儿碎钻。

看一眼时间，褚年顾不上吃午饭，快步走进了可以提供化妆服务的化妆品店。

最后把口红画好，化妆师拿来一面妆镜递给褚年：“女士您就是皮肤有点儿干，以后要注意面部清洁和保湿，您的五官底子特别好，稍微一化妆就特别出彩……”

看着镜子里的“女人”，褚年呆住了——明艳又带一点儿妩媚，完全不是他记忆中余笑的样子。

这是余笑吗？

这……这是他吗？

他抬起手，戳了戳自己的脸，镜中人也抬起手戳了戳自己的脸。

褚年又被吓到了。

镜中人也被吓到了。

看到自己服务的女士竟然有这么可爱的反应，旁边化妆的女孩儿也开心地笑了，顺便把刚刚成功推销出去的八九瓶化妆品飞快地扫码打了单子。

走在马路上，褚年觉得别人看自己的目光是不一样的，他一会儿觉得是不是胸前的衬衣扣子太紧了，一会儿又觉得是不是鞋子打滑。更重要的是那张脸，他一会儿想遮起来不让别人看见，一会儿又想露出来让所有人都看见……这种矛盾的心理让他觉得自己大概是越来越变态了。

余笑爸爸的学生开的工作室规模不大，就是一个居民区外面的二层门面，两间门面打通，总共二百多平方米的样子，一楼放着各种各样的家装建材样品，二楼的一半是会客室，另一半又隔成了两部分：一部分是工作室，另一部分放了三张办公桌，如果不出意外，那就是褚年未来要工作的地方了。

面试很顺利，余笑爸爸的学生，也就是那位“朱师兄”，一看就是个好说话的，说是面试，其实就是两个人互相恭维的闲聊。

褚年能感觉到朱师兄对自己很满意。

余笑毕业的学校不错，从前工作的地方也挺好，要不是在家里待了三年，还真看不上这么个小地方，更不用说现在这个“余笑”是在池新这种大公司打拼了三年的褚年。

“师妹啊，既然你看得起师兄，来这里工作，师兄也得照顾你一下。这样吧，虽然你已婚未孕，离职风险挺高的，但是你的能力确实不错嘛！嗯……”看起来很好说话的朱师兄沉吟了一番，说，“底薪四千，先试用三个月，试用期薪资发七成，怎么样？”

月薪，两千八。

褚年脸上的笑容僵住了。

《中华人民共和国劳动合同法》规定试用期工资不得低于本单位相同岗位最低档工资或劳动合同法约定工资的 80%，并不得低于用人单位所在地的最低工资标准。

而劳动合同期限一年以上不满三年的，试用期不得超过两个月。

重新恢复了思考能力的褚年，在思考自己怎么没录音把这个“猪师兄”违法的种种行径录下来好敲他一笔。

对面，朱师兄笑容憨厚可亲：“师妹，你也别怪师兄给的低，师兄也是没办法，你看我们这办公室里是空的，其实有两个文员的……”

褚年愣了一下，脖子后面一阵发凉，经历过和余笑互换身体这种事儿，他对怪力乱神十分敏感。

朱师兄并没有发现他的异样，继续说道：“一个呢，是个孩子妈，每天三点半就得下班接孩子，今天说是去送合同了，下午直接就不回来了，一个人也就当半个用。另一个呢，刚入职两个月就怀孕了，动不动就请假，今天产检去了，有时候跟她说了第二天准备个合同，人家第二天干脆不来，我们也没办法。师妹啊，我也知道试用期给你七成是太少了点儿，可我这个小设计室加上你一共三个文员，成本确实太高了。”

要不是见惯了奇葩的客户，褚年现在就能跳起来把桌上的台灯砸在这个什么“猪师兄”的脸上。别人是孩子妈、是孕妇，别人不能准时准点地出勤，跟他有什么关系？！哪条法律规定了已婚未育的女性就成了高风险工作群体了？！就因为结婚了没有生孩子就怕人生孩子不能工作？那每天还有人出车祸死了呢，为什么不说给开车上班的少发点儿钱？！

一口气憋在胸口上不去也下不来，褚年的手指在他今天刚买的新裤子上抓紧又松开。

“合同的话，我们就先签半年……”

褚年忍无可忍地站了起来，看着对面的男人：“猪师兄，虽然你是我爸的学生，我不要求自己有什么优待，可我也不是傻子，白让人占便宜的。我明说了吧，我是需要这份工作，可我无论是学历还是能力都没差什么，想要一个法律要求基准线上的工作不过分吧？还是我妈的态度让你有了什么误解，让你以为我为了这么一份工作就得低三下四自折身价？”

他褚年受不了这个气！

拿出手机，褚年拨通了余笑妈妈的电话。电话接通的一瞬间，他的嘴一瘪，说话就带了哭腔：“妈，我爸这个姓朱的学生是不是跟我爸有仇？不然他怎么用一个月两千块的工资来羞辱我呢？我爸真没做什么对不起全家的事儿吗？妈，他就给我开两千……”

喊出第二声“妈”的时候，褚年真的差点儿哭出来。太苦了，刚刚看着这个人理直气壮地说自己一个月就赚两千八的时候，一股寒意从褚年的骨头缝儿里透了出来。

褚年的父母是双职工，从小就教育他要光耀门楣，要奋发努力，所以褚年考进了一所211大学之后还憋着劲儿考了研究生，工作也找的是全国知名的大企业，在他不到三十年的人生里，他想都不敢想自己会找一份月薪不到三千块的工作。

可就在刚刚，他被人标了这样的一个价格。

与学历、能力、品行、工作态度都没有关系，只因为他现在是个结婚后还没生孩子的女人，只因为其他女人因为产育影响了工作，他就变得如此廉价！

他可以吃苦，可以受罪，可以在酒桌上连吹十瓶“绿棒子”讨好客户，可以熬三天三夜赶一份计划案，可以被上司直接把项目书拍在脸上，但他不可以容忍自己这么廉价！

绝不！

朱师兄急了。他主动提出来给余笑提供一份工作，自然是想卖余笑爸爸一份人情，怎么现在倒成了他没理了呢？工资低是他的错吗？这样吃穿不愁几年不工作的，突然想找份儿活儿，不也就是打发一下时间、挂个地方交一下五险一金吗？听语气倒像是能给他做多大贡献一样！他还委屈呢！

“师娘，师娘你听我说，这事儿不是余笑师妹说的这样，我就是……我就是跟师妹开个玩笑。”

电话那边，余笑的妈妈说："唉，笑笑，你别任性，你师兄能给你这么一份工作，你得好好谢谢人家，怎么还使起性子了？你把手机给你师兄……"

最后几个字，真是在对女儿的嗔怨里暗含惊雷。褚年听得头发一麻，连忙把手机递给了朱师兄。

5

余笑和傅锦颜约的时间是下午。这并不是余笑有意要逃班，而是傅锦颜并不愿意在晚上和"褚年"见面。

作为一个单身到现在的独立女性，傅锦颜划定自己与"朋友夫"之间的距离大概比美俄关系还远。

中午余笑就离开了公司，在去赭阳出差之前她确实有两个合作方应该拜访一下。抓紧时间跑完了两个地方，余笑赶在约定的时间之前到了一家咖啡厅。

"一杯冰美式，一杯拿铁，再加一块黑森林。"

拿铁是给自己要的，冰美式和蛋糕是傅锦颜要的。

每次和朋友们出来，余笑都是点菜的那一个，因为她能记住其他人的口味。

傅锦颜远远地就看见了"褚年"，走近之后她忍不住张望了一下，却没有看见"余笑"："褚先生，只有你一个人？"

"是，咖啡和点心都是我点的。"看见自己的挚友，余笑脸上的笑容真诚又灿烂。如果是从前，她们甚至会拥抱一下，好在她还知道自己现在是在褚年的身体里。

"哦。"傅锦颜坐在对面，很自然地推开了咖啡和点心，又叫来服务生重新点了一壶红茶，"无事献殷勤，我可受不起，有事你就直说，余笑到底怎么了？"

看着傅锦颜的态度，余笑咽下了之前想说的话，喝了一口拿铁，看了一眼窗外匆匆来往的行人，转头看向面前自己的好友："傅小姐，其实我一直挺奇怪的，咱们也认识很多年了，你为什么这么讨厌我？"

说讨厌其实都有些委婉了，在余笑的印象里，傅锦颜其实是个面冷心热的女孩儿，十几岁就会叉着腰跟外校的流氓对骂，也会因为要攒钱帮助生病的同学再不肯买明星的贴纸，和朋友在一起的时候，她也会毫不掩饰地大说大笑。相识十几年，余笑只在成为“褚年”之后才感受到傅锦颜毫不掩饰的憎恶。

傅锦颜倒了一杯茶，抬眼盯着“褚年”，慢慢地说：“你说错了，我不是讨厌你，我是越来越讨厌你。褚先生，我是为了余笑的事儿来的，并没有什么多年相识的情分和你聊。”

余笑摇了摇咖啡里的勺子，笑着说：“关于余笑的事情，我当然要说清楚，可我得先知道你为什么讨厌我。傅小姐，就当是为了余笑，请你如实告诉我吧。”

就当是为了余笑？傅锦颜镜片后面的眼神变得有些凌厉，她仔细打量着“褚年”，一字一顿地说：“褚年，面对一个以爱情之名毁了我朋友的人，我现在还坐在这里跟你说话，已经是踩在了自己教养的极限上了。不要跟我耍什么花招，告诉我，余笑到底怎么了？”

“以爱情之名毁了我朋友的人……”

十二个字，字字落在了余笑的心头。

她的瞳孔紧缩又张开，像是被什么东西击打在了灵魂的深处。原来这些年，傅锦颜看见的就是一个逐渐被毁了的自己。

她喃喃道：“原来你是这么看我的……”

“不然呢？你还想我怎么看你？褚年，我十四岁就认识余笑了，她那时候就想跟她爸爸一样当个建筑设计师；她十七岁的时候学会游泳，去海边能一口气游到防鲨网；她刚考上大学的时候想的是考厦门大学的研究生、进国内最好的设计院……然后她认识了你，褚年，我眼睁睁地看着她变成了现在这个样子。你在我眼里，就是她人生路上的悬崖。你说我为什么讨厌你，我怎么可能不讨厌你？”

傅锦颜瞪着“褚年”，她早就想骂这个男人一顿了，当着余笑的面自然是不可能的，今天褚年自己送上门来，她无论如何都忍不住了：“你要出国，她为你准备资料、陪你备考，还要关心你的一日三餐。你要考研，她忙得像个陀螺一样地给你借笔记。你当了研究生，她工作那两年赚的钱都变成了你身上的衣服、鞋子，连第二支口红都舍不得给自己买。最后你工作了，需要一个人在家里照顾你饮食起居，给你传宗接代了，她就被锁回了那么个小小的房子里……褚年，自从喜欢上你，余笑的梦想就变成了你们的梦想，最后成就的是你一个人的梦想，她自己却什么都找不到了。你自以为的功成名就的后面是你从大学开始就有意无意地趴在余笑的身上吸取她的养分，到现在，她都快被你敲骨吸髓了。可你付出的是什么？一个关于爱情的梦、一段婚姻……别跟我提钱，一个专职家政一个月赚的也未必比你少，你才给了余笑多少。你说我为什么讨厌你，我怎么可能不讨厌你？”

余笑觉得什么东西卡在了自己的嗓子里，是苦的，一路向下苦进了心里：“这些话，你……怎么不跟余笑说？”

傅锦颜冷笑了一下，喝一口茶平复自己的情绪。她说过的，可余笑回答她，说等她爱上一个人就懂了，等她结婚就懂了，等她遇到一个对的人就懂了……

在傅锦颜的眼里，余笑已经如痴如狂、步步疯魔。

没有得到回答，余笑也知道答案，她想起了那些自己说过的话，那些话现在像一个个耳光甩在她的脸上。

一时间，咖啡厅小小的一角陷入了沉默。

就在余笑重新组织语言想要说句什么的时候，她的手机响了，是“A 余笑”的电话。她拿起手机走到一边，刚摁下接听键，就听见一阵喊声——

“褚年！你再不回来你妈就要逼我跳楼自杀了！”

站在家门口，褚年几乎是用了全身的力气吼出了这句话，之后，他的身体轻晃了两下。

堵着自己儿子的家门，褚年的妈妈冷笑着说：“装，你继续装！正好，褚年回来我就让他看看！”

晚饭时间，楼上楼下的住户都在家，听见楼上有人开门的声音，褚年妈妈的声音小了两个度，却还在骂着“余笑”：“能化得跟个狐狸精一样出去一天，不知道跟什么人勾搭在一块儿呢，回来倒开始装病了！余笑，当初褚年找你的时候我还觉得你这孩子虽然长得不怎么样，但是人还挺老实的，没想到我儿子在外面拼死拼活地赚钱，你倒好，什么幺蛾子都整出来了！”

狐狸精、勾搭、幺蛾子……褚年怎么也没想到自己在经历这样令人疲惫的一天之后，竟然还有这么一个惊雷在家门口等着自己。听听这些话，竟然是从自己亲妈的嘴里说出来的！

“妈，我说了，我是出去面试工作！”

“呸！谁出去工作打扮成你这样？！我就说你最近不对，又是故意气我又是换锁，连我儿子的钱都敢动了，原来是在外头找野男人了啊！我儿子辛辛苦苦养你这只不会下蛋的母鸡这么多年，你就做这种事儿？我一定得找你爸妈问清楚，你们余家的家教就是这样的吗？你们余家教出来的女儿都是这样当破鞋的吗？！”

新鞋子磨得脚疼，衬衣、长裤被闷出的汗沾湿了，褚年看着自己的亲妈，心中涌现了这一天中的第无数个困惑：“她是不是就想看着我这样狼狈？是不是就一定要用最大的恶意来对待我？”

这个“我”，是余笑。

褚年已经用尽了方法去解释，甚至还把自己签了的劳动合同拿出来给妈妈看，可对方完全不理会这些，什么合同，“那是伪造的”，什么亲家母介绍的工作，“你妈肯定帮着你说话”……那张熟悉的脸庞上是终于抓住了敌人痛脚的得意。

难道以前自己的亲妈就是这样对待余笑的？对比余笑的妈妈跟自己说话时候的轻声细语，再想到今天余笑的妈妈为她女儿争来了没有试用期的一年工作合同，褚年心里五味杂陈。

自“归零”那天以来，对他表露善意最多的就是余笑的妈妈了，他不是不知道。

扶着墙站着，褚年看着近在咫尺的家门，进去就能安全了，可他进不去，他不敢保证用余笑的身体能在争抢钥匙的时候获胜。

“褚年一会儿就回来了，妈你有话跟‘她’说吧。”褚年不想说话了，他真的受够了，刚刚打电话给余笑，固然有卖惨的成分在，可他那一瞬间真想直接跳下去一了百了。

在这个身体里活着，真是太难了！

看着“余笑”垂头丧气的样子，褚年的妈妈笑了笑，口气突然和缓了：“余笑啊，其实你要是以后都改了，我也不是非要闹得你和褚年过不下去。”

褚年抬起头，看着她接下来要说什么。

“这样吧，你跟我下个保证，以后好好跟褚年过日子，这事儿就过去了。”

刹那间，褚年很想相信她说的话，因为他心里那个关心他、照顾他、把他当成荣耀的母亲还在，可是这些天的遭遇让他不由自主地怀疑和畏惧。

“家里的钥匙再给我一套，褚年再要给家里打钱的事儿呢，你也别管了。你要是真想工作也行，家里的开销你也得担起来，不能总靠我儿子养着对吧？”

褚年的妈妈话还没说完，就看见“余笑”的脸上露出了冷笑。

“呵。”褚年退后了一步，新鞋子从他的脚上滑落都毫无所觉，“你不是说我出轨吗？怎么你儿媳妇出轨，你都可以不管？只要不拦着你儿子给钱就行了？”赤着一只脚踩在地上，褚年只觉得一股寒意冲上自己的头顶。

见“她”这样，褚年妈妈的脸又沉了下来：“怎么了余笑，你自己做了什么丑事你自己没数吗？”

“我做什么丑事了？！我做的最大的丑事不就是……不就是……”一只手紧紧地抓着新买的裤子，褚年的眼睛几乎要瞪出血来。

这是他亲妈？

这是他亲妈！

就在这个时候，电梯门打开了，一个高瘦的身影出现。

“妈。”

看见那个“男人”出现，两个“女人”顿时都有了一种找到主心骨的感觉。

“褚年！褚年我跟你说……”

“妈，今天余笑去面试工作了，挺辛苦的，咱们有话回家说吧。”

另一边，一个人从“褚年”身后蹿出来，一把拉住了“余笑”：“笑笑，你……”傅锦颜扶着“余笑”的肩膀，小心地让“她”把鞋子先穿上。

褚年的妈妈并不想放过这么好的机会，她看着儿子，张了张嘴，声音里满是委屈：“褚年，妈妈不是要故意欺负人，你不知道，余笑她……”

双手插在裤兜里，余笑挡在了褚年面前。她不是为了褚年，只是不希望傅锦颜再看见更多属于余笑的不堪：“妈，你也累了，早点儿回去休息吧，我今天也很累了，现在还有余笑的朋友在。”

“可是，褚年，妈妈也……”

“妈。”男人的声音沉沉的，带着某种不可名状却存在的分量，“我娶了余笑，是要信任她、保护她的，想要过一辈子，不就得把日子各担一半儿吗？您是我妈，也是我的责任，您要是有什么问题可以直接问我，不要总找她。”

褚年的妈妈走了，大概又被自己的儿子伤了心，可被自己的儿子用一种莫名的眼光看着，她连发脾气都不敢——儿媳妇的面子是可以随便扯下来踩的，“自己的荣耀”是被捧在手里这么多年的，她舍不得。

被傅锦颜揽在怀里的“余笑”还是被“褚年”接了过去。

“褚年，要是这些话你早点儿对你妈说，哪儿会到今天的地步？”嘲讽地看着“褚年”，傅锦颜安抚地拍了拍“余笑”的手臂。

当着余笑的面，真正的褚年想收回自己的手，又觉得收回来也不对。

“没事了。”余笑拍了拍自己的身体。

看见事情已经被褚年解决，傅锦颜有心想走。为了维持她们的情谊，这么多年来，她已经学会了不干涉余笑的家事。

疏不间亲就是这么一回事，昔日再好的朋友，当其中一个有了家庭，她生活的一半被另一种状态彻底占据，深厚的友谊也只能退步，越是把重心投入家庭的人，曾属于她的友谊就退得越远。

“锦颜，你……你陪陪我吧。”

褚年感觉到余笑抓着自己手臂的手突然收紧。

“锦颜。”

傅锦颜从没见过“余笑”这样可怜脆弱的样子，当然连连点头。

不用抬头看，褚年也知道现在余笑的脸色一定不好看，可是有傅锦颜在，她肯定什么也不能说，什么也不能做。这么一想，褚年就开心了。

在打开家门进去的一瞬间，各怀心思的两个人都顿了一下——

“归零，归零，归归归零！”

只有傅锦颜皱着眉头说：“你们谁踩了计算器吗？”

坐在沙发上，褚年看着余笑说：“我饿了，我都没好好吃饭。”

傅锦颜闻声，卷起袖子往厨房走：“笑笑你想吃点儿什么？”

真正的余笑连忙拦住她，说：“我来做好了，你去客厅坐吧。”

看着褚年竟然下厨房做饭，傅锦颜皱了一下眉头，坐在了好友的身边：“笑笑，你就是性格太软了，以后你婆婆再闹你就让褚年去管。”

现在的“余笑”是真的很希望各人的妈各人管了，到现在他的心口还是空的。他妈妈为了一点儿钱，竟然不惜给自己的儿子头上扣一顶莫须有的绿帽子，这件事极大地伤害了他的感情和自尊。

“不过……”傅锦颜犹豫了一下，还是忍不住说，“你今天的打扮也太直男了吧？”

脸上的妆就不提了，白色的衬衣把胸口绷得紧紧的，宽肥的裤子版型并不适合余笑，还有那双鞋……傅锦颜开始怀疑长期的家庭妇女生活引起了余笑的审美畸变。

“我……我今天是去面试了。”褚年有些不自在地把脚上那双带碎钻的鞋收到了裤脚底下，来阻挡傅锦颜的目光。

虽然心疼余笑，傅锦颜还是为余笑终于出去工作这事儿感到高兴：“你找了份什么工作？”

"在我爸爸以前学生的设计室里当文员……"

说起这份工作，褚年的心里又是一阵心酸，两千八的价码是他心里挥之不去的痛和屈辱，就算余笑的妈妈帮他取消了试用期、保住了四千的全薪，他也没觉得多么开心，可他没有底气说自己不要这份工作。说真的，他有点儿怕了。

拍拍"余笑"的肩膀，傅锦颜觉得哪里怪怪的。

家里能吃的东西真的不多，一包挂面、几个鸡蛋、一盒午餐肉和一包榨菜，余笑把午餐肉和鸡蛋煎了，又用榨菜和一点儿午餐肉做了不伦不类但是味道还行的"榨菜肉丝面"。

把吃的端到客厅，余笑看见褚年和傅锦颜坐得那么近，心里又是一紧。

她的心里现在对褚年的人品评估也是负无穷，想想曾经用"睡你闺蜜"威胁自己的褚年，余笑决定还是要尽早跟傅锦颜摊牌。

这次不行的话，就等她从赭阳回来。

傅锦颜走了，门一关上，站在门口的余笑脸就冷了下来："好玩吗？"

褚年沉默。

"这样的事情，你以前怎么对我，我就怎么对你。这次是例外，你也别以为能借着锦颜让我再帮你下一次。你要是敢打锦颜的主意，不管哪一方面的，我就一分钱都不会再打给你。"

褚年低着头，看着被自己吃空的面碗，慢慢地说："我今天，真的，挺惨的。"

"是吗？那挺好的。"

"余笑，我觉得我的人生就像个笑话。"长发遮住了褚年脱妆后狼狈的脸，他真的是想说点儿什么。

可听见褚年这么说，余笑先笑了，她笑着说："你的人生像个笑话？褚年，你想过没有，这些相似的事情我都经历过，经历了三年！我这三年里经常会想，你会不会对你妈说出一点儿有担当的话？现在我明白了，我想听到的话，就得我自己去说。"

家门口的那一番话，不过是余笑对自己的另一场迟来的拯救罢了。

门打开又关上，房间里又只剩下褚年一个人。

开车回家的路上，傅锦颜心里怪怪的，余笑让她觉得不对劲儿，她也觉得自己有点不对劲儿，褚年煎的蛋，她怎么就吃了呢？就不怕有毒吗？

快到一个十字路口的时候，绿灯转了黄灯，傅锦颜踩了刹车。黄灯看着有点儿像个蛋黄，戴着眼镜的女人突然惊讶地瞪大了眼睛：“褚年怎么知道我吃五分的煎蛋还要加糖？”

第三章 / 怀孕

彻底的自我否定能够让一个人获得真正的解脱吗？

1

第二天一早，褚年在七点半闹钟的疯狂嚎叫里醒了过来。他今天得去上班，从早上九点到下午五点半。

坐在床上，他花了好一会儿才让自己睁开眼睛。昨晚他失眠了，到两点多才睡着。奇怪的是，他不知道自己为什么失眠，是因为找工作给了他很大的心理压力吗？是因为他妈的表现伤害了他的感情吗？是余笑再一次毫不留情地离去让他很失落吗？

好像都有，又好像都不是。

褚年只记得无数的剪影，每当他闭上眼睛，就会在他的眼前飘来飘去，占据他的大脑，不肯让他去睡觉，让黑夜显得格外漫长又空寂。

“我得去工作，必须得去工作。”

揉了揉脸，他从床上下来，走进卫生间洗澡。洗发液快用完了，最后挤出的那点儿冒着大泡泡，褚年胡乱把它抹在已经淋湿的头发上，突然想起来刚刚交换身体的时候，是余笑下班回来帮他洗的头。

被水冲下的泡沫划过眼睛，他眨了眨，用手抹掉了脸上的水。

吹风机褚年不会用，把擦干的头发勉强梳开，摸了一瓶是乳液的东西刚要在脸上擦开，又想起了昨天余笑的脸化好妆之后的样子。

看看素白中透着憔悴的脸，再想想自己的身体被余笑打理得井井有条，褚年拿出手机，搜起了皮肤保养的步骤：水、精华、乳液、隔离、粉底……网上的教程五花八门，褚年看了两分钟才找到一个看起来最简单的，可找遍了卫生间和卧室的梳妆台，也不过找到一瓶精华和一瓶乳液而已。

这时，褚年想起了自己昨天化妆的时候随手买的那堆东西，他好像在面试之前把它们送回家放在门口了。打开之后看了看上面的名字，褚年找到了一瓶化妆水，还是赠品。

如此凑和着在脸上涂了几层，褚年又开始想要穿的衣服，等他出门的时候已经是早上八点半了。家里唯一的一辆车一直被余笑开着，褚年忘了，坐电梯直接到了地下停车场，一摸衣服才想起来，又匆匆回了楼上。

虽然为了个月薪四千的工作打车不太合算，可为了不在第一天迟到，褚年还是打车了。八点五十五分，褚年到了“猪师兄”的工作室，只有一个四十岁左右的女人在整理东西。

“你好，我是今天开始来上班的余笑。”

女人转身看着余笑，点点头，把她带到了二楼：“我们这边就是做做合同、打印东西，平时也没什么事儿。昨天朱老师已经跟我说了，你就坐这儿吧。”

褚年坐下，这个女人又下楼了，不一会儿，就拎着水桶上来开始擦地：“你以后不用来这么早，朱老师他们都是九点半来，你九点多来就行。哦，对了，我姓韩，你就叫我韩大姐吧。”

作为一个职场“新人”，褚年有足够的情商做出“自己不能干坐着”的判断，他站起来，开始默默擦桌子。

韩大姐是个很健谈的人，五分钟够她把二楼的地板擦出来，也够她对褚年说出一堆的话。比如她觉得“余笑”看起来一点儿都不像结了婚的女人，清清爽爽得像个小姑娘；比如她说公司里的活儿很杂，文员有时候也得会网上沟通应付顾客；比如公司的另一个设计师不大来，但是很明显，他的话语权比“猪师兄”要大很多……

褚年听得连连点头。

韩大姐说得没错，九点半，一个二十多岁的年轻人来了公司，看见褚年，他眼前一亮，自我介绍说姓刘，是公司的设计助手。

褚年笑着跟对方点点头就算是打招呼了，然后继续去看电脑屏幕，各种文件和文件夹都堆在电脑桌面上。在池新建设工作了三年的褚年实在是难以忍受如此混乱的文件管理模式，为了以后工作方便，也为了能展示一下自己的本事，褚年正在用 Excel 梳理文件的排布和顺序。

他整理得很认真，要是刘助理没有从设计台那边走过来和他说话就更好了。

上午十点半，之前和设计师预约好的第一批顾客来了设计室，刘助理领着他们进了会客室，随口说道：“余笑，帮忙倒杯水。”

褚年放下手里的工作站起来，纸杯挺好找，他接了几杯温水送了进去。

过了一会儿，刘助理又说：“余笑，端两杯茶进来。”

茶包在哪儿褚年不知道，只能求助韩大姐。韩大姐找出茶包，忙着回去做今天下午要用的合同了。褚年端着茶走去，看见刘助理跟几个顾客相谈甚欢，好像聊到了昨晚的球赛。

端水换茶，褚年以为没自己什么事儿了，就继续整理文件，却没想到自己一天的“劳累”其实刚刚开始。

“余笑，进来倒水。”

“余笑，进来一下，茶杯收拾一下。”

“余笑……”

到了中午十二点，褚年已经起来了八九次。

赶在午休之前，客人终于走了，刘助理一个人在设计室里，要褚年帮他去拿送到楼下的外卖。

褚年下楼又上来，本以为今天上午就能搞定的文件整理还差一小半。

下午，朱师兄来了，刘助理拿着新的顾客要求给他看，随口说："余笑，倒杯水进来，朱老师爱喝凉的。"

褚年没动。

刘助理喊了两遍，回过头来看着"她"说："余笑，帮忙倒杯水，怎么，听不见吗？"

褚年的手指在键盘上敲动，说："我是来当文员的，还是来端茶送水的？"

人在屋檐下不得不低头，可也不能让这么个人一味压着低头呀。褚年有自信，等他把文件都整理好了，朱师兄至少会觉得雇他不亏，就算是做文员，也要看是什么性价比的文员。

就在这个时候，他听见刘助理对朱师兄说："朱老师，余笑你可真是找对了，今天两拨顾客都夸余笑好看，真是提升了咱们设计室的形象。"

"是吗？"朱师兄抬起头，看了看坐在外面的褚年，然后说，"那个，余笑啊，以后端茶送水的事情你就多担着点儿，能者多劳啊！"

看着面前的表格，褚年突然觉得有些敲不动了。

2

"褚经理，来尝尝我收藏的白茶，前味清淡，但是有回甘。我别的朋友都觉得这茶清淡，要我说，茶清淡点儿才雅致。"

余笑面带微笑地双手接过茶杯，轻啜了一口，品了品说："清新爽口，确实是有回甘，这是白牡丹吧？"

给他递茶的男人立刻满脸笑容，一副找到了知己的样子："一看褚经理就是个有品位的雅人。"

"过奖过奖，是您这个茶好，连我这个不太懂茶的人都能一口尝出好来。"

余笑恰到好处的恭维让男人越发高兴了。

保持着谦逊的态度，她努力把握着谈话的节奏，慢慢把话题重点引到了这次的项目上。

“东林那块地，问题第一是太大了，形状也不太规整，规划难度比较高；第二呢，旁边又是个城中村，房价上不去，也就没有开发商愿意接手。明天我开车陪褚经理去看看，要是天池这边真能出一个好的项目，别说我们这边，连省里领导都会松一口气。”

有了男人的这句话，余笑这次来赭阳的目的就算达成了一半——她一个外地开发商的部门小经理来这里，要是没有能在当地说得上话的人领着，下面的小鬼可不知道会难缠到什么地步。

“目前初步的计划是做一个文创产业园，但是我们现在也不过是纸上谈兵，空有地图和数据，具体情况还得现场看，也得有主任您来指导。”

“褚经理真是太客气了，果然不只是年轻有为，还这么低调谦虚……”

傍晚，余笑坐在桌前，听跟她一起来的林组长向她汇报一些当地的情况：“东林以前是个村子，叫东林村，那片地当初说是要做一个国际化的高端社区，旁边要建高尔夫球场……吹得挺大，但是……”

余笑知道林组长没说出口的话。十多年前，赭阳的东林国际豪华住宅项目曾经吹遍全国，可事实上，赭阳无论是经济地位还是交通位置都不是这个项目所面对的目标群体会选择的，响应者寥寥，于是资金链断裂，留下一片曾经是“地王”的工地，成了教科书级别的“过度开发”案例。

摩挲了一下手中的笔，余笑突然问：“东林那个城中村的人，目前都以什么为生啊？”

听到这个问题，林组长愣了一下：“好像男的都在城里或者去省城打工了。”

“女的呢？”

“女的嘛，附近有几个小纺织厂，或者做做小生意，东林的肉饼还是挺有名的。”

余笑点点头，目光落在了地图上。距离东林那块地五公里外，是一座即将兴建的大学城，未来这也是文创产业园项目依托的核心。可是不知道为什么，自从来了赭阳，余笑就觉得这个褚年草创、自己修改的项目其实并没有自己想象的那么好。它真的适合这块土地吗？

3

下班路上，褚年接到了傅锦颜的电话，约“她”出来吃饭：“你这个傻姑娘终于走出了家门，工作第一天，当然得庆祝一下。”

褚年答应了，就算有余笑的威胁在前，他也不想就这么一个人回到那个空荡荡的家。

“给。”

褚年刚看见傅锦颜，就先被塞了个袋子在怀里。

傅锦颜叼着果汁的吸管说：“都上班了，好好收拾一下自己，我前一阵买多了一套，给你也不怕浪费了。”

买多了一套？虽然对化妆一窍不通，褚年还是认识牌子的，黑色盒子上的Logo明明白白写着“DIOR”,那些写着“LAMER”的绿色盒子看起来只会更贵。

“我……这……”

傅锦颜长眉一蹙：“怎么还跟我客气起来了？”

褚年这才把东西放在一边。他对傅锦颜的工作了解不多，只知道她算是小有资产，独自一个人买了两套房，日子过得宽裕。

“锦颜，谢谢你。”

这句话褚年说得很真诚。虽然这份友谊是属于余笑的，可他从小到大也没有收到过这样的馈赠和维护，不管是昨天护住自己的那只手还是今天的礼物，都让他觉得温情又温暖。

“假客气。”傅锦颜的回答是翻了个白眼。

褚年低着头，看傅锦颜把菜单放在了自己面前：“点菜了！”

嗯？他抬起头拿过菜谱。和女孩子吃饭点菜的经验他还是有的，三菜一汤，一个是他想吃的，一个是本店强推的特色，另外两个……

“锦颜，你想吃点儿什么？”

眼镜片后面，傅锦颜的眼睛眨了一下，脸上慢慢露出一个微笑，说：“香辣羊排、小洋芋焖牛肉粒……”

吃过晚饭，褚年坐在回家的出租车上，脑子里一半是今天工作中的愤懑不平，另一半则是对女孩子之间感情的感叹，甚至是羡慕。他可以说自己今天过得不快乐，可以说那个刘助理不好，可以说朱师兄根本就不尊重他……这些话如果是一个男人说出口，往往得不到安慰，但是缩在余笑的壳子里，至少他可以表现得柔弱可怜，然后获得认同和安慰。

“唉，余笑这么喜欢跟她凑在一起，是不是也因为可以抱怨我妈，还有我？”

这么一想，褚年又叹了一声。

回到家里，没有开灯，他先看见了客厅墙壁上的计分器，发着光的数字慢慢地变成了“15”。

同样回到家的傅锦颜此刻正站在自己的书房里，她手里攥着手机，牙齿咬着自己的嘴唇。多可笑啊，只是一顿饭的工夫，她就几乎可以确定自己的闺蜜不是自己的闺蜜了。这样小说、电影里才有的事情就发生在了她身边，发生在她最好的朋友身上。

“如果余笑不是余笑，那褚年……”她还记得那碟加了糖的煎蛋、那份咖啡加点心和那天格外不一样的“褚年”，“会不会有可能……”

坐在平时工作的椅子上，她的指关节敲在椅子扶手上，一下又一下，就像她过往无数次卡文时的强迫思考一样：“当我们否认了所有的不可能，无论留下的看起来是多么的不合理，那都是真相。”

都是真相……

一瞬间，傅锦颜很想给“褚年”打个电话，问问“他”到底是不是余笑，可她忍住了。

4

第二天，褚年还是在九点到了公司，依然只有韩大姐在打扫卫生。

“余笑，又来这么早呀？”

褚年笑着跟大姐打了招呼，跟朱师兄和刘助理比，韩大姐算是这里唯一不往他心口添堵的了。

“我包了几个蜜枣粽子，现在还热着，要不要尝尝？”韩大姐从抽屉里掏出一个布袋子，拿出里面的饭盒，饭盒里面是六个码得整整齐齐的粽子，每个都很小巧。

“这太不好意思了。”

“有什么不好意思的？我儿子昨天非闹着要吃，我从买叶子、泡米开始做，一口气忙到了九点半，反正是做，就多做点儿给大家尝尝。我这个粽子是用新鲜芦苇叶包的，你打开就是绿的，和外面的不一样。”

盛情难却，褚年拿起一个粽子吃了，白糯米被芦苇染了一点儿薄薄的黄绿色，味道格外清香。即便不喜欢吃糯米，褚年也得说韩大姐这个粽子包得真不错。

九点半多一点儿，朱师兄先到了设计室，刘助理被他打发去跟现场了。

“师兄，我昨天来了之后发现我们的文件管理……”

“你等一下啊，我这儿有点事要忙。”朱师兄挥挥手让褚年先回去。

褚年快要回到座位上的时候，朱师兄又在身后叫“她”：“余笑，你给我倒杯水来。”

又是倒水！这么喜欢被人倒水去茶楼办公啊，开什么设计室！

褚年深吸了一口气，去倒了一杯水送进了设计室。

“余笑，下午牛老师会过来，到时候我可能已经去了客户家，你一个人小心一点儿，就算她说了什么你也别放心上，反正她也不常来，四十多岁都没结婚，心理有点儿问题。”

一个猪一个牛，要是再来一个“羊”，这个设计室就可以当农场了。

“好的朱师兄，谢谢你提醒我。那个，我昨天看了一下咱们的文件……”

“行了行了，你刚来，什么都不懂，就继续看文件吧。”挥挥手，朱师兄又让褚年出去了。

坐回座位上，褚年看着电脑屏幕，手放到键盘上，继续做文件归纳和整理。

至少在这里工作半年，这样下一份工作才能更好找一些，不然一个几年没出来工作的女人一份工作做了没几天又跑了，换他是人事，也不会招这样的人。半年……褚年想到自己还要这样无尽头地熬下去，突然觉得胃里翻滚得有些难受。

午饭褚年不想吃，韩大姐凑过来摸了摸“她”的额头，说：“也不像是中暑了，我这儿有藿香正气水，你要不要喝一点儿？”

褚年摇了摇头。余笑的身体真的太弱了，他被困在里面，觉得每天都在被什么吸取力量，生气也无力，高兴也无力。

哦，对了，他就没高兴过。

下午两点多，一个胖乎乎的短发女人走进了设计室。

看见韩大姐猛地坐直了身子，褚年立刻就想到了这个女人就是“牛老师”，设计室的另一个合伙人。他还真没想到，这个在设计室里权力颇大、让“猪师兄”很是忌惮的设计师居然是个女的。

“你是新来的那个，余老师的女儿？”

褚年站起来，说：“是的，牛老师。”

“嗯……”牛设计师穿了一件藏青的袍子，脖子上挂了一串形状各异的彩色石头，脸上化了妆，听完褚年的回答之后，她拿起褚年面前的文件夹说，“工作上有什么不习惯的吗？”

“没有，谢谢牛老师关心。”

“不用这么客气，叫我牛姐也行，我以前也跟过你父亲的项目……这是你在看的文件？”

褚年吞了一下口水，不是因为紧张，而是因为胃里有点儿泛酸：“是，我从昨天到今天都在看电脑里的文件，发现有些乱，就做了个表格整理了一下。”

“是吗？”牛设计师直接扳过褚年的电脑屏幕，“你演示给我看。”

褚年劳动了一天多的成果终于得到展示了，他却顾不上高兴，因为他要用全部的力气去压制自己翻江倒海的肠胃：“是这样，我做了一些超链接，指向本地的文件夹，只要点一下这个大……大框架，就能……打开……”

褚年终于忍不住，捂着嘴冲进了卫生间，早上吃的粽子连着半肚子的酸水都倒进了马桶里。抬头看着洗手池上面的镜子，褚年只看见了一个脸色青白的女人，憔悴又虚弱。

“别着急，要不要喝点儿热水？老韩这里有盐吗？喝点儿盐水会不会好一点儿？”

扶着卫生间的门走出来，褚年就看见一杯热水从牛姐的手里递了过来。

“喝点儿水，才六月就这么热，你是不是中暑了？”

褚年怀疑是自己早上那个粽子吃得太急了，也有可能是中午没吃饭的缘故。不过现在并不是追究他为什么呕吐的时候，接过水杯，他连忙道歉：“不好意思，牛老师。”

“没事，谁都有不舒服的时候。”

又看了一眼“余笑”的电脑，牛姐拍了拍“她”的肩膀说：“你这个东西我挺感兴趣的，一会儿加一下微信，等你好点儿了再给我讲。”

“牛老师……”

“没事儿没事儿，年轻的时候得好好照顾自己的身体，尤其是女人，自己不爱惜自己，后悔了就晚了。”

下午还有事儿，牛姐就像来的时候一样匆匆地走了。褚年趴在桌子上，搞砸了这次机会的他第一次深刻地懊悔，自己从前应该更关注余笑的身体。

晚上回到家，褚年翻出来一片肠胃药吃了下去，然后在微信上认认真真地敲了四五百字去介绍自己的文件管理模式，却迟迟没有发送。

“明天再改改吧……”

接连的碰壁让褚年变得越发谨慎起来，哪怕身为池新建设国内市场部的组长，现在面对的只不过是一个只有七八个人的小小工作室。

让褚年失望的是，第二天早上，他又吐了。两次。

胃药没用，褚年也不敢再吃了，吐完之后他回床上躺了一会儿，然后昏头昏脑地下楼，打车去工作室。

路上他纠结是不是应该去趟医院，两次想让司机换一下目的地，最后还是没说出口。才上班第三天，他用手指头想也知道不该请假，想当年他也是发烧到 39 度还在家里披着棉被写计划书的猛人，不过是一点儿肠胃不适，他应该能扛过去。

褚年在心里不停地安慰自己，可到了工作室门口，他的心里还是空落落的。披着棉被写计划书的时候，还有余笑给他测体温、换冰袋、做饭，那时候他的身体多健康啊，好歹三步上篮是能来几个的。

一个人在一个虚弱无解的身体里待得太久了，往往会无端生出些臆想，比如自己是不是得了什么未知的病。褚年隐约觉得自己怕是最近遭遇了太多打击，有些神经敏感，变得疑神疑鬼了。走进设计室的时候，他捏了一下自己的脸，让自己打起精神，忘掉那些有的没的。

和前几天一样，韩大姐一个人在打扫卫生，看见褚年，她抬手打招呼："余笑啊，肠胃好点儿了吧？"褚年还没来得及说话，韩大姐就噼里啪啦地接着说，"我昨天想了半天，你是不是早上吃我包的粽子吃不好了呀？我今天早上煮了点儿小米粥，你喝一点儿吧？"

"韩大姐，太谢谢你了，我……不用了，我就是……"

"年轻的时候一定要保护好肠胃，昨天牛老师不也说了吗，自己的身体得自己爱惜。"

保温桶里倒出来的小米粥还是热的，褚年端了起来，他昨晚就没吃好，今早吐了之后也没吃东西，还真有些饿。

热热的小米粥下肚，褚年长出了一口气，觉得舒服了不少。可过了不到两分钟，他又冲进了卫生间。

“余笑啊，你这……”韩大姐扔了拖把帮“她”倒了热水，站在卫生间门口小心地看了一眼年轻女人的肚子，“余笑，你是不是怀了呀？”

——“余笑，你是不是怀了呀……”

大概是吐得太晕了，脑子里竟然都有了回音，褚年面对着马桶里自己吐出来的东西，身体都僵住了。

韩大姐用一副过来人的语气说：“你们年轻人都不注意，你这样喝了小米粥都吐，说不定是真有了，要不你下班去医院看看？也不用去医院……就去药店买试纸就行，要是真有了，哎呀，余笑，你还不到三十吧？正是好时候啊我跟你讲！”

不会的……

“我当年怀我家第一个丫头的时候也是什么都不知道，后来四个月没来月经，回娘家跟我妈说了，我妈急了，以为我得病了带我去医院，这才知道是怀了孩子。”

不可能的……

“我家第一个丫头是一点儿都不闹腾，我那时候天天骑个自行车上班，一直到休产假，月子也坐得好。就是后来怀我家小子的时候，真是年纪大了，唉……他又是个折腾的，最后就剖了。”

绝对不可能！

褚年没有理会韩大姐说的话，他走出卫生间，接过那杯热水，才发现自己的手指已经凉透了。

“余笑，我跟你说，你要是真怀了，可不能不吃饭，你现在可不是一个人了！”

一口喝掉所有热水，胃液的酸味还停留在嗓子眼儿里，褚年坐到了自己的工位上，强迫自己看着电脑。

韩大姐看他这样子，笑着说：“你这是高兴坏了？我也就是瞎猜的，还是得验过了才作准！”话是这样说的，语气却笃定得很。

褚年放在键盘上的手抖了一下，像是痉挛了一样。看着自己忙了两天的Excel表格，他的大脑里一片空白。

晚上六点多，褚年坐在家里的沙发上，第二百次对照使用说明和自己的测试结果。

他用掉了足足一盒试纸，除了测试失败的，其余的结果都指向一个事实——“余笑”怀孕了。

5

赭阳的太阳很晒，站在城中村里，透过太阳伞的缝隙看见头顶密密麻麻串联的电线，余笑擦了擦脖子上流下来的汗。

“大帅哥，要不要吃我们家的凉皮啊？有风扇呀！”

余笑愣了一下，才反应过来身后的人是在叫自己。她转过头去，看见一个三十多岁的女人一边切凉皮一边看着自己。

“褚经理，要不咱们歇会儿吧。”被余笑拉出来在城中村做了一整天调研的林组长，眼睛被晒得都快睁不开了。

再看看身后那三个跟着自己办事的年轻人，余笑点了点头，带头走进了那家小铺子。除了门口卖的凉皮，店里还卖肉夹馍、炒饼和炒饭，墙上贴着的彩色大菜单上糊了一层油黄。

“谁想吃凉皮？谁想吃肉夹馍？我看他们家炒饼也不错。”张罗着统计完了所有人要点的菜，余笑去报给了站在门口的女老板。

她的一串儿动作实在是太溜了，其他四个人等她回来了才想起来这是让他们的头儿去跑了趟腿。

余笑还拎回来一个水壶，水是温的，正好能喝。

倒水的活儿被同行的年轻男人接了过去，余笑趁着菜还没上的工夫，打开了随身带着的大本子。

“这个城中村里的外来人口还是挺多的，主要是房租便宜，很多外来打工的会在这里住，之前我们统计数据的时候忽略了这一块儿。”

听到她的话，林组长点了点头，其实何止是忽略了这一块儿，所有针对那些烂尾楼的改造建议都是围绕着未来的大学城或者什么依托高速路发展的新经济增长区域，谁会把目光放在这个城中村呢？倒是想这一块儿都没有了，东林那块烂尾楼的地价还能涨一截。

“这边孩子上小学的问题其实很大，尤其是随着打工者来的孩子们。政府安排的子弟小学离这里太远，想要借读，这周围的两所小学，一所师资匮乏，一所又收纳了太多的学生。未来这个问题可能会更突出。”

这些林组长都能想到，其他三个年轻人却有些茫然，他们随着余笑的笔看向她的笔记本，看到“二胎意愿颇高”几个字顿时恍然大悟。

余笑上午随机走访了几十位当地住户，记下来的东西足有几千字。翻看着其中的内容，她在新的一页纸上写了几个关键词：养老、学校、女性休闲、女性就业岗位……这些都是东林这个城中村匮乏的。

脸上的汗还在往下流，余笑一边记录，一边拿起餐巾纸随手擦去了。

女老板端来了她点的东西，站在旁边听他们讨论，突然笑了：“你们几个外地人在干什么？什么学校啊养老院啊，我们这里就是个鸽笼大小的破地方，你们还帮着操心起来了。”

余笑正收起笔记本想要吃饭，听她这么说，抬头微笑着说：“我们是想做你们路对面那块烂尾楼的改造，要改造，当然要看周围都需要什么了。”

这话让女老板的脸上露出了几分惊奇，她说：“路对面都说是要弄一平方米好几万的大项目，跟我们这些做小买卖的、吃着房租打牌的、卖苦力的有什么关系啊？”

怎么会没关系呢？建设本来就该是围绕人的。

这是余笑一直记着的道理。虽然这种项目规划跟她从前学的东西有很大的差异，但是这世上的道理都是相通的。

其实，何止这位萍水相逢的女老板不明白，就连余笑手下的人都有些迷糊，说好的高大上文化产业，怎么就在这个九曲回肠般的城中村里绕不出去了呀？

酸香中带着蒜的青辣，配着黄瓜丝的凉皮两口下去就让人觉得脑子都清爽了。听到同事的疑问，余笑说："我今天在这边走，突然明白了一个道理，东林的这块地，我们以前一直想着是等大学建好了这里如何如何，等高速建好了这里如何如何，可事实上，不都是自己给自己讲故事吗？好笑的是，这个故事离这里这么近，就是跟他们没关系。你说，我们拿着这个项目去跟政府竞标，他们是希望听我们讲故事，还是看到我们能立刻帮他们解决的问题呀？"

林组长肉夹馍在嘴里都忘了嚼了，突然恍然大悟，差点儿把饭喷出来。

"褚经理，其实你是想把东林这块地并进赭阳的民生改建工程里面吧？"

说话的是个戴眼镜的小姑娘，她这两天只干活，少说话，没想到一开口就踩在了点子上。

余笑点点头："这是我初步的想法。小莫你一下就抓到了我没说的点子。"

被夸奖的小姑娘有些腼腆地笑了。

简单吃过这一顿，余笑又继续忙了起来，她需要更多的调查来支撑自己的想法，也希望能在跟这些当地住户的闲聊中完善自己还不成熟的方案。

"帅哥，你要是真给我们弄来了学校，你再来吃凉皮我不要你钱！"对着"他"的背影，女老板热情地喊道。

6

一大早，熬了一夜只等交班的社区医院小护士打着哈欠，看着面前的患者："您是哪儿不舒服？"

年轻的女人身上穿着运动服，脸上还戴着口罩，面对护士的询问，想了想才说："那个，我肠胃不舒服。"

"肠胃不舒服？那您得挂消化内科，现在门诊还没上班呢，您要着急就先去急诊，不着急的话就……等一会儿八点挂个号。”

女人站在原地想了想，看了眼抽号机，又转回来看着小护士：“那个，我想问一下，有没有一种药，就是能让人吐？”

“您是说催吐药啊？硫酸铜对身体不好，我们现在不建议用药物催吐了，多喝点儿温盐水或者抠嗓子眼儿，都比吃药的危害小……女士您是哪里不舒服？想吐吐不出来吗？”

女人摇摇头，抬手揉了揉自己的脸，差点儿把口罩给揉下来。

“您要是觉得实在不舒服就去急诊吧，或者您去市医院挂个急诊，那儿比我们好多了。”

“等等……”女人抬手止住了护士的话，过了两秒钟，才慢吞吞地小声说，“有没有什么药无色无味，包在粽子里、放在米粥里，让人吃了之后连着几天一直吐，然后呢……还能让人测试的时候吧……测出来自己是怀孕了。”

女人的眼神里都透着认真，十分认真、极其认真。

小护士看着她，也压低了声音说：“您是不是最近看了什么宫斗剧，有点儿上头？”

女人退后了一步，想了想，又说：“我不是开玩笑的。那个，毕竟艺术源于现实，小说中存在的事物不代表现实就没有啊！”

比如老公老婆互换身体，老公还疑似怀孕了，这种事情小说里都没写过啊，可不就现实发生了吗？

可惜小护士并没有被她的理论说服，而是猛地吸了一口气，大声说：“这位女士，现在是早上七点半，我们值班人员已经在你们看剧、睡觉的时候工作了几个小时，您要是肠胃不好就挂消化内科，怀孕了就挂妇产科，实在想拿我们医护人员寻开心请您去三甲或者专科医院挂一下精神科！”

“女人”自然是在余笑身体里的褚年，被小护士这么喷了一顿，他想走，抬了脚，却走到了抽号机旁边坐下。

等啊，等啊，一夜没睡好的他打了个哈欠。他昨晚搜了一下“让人看起来像怀孕其实没怀孕的药”，结果搜到了一篇宫斗小说，点进去觉得挺有意思，后来在床上辗转反侧的时候，他还干脆拿起来看了一个小时。这么一想，那个小护士说他看宫斗剧看上头了，大概也没说错。

“喂，醒醒！”

褚年睁开眼睛，看见了一片纯白色，他恍惚了一下才看清是护士的衣服。

“马上抽号了，你别睡过了。”看“她”还在发呆，小护士看了一眼时间，拍拍“她”的肩膀，“医保卡带了吗？起来，我带你去挂号。”

跟在小护士的后面，褚年脑子里糨糊似的，连说了什么都不知道，等他慢慢回过神儿来，才发现自己被挂了号，然后被带到了妇产科。

“啊？”

“你说你挂妇产科的，身体还这么虚弱，怎么自己一个人来医院了？以后来医院找家人陪着，家人不在附近找朋友也行啊！到你了，进去吧。”

小护士看着女人走进去的时候，不知道为什么，觉得从自己面前走过的这人每一步都像是踩在了雷区。

妇产科医生比褚年想象中要随意得多：“年纪多大了？结婚几年了？上次房事是什么时候？最近身体上有什么特殊的表现吗？”

“二十九，三年，一个半月之前，就是吐……我觉得我可能是吃坏了肚子，真的，我是不是挂错号了？”

医生不理会褚年的“垂死挣扎”，尿检做完，开了单子让他去B超室。

“怀孕六周了。”

“医生……”褚年脸色苍白，最糟糕的结果真的出现了，他要做的决定也得赶紧执行，“我想问一下，流产怎么做？”

“你是说终止妊娠？”

“嗯。”

医生拿起了“余笑”的B超检查报告：“其实我刚刚想跟你说，你之前流产的那次，对子宫伤害很大，这次能怀孕已经是小概率事件了，你要是坚持终止妊娠，我不确定你还有没有再次怀孕的机会。”

明明早就做了决定，褚年在医生说完之后，还是下意识用手捂住了自己的小肚子。他刚刚在B超室看见了，就在那里，有个圆乎乎的小泡泡——是他决定要拿掉的孩子。

“你是已婚，我觉得你可以跟家人商量一下再做决定。”

九点半，褚年到达设计室的时候，刘助理已经在了。

“余笑，你上班来得也太晚了吧？”

还没等褚年回答，韩大姐已经开口说话了：“刘助理，余笑这两天身体不舒服，她可是一直早早就来了的。”

刘助理闻言笑了笑：“也不知道你们女人哪儿来那么多不舒服，今天不舒服明天不舒服，不舒服就能来晚点儿，说也不让说。”

韩大姐没再理会刘助理，轻轻拉了一下褚年的衣角，问：“检查结果怎么样啊？”

“去医院看过了，不是怀孕，是肠炎。”褚年晃了晃手里的肠胃药，这是他在医院门口的药店买的。

韩大姐脸上的笑容一下子就消失了，她拍拍“余笑”的肩膀说：“没事儿，不着急，我那儿有几种汤，等我把配料抄给你，你给你老公炖了喝。”

用脚指头都能想到汤的功效是什么，褚年只笑不说话，他这一早上已经耗费掉了一天的精气神儿。

设计室里，刘助理又在喊“余笑来倒杯水”，褚年竟然觉得自己被解围了。

午饭时间，褚年没订饭，而是从设计室走了出来，到路对面的餐馆里吃饭。

“要一份……卤牛肉、酸辣土豆丝，再要一碗炸酱面。”

等菜的时候，褚年又摸了摸自己的肚子，不管这个孩子要不要，既然现在这样了，他得喂他点儿好的。

饭还没吃几口，他又想吐了，压了下去又翻上来，再压下去，最后从餐馆出来，他连马路都没来得及走，直接吐在了餐馆门口，从盲道淋漓到了道旁的树根上。可能是他的样子太狼狈了，就连餐馆的老板都让他赶紧走就好。

吐完之后，回到设计室的褚年脸色比纸还要白，朱师兄到底还记得“她”是余老师家的师妹，赶“她”回家去休息。

回到家之后，褚年先结结实实地睡了一觉。醒来又是华灯初上，他摸出手机，想给余笑打个电话。

“你知道吗？你怀孕了。”

这句话该这么说吗？

“余笑！你怀孕了你知道吗？你终于怀孕了！我们要有孩子了！”

好像也不对……

起床，没有开灯，褚年站在卧室的门口看着客厅里的计分器。

“她还会期待这个孩子吗？”

要是她不期待这个孩子了，或者……或者她也想要孩子，只是不想自己生，那不还是得自己来？！

昨天褚年满脑子想的是自己一个男人怀孕生孩子真是天底下最大的笑话，到了今天，他开始怀疑自己可能根本活不到孩子出生的那一天。

摩挲着平坦的小腹，客厅开着的窗子外传来了邻居家的饭香气，褚年闻着又是一阵止不住的反胃。他苦笑了一下：“这就是怀孕吗？女人都图什么呢？”

计分器默默跳了一下。

7

“这边的工厂招女工都不签合同，怀孕、生孩子，哪儿还有办法干活呀？”

随着女人的话，男人的笔在纸上快速地记录着。

“怀孕我可以理解，生孩子之后也不工作吗？”

“东林就两个大幼儿园，村里的人还得跟外人抢，村里自己的幼儿园就麻雀大小，能塞几个孩子？除非老人带着，不然……”女人摇摇头。

“幼托。”

写下这两个字之后，余笑叹了口气。

东林的女人们留在这里照顾老人、房子、孩子……导致了就业范围的狭窄，劳动密集型的工厂出于利益考虑对女工的权益不仅不保护，还践踏，育儿配套设施的几近于无也把女人牢牢地困在了这个城中村里。

这些天越是调查，余笑越是想做些什么。

被她采访的女人三十多岁，怀里抱着个两岁多的胖孩子。她自己就是因为产育关系不能出去上班的女人中的一员，看着英俊的男人因为自己的话皱起了眉头，她有些得意，抬头看看上面，说："要是这儿周围有个市场就好了，村子里面的小铺子能搬出去一些，我们也能有地方做点儿小生意，买东西也方便……嗐！我也就乱说一气，就是个在家里养孩子的，谁听我说话呀。”

“没事儿，你尽管说。”

余笑已经记下了“市场”两个字。

轰轰烈烈地成了“地王”，轰轰烈烈地“烂尾”，无数开发商流着口水盯着的财富旁边有一群被忽视的身影，所有人都当她们是沉默的。

“你想听别人说什么话，你就得自己先说出来。”

女人抬起头，看见了男人脸上的微笑，在那一瞬间，这个两个孩子的妈觉得自己还是个十五六岁的小姑娘。

8

早上，褚年是被剧烈的想要吐的膈膜抽搐给“唤醒”的。

他冲进厕所里把嘴里、胃里寥寥无几的酸液倒给了马桶，眼前又是一阵眩晕。

过了大概一个世纪，他才从天旋地转中解脱出来，扶着洗手台，放出凉水拍在脸上让自己清醒。

“今天还去上班吗？”看着镜子里的“余笑”一副命不久矣的样子，褚年问自己。

还没等他想到答案，又一阵反胃如同潮涌一般向他袭来。

“呕！”明明什么都吐不出来了，整个腹部和胸膈却还是扭曲和挤压着他的肠胃乃至整个消化道。

从卫生间慢慢走出来，跌坐在床上，褚年的大脑已经是一片空白了，唯一的念头是他是不是就该守在厕所里，等着下一阵孕吐的到来。突然，他一拍脑门儿，拿起手机搜起了“孕妇止吐药”。

可无所不能的网络告诉他的是——

“哪儿有什么孕妇吃的止吐药，想吐的时候喝一点儿柠檬水缓解一下，也可以吃一点儿苏打饼干。”

“没有什么可以帮助止孕吐的药物哦。而且怀孕期间也建议少吃药，不然有可能会影响宝宝的发育。”

“孕吐是正常生理现象啦，别那么娇气，还吃药。”

“不能吃药的，吃药对宝宝不好。谁不是孕吐过来的？忍忍就好了。”

“你好朋友，这种情况建议最好在怀孕期间不要使用药物啊，会对胎儿有影响的。”

褚年也不是没见过女人孕吐，小时候看电视剧里面女的作势要吐，旁边就立刻有一群人欢欢喜喜地说“哎呀，这是有了”，恨不能敲锣打鼓庆祝一番，就连蛇精白娘子还喜欢吃酸的呢。他当然也知道差不多每个女人怀孕都得经历这一遭，可真经历了，他才知道这到底是什么滋味。还影响胎儿？！要不是心里还有那么一点儿可能跟余笑换回来的念头，他现在已经去买麝香、红花一口闷下去了，都不用小说里那些“姐姐”“妹妹”“×妃”“×嫔”来买通什么小太监！

褚年有些费解，他要是个正常人，就这样铺天盖地地吐，药都可以吃一堆了，怎么就因为他怀孕了，就得因为怕“影响”胎儿不能吃药了？他又不是靠吃打胎药止吐！

柠檬水止吐的办法，褚年决定试试，他在二十四小时配送的生鲜店里买了两个柠檬、几个苹果，还买了点儿黄瓜。

等外卖的时候，为了缓解注意力别总想着吐，褚年继续看手机里刚刚搜出来的东西——“怀孕两个多月，由于呕吐得厉害去医院，医生给开了孕妇止吐药，但是里面居然有薏米，听说吃薏米会流产的，药我喝不喝呀？”

吃薏米会流产？褚年有点儿好奇地点了进去。

“当然是不吃了，那可是薏米！呕吐是正常的……再说你认为你吃进去的东西都吐出来了，但还是有残余的，人体可以吸收一部分。既然想当母亲，这点儿痛苦其实不算什么，以后还要度过很多关，难道也要用药物来解决吗？大家不是都坚持过来了吗？”

“要有吐了再吃的耐力，要想着宝宝需要的是营养而不是药物。祝你生一个健康的小宝宝。”

“别吃药！你最好别去医院看，他们只会给你开药吃！那样还不如我们自己治呢！”

“听说早期反应厉害的，怀男宝宝的概率大！恭喜你哟！”

明明已经是六月中旬了，看着这些字，褚年却越发觉得冷，冷进了骨头里。他忍不住抱紧了被子，接着就又想吐了……

勉强自己喝了一杯柠檬水、吃了一个苹果，褚年觉得自己活了，虽然也不过活了半个小时就又想吐了，可肚子里有了点儿东西，就算吐出来也比胃部空转好一点儿。

再次从卫生间出来，他拿起手机，给余笑打电话。

“喂？”

电话那边传来的明明是褚年听了快三十年的声音，他却觉得有些陌生。

“余笑……”

“怎么了？”

褚年想说这个身体怀孕了，孕期症状很严重，可医生说如果打掉孩子，以后再想怀孕会很难……这些话到了嘴边，褚年说不出口了。

听见熟悉的语气问自己一句“怎么了”，那些一个人在路边吐得昏天黑地的酸楚、那些一个人在床上被呕吐感顶醒的痛苦、那些自己想要缓解痛苦却好像全世界都认为自己的痛苦伟大且正确的荒谬感，还有寂寞……奔涌在褚年的心头。

“喂？你怎么了？”

“余笑……”

褚年摁下了手机上的红色虚拟按键，然后捂住自己的眼睛——他拒绝让自己的眼泪流出来。

就在这一刻，他做了一个决定。他不会告诉余笑自己怀孕的事了，换回来也好，换不回来也罢，换回来之后余笑不能生了也无所谓，怀孕对他而言就是一场太可怕的噩梦，而噩梦，就该被彻底终结！没有承受的可能和讨论的余地！

自从余笑发现他出轨，他已经丧失了所有优势，这个孩子的存在又极大可能让他沦落到变得更脆弱和更绝望的境地。就像刚刚他想说出口的瞬间，跟一个靠着孩子求老公关爱的女人有什么不一样？他褚年怎么可以这么可悲呢？

“孩子，你别怪我。”

摸一摸平坦的小腹，褚年的表情渐渐坚定了起来。

9

电话里传来了忙音，余笑看看自己的手机，对着其他人笑了笑说：“我老婆想我了。”

林组长点点头表示理解，他们也出来了几天了：“褚经理，这个项目书需要的材料咱们也收集得差不多了，也该回去了。”

“嗯。”余笑点点头。

因为要回家了，几个年轻人的脸上都露出欢喜的样子，只有余笑和林组长知道，他们回去才会面对更大的风浪——这个项目跟他们一开始做的草案已经截然不同，要是说服了公司，那就是他们富有创意的胜利；要是被公司驳回，他们就是任意妄为的失败者，而且……

林组长看着沉默听着其他人说话的“褚年”——他虽然过分耿直，在公司混了很多年都还只是个组长，可他经历的风浪并不少——眼前这个年轻又刚刚升职的市场部副经理，到底是平步青云还是就此哑火坐冷板凳，也就看这一遭了吧。

说要回去，余笑立刻买好了所有人回程的火车票。坐在火车上，她还在随身的电脑上敲敲打打。

下午一点下了火车，下午两点时，她已经站在了公司总经理办公室。

“项目书做得不错，你做得很用心。”看着手里的《东林综合文化产业园建设项目计划书》，总经理很满意。

余笑半低着头，面带微笑地说：“是林组长办事老道，很多地方我之前疏忽了，他帮我指了出来。”

“林组长？是林袁平吧？”总经理想了一下，才想起来市场部那位资历最老的小组长，接着他想起了之前林袁平可是和褚年竞争过市场部副经理的位置的，“一回来就说别人的好话……褚年啊，几天没见，我怎么觉得你不太一样了？更成熟了点儿，挺好，年轻人进步得快是好事。”

“总经理，其实……我还有一份计划书。”从公文包里拿出另一份计划书，余笑将之转成了方便总经理看的角度。

总经理有些诧异地说：“什么计划？”

“还是关于赭阳东林的那块地……”

看着《东林烂尾楼整体项目改造意见》这个标题，总经理的眉头皱了起来，他又拿起之前“褚年”给自己的那份文件：“你这是什么意思？”

“总经理，”余笑深吸了一口气，“我去赭阳实地看过之后，觉得文化产业园并不需要那么大一块地方，但是东林需要将那块地做更多的用处。”

密密麻麻、纵横交错的电线，狭窄到三路车都不能顺畅通行的小路，抱着孩子没有工作的母亲，高喊着要是有了学校天天请她吃饭的女老板……这些画面都在余笑的脑海中划过。

“呵！”翻了两页，总经理先笑了一声，抬头看着面前这个腰板挺直的年轻人，“褚年，我从前还真没看出来，你还有点儿为民请愿的胸襟呢。不过你是不是忘了，咱们这是建筑公司，是要赚钱的，不是慈善机构，弄什么托儿所、小学、市场、技术培训机构，你的脑子是不是被赭阳的大太阳给晒糊了？”

“我知道，总经理。”咬了一下嘴唇，余笑微微抬起头说，“东林这块地，我们要考虑的并不只是未来是否能够以文化产业园的模式引相关企业入驻，我们还得考虑赭阳政府需要的到底是什么。在市政规划这一块儿，我们国内一向是政府先行，立项招标，可要是反过来呢？作为国内建筑行业的龙头，天池想要的是在各方面的号召力，如果池新能够做出一份综合的规划给赭阳政府，甚至是积极深入到了赭阳的民生建设领域，我们也可以找到下一个赭阳……总经理，东林这块地，谁拿下了谁就能在国内旧城改造行业里争取更多的话语权，可单纯地建一个文化产业园，这么做的可以是池新，也可以是别家，甚至在天池集团内都可以由另一个分公司完成，唯有一些不一样的东西，才能让池新真正做到一举成名。”

总经理把整个后背靠在了椅子上，转着手里的钢笔看着“褚年”。从前的褚年看着是意气风发，可做事极为谨慎小心，上面的一个眼神过去，他就能给自己圈一圈儿篱笆，绝不敢越过去。现在的褚年看着谨慎谦逊，仿佛什么都是把别人排在自己前面，可真正做起事来十分大胆，不仅不声不响地做了两套方案，就连说出口的话都敢直直地点在他这个上司的心口上。

“你先出去吧，计划书我会看完的。”

等“褚年”走了，总经理翻看起了“他”留下的第二份计划书，仔细看了两遍之后，他沉吟了一下，拿起了桌上的办公电话。

余笑回到自己的办公室也没闲着，赭阳特产的杏仁糖她买了几包分给同事吃，又去跟经理汇报了一下工作。

刚从经理办公室出来，已经是要下班的点儿了，余笑又接到了总经理让她上去的电话。

“你这个项目，挺有意思。”

说这话的不是总经理，而是电脑屏幕里一个看起来三十多岁的男人，英俊冷肃、气势威严，是天池集团的董事长。

余笑不认识他，可她知道，进来听见这句话意味着她的想法已经成功了一半。

10

又是一大清早，小护士打了个哈欠，眼睛扫过大厅里的钟，七点半了，离下班很近了。

戴着口罩、穿着运动服的女人走过来的时候，小护士没留意，就听见有人压低声音跟自己说：“您好，我想问一下，医院里面能买麝香和红花吗？”

麝香？红花？麝香正骨膏？红花油？小护士抬起头，愣了一下说：“怎么又是你？”

“咳，那个，还得麻烦您，我是想问一下，麝香和红花，就是打胎用的那种，您知道吧？”

小护士的眼睛眯成了一条线，看着这个看起来又很认真的女人，靠近一点儿，也压低了声音说：“你这看宫斗剧上头的毛病，还没好呀？”

褚年：“……”

一撸袖子，小护士直起身，单手叉腰，大声说：“且不说麝香、红花能够致人流产的说法并没有任何科学案例的佐证，就算里面的活血成分真能让人流产，不提剂量谈效果，通通都是耍流氓！你是要来终止妊娠吗？理论上怀孕满七周之前，胎囊直径大小在一定范围内就可以口服药物终止妊娠，超过七周可以通过手术终止妊娠，具体可以通过检查让医生确定，不用麝香也不用红花，懂了吗？”

褚年懂了，他点点头，说：“那……药物安全吗？”

小护士端着一张脸说：“只要你没有禁忌症，确定是宫内孕，基本就是安全的，在医生的指导下口服药物，一般连续服药几天，胎囊就会排出体外。不过……也有可能，后期检查发现还需要清宫……”

“清宫？”这又是一个褚年觉得有些熟悉却不知道哪里听过的词，大概不是宫斗小说给他的熟悉感。

“就是把你子宫里的残留物吸出来……”

刹那间，褚年全身的汗毛都竖了起来。

“所以说，也别把流产当容易的事情，平时少看宫斗剧，多看看医学科普，让你老公该戴套戴套，要真是不想要孩子就说服你老公结扎，微创风险小，知道吗？你会挂号吗？用不用我帮你？”看见女人隔着口罩都能看出的苍白的脸，小护士说话的语气也软了下来。

褚年还蒙着呢。

吸出来……吸出来……颤着手摸到自己的肚子，他听见了自己后槽牙打架的声音。他的孩子，那是他的孩子啊，就是……就是这么个结果吗？小小的一个泡泡，从“妈妈”的身体里流出来，然后剩下的被、被……

“我……我明天再来。”

“唉！”小护士看着女人逃走的身影，好一会儿，慢悠悠地叹息了一声。

双手抱着肚子，褚年走在人行道上，满脑子都是各种可怕的臆想，要不是路边指挥交通的大爷拉了他一把，他差点儿冲到车行道上。

“我不是害怕，我也不是舍不得……”他对自己说，“我就是……我就是……”

抬起头，他看见不远处有一家很有名的餐厅，人均很高，评价很好，他从前也不过是随着部门经理招待贵客的时候去吃过两次。

“我的孩子，就算……就算要走了，也得吃顿好的再走，总不能最后一顿饭就是一碗被吐了的面吧？”

Ta 来了这世上几十天，没吃过什么好的，也没见过什么好的，怎么就得这么走了呢？

到了这个时候，褚年才惊觉自己这段时间是多么亏欠余笑的这具身体，又是多么亏欠他们的孩子。

他们的孩子……

时间才早上八点半，褚年打电话又请了一天的假，慢慢走回了家，一路上无论是过马路还是上楼梯，他都会摸一下自己的肚子。

细嚼慢咽地吃了个苹果，洗了个热水澡，褚年努力吹干头发，认真研究了一下傅锦颜送的那些化妆品，然后抹了一点儿面霜在脸上，从衣柜里找出了一件浅米色的 T 恤，又穿了一条牛仔裤，最后穿上运动鞋，中间吐掉了自己之前吃的苹果。

十一点，褚年出门往自己之前看见的高档餐厅走去。

“孩子，这家店，你妈都没吃过。”摸摸肚子说出这句话，褚年觉得大概是自己吐出来的胃酸已经冲到了胸膛里。他说不出自己心里是什么滋味，那就什么滋味都别品了吧。

“澳洲龙虾、金枪鱼刺身、顶级和牛……这个鲍鱼捞饭我也要。”在餐厅里一个相对靠近洗手间的位置，孤身一人的褚年连着点了七八样很贵的菜肴，服务生两次提醒他菜品已经足够，他也毫不在意。

点完餐之后，他说要一个大一点儿的塑料袋。

服务生诧异：“女士，如果您需要打包服务，我们可以为您打包好。”

褚年摆了摆手：“我自己打包，你们别管我就行。”

吃完再吐，吐完再吃，褚年一顿饭折腾了三个小时，把自己折腾得难受，也把服务生折腾得不轻。那个塑料袋用上了一次，其余四次都是褚年自己冲进了卫生间里。

最后离开餐厅的时候，他摸着自己的小腹说："要是和你妈换不回来，我未来十年都不来这里了。"

说完，他自己笑了。

下午的阳光照在他的身上，这些天他第一次感觉到了一点儿温暖，从身上，也从掌心那里。

从电梯里出来，褚年看着站在房门口的高瘦身影，不由得愣住了。

余笑一只手握着行李箱的把手，另一只手揣在裤兜里，转头看向他："赭阳东林那边的改造项目，总公司成立了专项小组，我要去京城工作大概半个月，回来收拾一下东西。"

褚年眼睛瞪大了，说："是……是那个文化产业园的项目吗？"

"是，也不是。我去赭阳之后在文化产业园的基础上做了一些改动，现在东林那块地有三分之一作为文化产业园开发，另外三分之二我们想争取并入赭阳的民生改建计划，企业设计、政府引导，看看能不能在合作上有新的突破。"

几天没见，褚年都有些认不出"自己"了——黑了，也更瘦削了点儿，姿态挺拔。是他，又不是他。

"你做的吗？"

"对，我说过了，现在这个项目是我的。"

也许是事业上获得了突破，也许是这段时间的历练让余笑更自信了，她回答褚年的问题时，有了一种不容辩驳的力量。

手摸着肚子，褚年莫名有些心虚，他说："你怎么在家门口不进去啊？"

说完他才想起来，为了防备自己的亲妈，他把门锁给换了。褚年低下头去掏出钥匙打开门，瞬间，熟悉又魔性的声音又响了起来——

"归零，归零，归归归零！"

之前是三十几分还是四十几分来着？

被孕吐折磨这些天，褚年都不去想这个分数了，反正想也没用，这不就归零了吗？

“你妈给我介绍的那份工作我去做了，挺好的，你师兄人还行，合伙的那个牛姐人也挺好。”褚年跟余笑汇报起这些天自己都干了什么。

余笑没接话。她爸之前手下的那个朱师兄她有印象，才干平平，钻营的本事不错。她前几天找人打听了一下，七八年前他去了一个姓牛的设计师那里，没几年牛设计师积攒了些名气去省会开了一家设计室，原本的设计室匀了些股份给他，他也就成了合伙人。在这样的人手下，有才华没出路，没才华……更没出路。从前的褚年要是知道这么一份工作，估计会笑得从床上跌下去，也绝不会允许她去的，现在呢？

“那挺好。”

“嗯，我也觉得，总比一直在家里强。”说完，褚年有些紧张地站住了，“我不是说你，你以前在家里的时候什么都会做，我在家真的是……废物似的。”

余笑没说话，房间里很凌乱，褚年早上吃完的果核就放在茶几上。

褚年随着余笑的目光看过去，两步走上前，把果核拿到了手里，又把装着外卖残骸的垃圾桶挡在了身后。清了清嗓子，他说：“吃点儿苹果，对身体好。”

“嗯。”余笑表示认同地点点头，然后抬起头看着墙上的计分器，上面只有一个硕大的“0”。

看了好一会儿，她开口道：“褚年，我们离婚吧。”

离……离婚？

“你放心，我知道房子算是你的婚前财产，因为你现在身体不好，经济条件也不足以维持生活，我会以这个为借口分你一半产权，再把房子留给你住。我想过了，不管怎么说，你养了我三年，我也养你三年，每个月按照你原来的标准把生活费打给你。”

余笑的声音很平静，落在褚年的耳边却字字惊雷：“你在说什么？什么离婚？”

“就是我要离婚。离婚以后，这个计分器应该就没用了吧？这样以后我就是褚年……不用再担心会不会有一天再换回来，也不用担心我一觉醒过来，现在的成绩又都成了你的。”

什么叫又成了我的？那些明明本来就是我的！褚年有些气虚地想。

当然，把东林那块地弄成综合性用地是他没想过的……

可是……可是这不是他的身体被彻底霸占的理由啊！

“余笑，我不同意离婚！你别忘了，要是离婚了，你父母怎么办？他们多担心你，为了你，他们才全心全意地栽培我，我们要是离婚了，他们会多难过！”

听褚年这么说，余笑慢慢露出一个有些嘲讽的冷笑：“你也知道他们一直尽心栽培你，可你不仅隐瞒这一点，还对不起他们一心爱着的女儿，还纵容你的那个妈来欺负她。”

“这些我都改了，余笑，我都改了！”

余笑摇头：“是换进了这个身体里，吃亏受苦的人变成了你自己，你才想着要去改！你放心，我父母不用你操心，我们离婚后我会跟他们说明真相。当然，你的父母如果你不管，我会按照最低赡养标准给他们，你之前给他们买的保险我也会一直交。”

可以说是把方方面面都想到了。

褚年却越发觉得荒诞而不真实：“余笑，你就不在乎你自己的这具身体吗？我们要是离婚了，我……我不知道会拿你的身体做出什么事情来！我不是没有警告你！”

余笑抱着手臂看着他说：“你以为你现在折腾得就少了吗？你想怎么做随便，反正顶着余笑名字的人是你。我既然想跟你离婚，就已经彻底没有了想要换回来的打算。你看看你原来的这个身体，我现在每天健身，好好保养，就因为我是打算以后留着自己用的，你要是一定要折腾就随便吧。”

说着说着，余笑轻轻笑了一声，有些奇怪地看着褚年：“一开始出轨想要离婚的人不是你吗？怎么，换了一个身体，你倒是改主意了？可见谁都知道怎么不吃亏，只有我，一直傻。你不肯离婚，我就让你妈出手，有本事你告诉她你才是她的儿子。可你敢吗？她不立刻把你扭送精神病院就是我高看了她。”

绕过褚年打开行李箱，余笑开始倒腾起了衣服。

看着本该属于自己的背影，褚年努力撑着摇摇欲坠的身体，扭头看了一眼那个计分器。

他知道自己现在要做的最重要的事情是什么。

他不能离婚。离婚，他就完了。

“余笑，你怀孕了。”

背对他的人缓缓顿住了，然后缓缓站了起来。

“你离不了婚，余笑，你怀孕了。”

“不，是你怀孕了。”

转过身的，是红了眼眶的余笑，她的唇角挂着讥嘲的笑。

看着褚年找出来的检查报告，余笑很冷静地说：“如果我不回来，不提离婚，你打算什么时候告诉我？”

褚年没说话。

余笑突然笑了一下：“你把这个孩子当作筹码？褚年，你还可以更卑劣一点儿吗？Ta 是个孩子，不管怎么样，Ta 的存在不该是在这种场合下，因为一个人不想离婚才说出口的。褚年……如果不是我提出了离婚，你会用这个孩子干什么？威胁我，让我换回来？”

余笑确实很了解褚年，或者说，被褚年伤害和背叛过的余笑已经能清晰地看到褚年种种行为背后的另有所图。曾经的精明上进掩盖了出轨的真相，而现在，褚年的一举一动里，余笑都能感受到狡猾的算计和低劣的图谋。

“没有，我只是……我只是还没想好……余笑，这是你的孩子，是我们的孩子。你有孩子了，你不高兴吗？”

“我的孩子？”余笑唇角微微勾起，算是笑了一下，她慢慢地说，“既然是我的孩子，那你去打了吧。”

褚年震惊地站在原地看着余笑。

他的目光让余笑脸上的笑容更深刻了一点儿："看你的眼神，你是不是觉得我疯了？仔细想想，你最会用眼神告诉我我疯了。"

余笑想起了曾经的自己，作为一个妻子，她甚至不需要褚年说出什么不满的言语，只要一个表情，她就能知道丈夫对自己是否满意。现在想想，那是何其可怕的事情，她自轻自贱，把自己捣成了泥，拌上石头铺成了路，还要担心这路让褚年走得硌脚。那她呢？成了路的她呢？

"这个孩子的存在有什么意义呢？我对 Ta 毫无期待，你也没有，毕竟之前你还打算离婚。你会爱 Ta 吗？你不会。我呢？我为什么还要爱这么一个孩子？既不受到期待，也没有人爱的孩子，让 Ta 出生是对 Ta 的不负责，不如就当 Ta 没来过吧。"

褚年咬着后槽牙，说不清自己是震惊于余笑突然展露的冷酷，还是因为自己终于要走出自己最害怕的那一步，可他已经没有选择了。

"我说了你离不了婚，余笑，只要我怀着这个孩子，你就不能离婚。你不是想要霸占褚年这个身份吗？行啊，那你就好好地当余笑的丈夫，肚子里孩子的爸爸。"

余笑快被褚年的逻辑给气笑了："为了不离婚你宁肯怀孩子？褚年你知道什么是怀孩子吗？等孩子过了几个月你想打掉都不行了。你以为就是你嘴皮子说说想靠着肚皮不离婚这么简单吗？"

怀孕是怎么回事儿，褚年从前以为自己知道，孕吐了这些天他才发现自己不知道。可不管知不知道，他更知道的是自己不能离婚，不能作为"余笑"被抛弃。

"总之，根据法律，现在是否离婚的主动权在我手里，不光是现在，我怀孕的时候你不能提离婚，我生完孩子一年内你也不能提离婚。"

余笑觉得褚年疯了，他才是真疯了："你不只要怀着孩子，你还要把孩子生下来？"

"对！"褚年努力撑着自己的气势，可这个字像根针，悄无声息地就往他自己的心口里扎，微微的凉，还微微的疼。

余笑舒展了一下手臂，笑看着褚年说:“行，你要生，我不拦你。但是褚年，怀孕、生孩子真的没你想象中那么简单，趁着还能后悔，你最好好好考虑一下。还有，如果你真的一定要生，出于对这个身体的考虑，过几个月我会请个护工过来照顾你。”

话还没说完，余笑就看见褚年皱着眉头捂住了嘴。

现在已经是下午四点多了，邻居家的孩子回家了，厨房里飘出了做饭的油烟气。对于现在的褚年来说，这个气味就是催吐剂。

“呕！”

看着褚年熟练地趴在马桶上，余笑皱起了眉头。她上次怀孕的时候并没有这么明显的孕吐，显然褚年现在的状况比她当年还差。

她想起了失去的那个孩子。

“我送你去医院吧。你要是真想要这个孩子，就做个综合性的产检。”

褚年对着马桶摇头。中午他为了孩子吃的丰盛一餐到底还是都交付给了马桶，连着他关于是否留下孩子的纠结和挣扎。

“我喝点儿柠檬水就好了，你不要管我。”话刚说完，他又想吐了。

余笑看见了摆在茶几上的柠檬水，大概是上午泡的，到了这个时候水都变得浑浊了。她挽起袖子去厨房，找出柠檬切了两片，放进了饮水机流出来的温水里。

房间里很安静。

褚年从身体到心都疲惫不堪，他不想说话。

余笑也不想说话，现在的褚年让她觉得荒诞可笑。

这个时候，她的手机响了。

“我今天晚上的飞机飞京城，最少半个月才能回来，如果你执意要这个孩子……算了，你看着办吧。”余笑也不知道该说什么了，看着褚年双脚岔开坐在马桶边上，她摇摇头，将柠檬水放在茶几上，然后收拾了行李箱快步走了。

“砰”，门被关上了，又留下了褚年一个人在房间里。

他扶着马桶站起来，慢慢走到客厅，茶几上玻璃瓶里的水被外面的斜阳照着，璀璨地剔透着。拿起杯子倒了一杯，端在手里，倒进嘴里，几乎是一饮而尽，褚年差点儿被呛到。

另一只手摸着自己的肚子，嘴角还有水渍的褚年突兀地笑了一下，说："孩子，这是你妈给你倒的水，恭喜你，你能……你不用……我得把你生出来了！"

"啪——"

玻璃杯砸在了墙上的计分器上。

没碎，落在地上咕噜咕噜地转了好多圈儿。

11

给余笑打电话的是傅锦颜，在家里的时候余笑没有接电话，从电梯里出来，她回拨了过去。

"褚年，我是傅锦颜，我有个问题想请教你。"

余笑把行李箱放进车子的后备厢里，关上了后备厢，在这个过程中，她一直在猜测傅锦颜想对自己说什么。

"你有什么想问的，说吧。"

电话那头，坐在沙发上戴着黑框眼镜的傅锦颜紧张地抓着手里的笔，她深吸一口气，按照自己在电脑屏幕上敲出来的字，小心地说："是这样的，过几天就是余笑的生日了，我想跟你确定一下她左腿上的疤是不是还那么大。我这边预约了一家医美医院，他们有最先进的祛疤手术，我想把这个作为礼物送给余笑，毕竟……毕竟余笑腿上的伤是她十六岁那年，为了救在游泳池里呛水的我才被刮伤的。这个事情你别跟余笑说，我想给她个惊喜。"

"嗯。"余笑答应了，嘴角轻轻地勾了起来。她今天笑了很多次，唯有这次足够的真心愉悦。

听见这样的简单回答，傅锦颜说不出自己是该满意还是不满意。

下一秒，属于男人却熟悉的语气从电话的那头传了过来："那个伤不是在右腿的小腿上吗？明明是十七岁那年有个臭丫头非要去海边游泳，结果游了一小半就脚抽筋了，为了把人拉回来，足足游了二十分钟，也不知道在哪块石头上把腿给刮伤了，腿受伤了还泡在海水里，那滋味真是一辈子都忘不掉。"

一辈子都忘不掉……

傅锦颜把食指塞进了嘴里，好一会儿，她才压下了嗓子里的哽咽，说："你……你是……"

"我是余笑。"交换身体至今，这是余笑第一次说出这句话。在说出这句话的瞬间，她想到了不久前决定离婚、彻底成为"褚年"的自己，心中也是五味杂陈。

"余笑！"找回了语言能力的傅锦颜依然是傅锦颜，"你到底怎么回事？怎么就跑进褚年的身体里了？你们是在演电影吗？《换边》还是《变身小姐》？你们是什么时候换的？我说怎么前几次我看见……也不知道该怎么称呼了，反正就那么奇怪！"

看一眼时间，余笑面带笑容地说："我晚上九点的飞机飞京城，现在还有点儿时间，要不要约个地方面聊？"

"行，反正是见你，我也不用洗头，就约在……我家楼下的牛排店吧，去年咱们吃过的，我这儿离机场也近一点儿。"

余笑欣然同意。

挂掉电话，她一踩油门，开着车离开了地下车库。

朋友、事业，属于她的都在远方，留在这里的只有一个苦苦挣扎于混乱婚姻，甚至为此不惜怀孕、生孩子的男人。

她应该去看见那些好的东西，做更好的事情。

"原来你们结婚纪念日那天就交换了？那也挺久了。"

傅锦颜来得匆忙，没有洗头，只是把头发梳成了一个顺滑的马尾扎在头顶，清楚地展示她略高的发际线——这是编剧这个行业的通病了。扶着黑框眼镜，她仔细打量了一下“褚年”，然后笑着说：“你这换了身体之后对他不错呀，我说怎么看着帅了不少呢，倒是褚年……呵呵，上次被他亲妈欺负成那样。我还说呢，你虽然之前恋爱脑到了没救的地步，也不至于被褚年的妈堵在门口指着鼻子骂呀。”

余笑低头喝了一口果汁。

从前褚年的妈妈并不是这么过分的，她面对儿媳妇的时候底气十足，并不需要歇斯底里，现在余笑明白了，因为那时候的褚年妈妈有儿子专款小金库养着，自然优越感十足。可是自己成了褚年，断掉了那笔钱。这才是褚年的妈妈态度越发极端的原因。

“不过，你们这样……”牛排端上来了，傅锦颜的餐刀在牛排上划了一下，并没有切下去，“接下来怎么办呢？”

余笑抬眼看看为自己担心的好友，垂下眼睛说：“我们换不回去了。换回去的条件是我重新爱上褚年，很爱……像从前那么爱。可他出轨了……我现在用他的身体，身体不错，事业也不错，我也没有换回去的打算了。”

“当啷”，餐刀掉在了瓷盘上。傅锦颜瞪大了眼睛看着属于褚年的脸，偏偏又知道是余笑，一时间竟然把几百字的臭骂给吞了回去。

“你也不用生气，要不是他出轨让我清醒了，我还是那个……被你骂都骂不醒的傻子。”

余笑是在笑的，傅锦颜的心里却很不是滋味。

看着余笑，她很认真地问：“你现在开心吗？”

余笑毫不迟疑地点点头：“我接手了这具身体之后，成功升为副经理，最近在做的项目被总公司那边看重，让我去京城加入专项小组……我觉得现在才是我应该过的日子。唯一的担心就是，要是有一天那个计分器突然消失了，游戏结束了，我们再换回来，我不就是给褚年作嫁衣了吗？所以，我今天回去是想跟他离婚……”

傅锦颜的面前，余笑的头比刚才更低了一点儿。她用最冷静的声音说：“他告诉我，余笑的身体怀孕了。我告诉他，最好打掉。”

眼泪落在了镂空铁艺桌腿支撑的透明桌面上，余笑到了这个时候才发现有一把刀，今天褚年把它刺进了自己的胸膛，自己又生生拔了出来，装出一副毫不在乎的样子。可她其实还是在乎的，并且痛彻心扉。

“锦颜，当女人太苦了，心里有一百道槛，一步迈不过去就得摔回去，每迈一次都得流血呀！那是我的孩子……他用我的孩子威胁我让我不离婚！我不能有一点点在乎那个孩子，不然他就赢了，他就又抓住我了，我所有重新开始的一切就又属于他了！”

从见面到现在，傅锦颜才终于确认了自己面前的是余笑。

这并不是说她对余笑说的夫妻交换身体的事儿有什么怀疑，而是余笑在她面前展现出了一种陌生的、伪装强势的气质，在这一刻，终于褪去了。

“我懂。”傅锦颜把手边的纸巾递过去给她，“看看你现在，你有没有觉得比你从前好？”

擦着脸上的眼泪，余笑点头。

傅锦颜难得软言安慰她：“比从前好就够了，哪怕就是好一点儿呢？那也是比从前强。”

余笑恢复得比傅锦颜想象中快得多，没一会儿，她抬起头来，脸上是带着笑的：“你不用安慰我，我以前傻，现在我知道什么才是对我好的。他非要把孩子生下来，我也没有办法，等孩子满周岁了，我还是要离婚的，我还要把孩子争取到手，既然决定了要彻彻底底地成为褚年，我也得让自己安心。我什么都想要，可我凭什么不能要呢？”

她在笑，傅锦颜却宁肯她像刚才那样哭。

余笑却对她眨眨眼，故作淘气地说：“男人怎么能随便掉眼泪呢？”

晚上九点，面对着电脑工作的傅锦颜突然停了下来，打开另一个文档，快速敲下几行字：“彻底的自我否定能够让一个人获得真正的解脱吗？从前全心全意地奉献与牺牲是否是另一种自我否定？从一个否定走向另一个否定，看不见的心结会不会越来越大？”

敲完之后看了一会儿，她又一个字一个字地删掉了。

“算了，她现在这样至少比从前好，说不定工作多了，看得多了，也就学会原谅自己了。要是我说多了，她再跟我来一句‘等你被男人伤透了心，你就懂了’，我可怎么办？”

摘下眼镜擦一擦，上挑的眼角犹如刀锋，傅锦颜勾着唇角说：“在她自己想明白之前，我能做的，也就是帮她盯着这个身体吧。”

第四章 / 蜗牛壳

若我说是为了别人走到现在，那分明就是轻贱了我自己。

1

既然决定了要留下孩子，褚年开始规划自己“怀孕”之后的生活了，而这个规划的第一道坎儿就是怎么也迈不过去的孕吐。

实在迈不过去，他太累了，于是睡了过去。

睡了两个小时的褚年起床，打开微信，除了余笑的妈妈发来叮嘱，让她不要娇气、好好上班之外，没什么人找她。

余笑曾经的生活，就在这个短短的通讯录里面，除了一些亲戚朋友和曾经的同事之外，更多的是一些卖蛋糕的、卖水果的，还有代购大牌男装的。

褚年的视线往下滑，看见了牛姐的微信。他那段长长的关于文件表格化整理的介绍内容还躺在输入框里没有发出去。

其实才两三天而已，他却觉得自己经历了一个很长很长的冬天，且并没有迎来春天，只不过暂时找了个山洞把自己埋进去罢了。

深吸一口气，压下胸口细碎的酸胀感，褚年认真润色起了这段介绍。他必须继续工作，不然等生完孩子，他也就废了。

润色完之后，褚年看了一眼时间，已经是晚上九点半了，他咬咬牙，还是把信息发了出去，又加了一句："牛姐，我这两天得了肠炎没有好好工作，心里实在很愧疚，尤其是惦记着还欠了您的这份介绍，谢谢您对我这个刚入职新人的种种关心，等我身体好一点儿，我会努力追上工作进度，不辜负您的关心和期待。"

文字后面还缀了一串花儿。

看着信息发送出去，褚年默默从床上站了起来，按照经验，他又要到想吐的时间了。

果然，过了不到两分钟，他的胃部一阵抽搐，又把一腔酸水带着消化到了一半的食物残渣交给了马桶。

"还是得去医院看看……呕！"

就在他抱着马桶欲生欲死的时候，手机屏幕亮了起来，褚年洗了把脸出来，看见微信提醒，连忙点开。

"余笑，我之前和老朱谈工作的时候他也没跟我说你病了，我还以为你是不想继续做这个文件管理了呢。不过我现在在港城，这边有一个设计展我来学习一下。你这个东西等……等下周二吧，我带你到我的设计室，你看看我的文件怎么也弄这么个东西。"

下周二。

褚年敲字回应道："好的牛姐，我这几天会把这个表格模式再完善一下，祝您在港城看展有所收获。"

牛姐的回复是一张照片，满桌的特色茶点，显然正跟人在外面吃夜宵。

面对仿佛能溢出香气的图片，褚年反射性地觉得胃部抽搐了一下，忙给自己倒了一杯柠檬水，慢慢喝了下去。

到了下周二，他的这个吐肯定得好了才行。

褚年的"雄心壮志"只维持到了睡觉，第二天一早他再次被呕吐的欲望给活活顶醒，跪在马桶前面，只觉得自己浑身上下无一处不酸软。

腿是软的，腰是酸的，背也难受，甚至胸前……是不是涨得大了？褚年迷迷糊糊地想着，努力想站起来，却又觉得头晕。

“我得吃点儿东西。”他对自己说，“我得吃点儿……”

“砰。”

空空的房间里回荡着他一头撞在厕所门上的声音。

早上快九点，褚年勉强把自己收拾得能见人了，临走的时候也没忘了带上柠檬、苹果和苏打饼干。

韩大姐照旧是九点到了公司之后开始打扫卫生，看见“余笑”休息了两天终于来了，她凑上来，目光关切：“余笑，你的身体好点儿了吗？你的脸色真的太差了，怎么回事儿啊？要不在家里休息两天吧。”

“没事儿，韩大姐，我在医院检查了，就是胃肠炎，在哪儿吐不是吐，来上班也比闷在家里强。”

听“余笑”这么说，韩大姐点了点头，继续拖着地，说：“你这一听就是没结婚的，要是有个孩子啊，在家里可一直都不闷。”扭头看见被拿出来摆在桌上的苹果、柠檬和饼干，她愣了一下说，“余笑，你肠胃不好，怎么还吃凉的？”

没等褚年想好怎么回答，就见韩大姐突然想起了什么事儿，从包里掏出两张纸递了过来：“这是我上次说的那个炖汤的方子……”

“怎么？一大早上就开始聊天了？余笑，你好几天没来，可耽误了不少工作，怎么还有心情聊天呢？”九点半才到设计室的刘助理从两个人身边走过，进了设计室里，过了两分钟，出来说，“余笑，我这边有份文件已经发你了，你把它打出来我马上要用，然后再给我倒杯水。”

褚年站起来给刘助理倒水，终于不用去想为什么自己这个胃肠炎患者吃的都是冷食了。

中年妇女的敏锐和热情，有时候真是很讨厌。

褚年打印出来的那份合同属于一位终于在十一点到公司的客户，当然，少不了让他去倒水。不过心里有着周二和牛姐的约，褚年也不觉得倒水这个事情有什么难的了。

中午吃饭的时候，褚年离开了设计室，没办法，那些外卖的饭味儿混在一起，他现在根本受不了。

走出去四五百米有一家简餐店，褚年站在门口好一会儿，确定了里面传出来的气味儿没让他犯恶心，才走进去要了一份牛肉果蔬沙拉和鸡胸肉煎蛋的三明治。这家店里煎蛋用的油味道很淡，褚年吃的时候感觉比昨天花掉了自己两千多块的那家高档餐厅还让他舒服一些。

虽然回设计室的路上褚年又犯了一次恶心，可他这次没吐出什么东西，这件事一下子就提振了他的精神，让他看见了孕吐痊愈的曙光。

只可惜，曙光在他回办公室的一瞬间就消散了，刘助理吃的自煮小火锅真是余味悠长，褚年都没坐回到座位上，就先去厕所吐了起来。

苍白着脸从卫生间出来时，褚年听见刘助理说："真是对不起了，咱们也没想到就吃个饭都能让大小姐恶心吐了。"

这话听着可真是带了火气的，褚年看了那个刘助理一眼，要是从前，这样没啥本事只会找事儿的小人物自己只要拿出点儿本事就能压得他说不出话来。

"我是胃肠炎犯了。"他对刘助理解释道。

刘助理没理"她"。

褚年隐隐觉得，自己两天没来，刘助理对自己的态度至少坏了十倍，可原因在哪里他想不到，也没那个闲心去想。

阎王好过，小鬼难缠，谁又听说过钟馗会怀孕，还孕吐呢？

2

下午五点，对于京城里的大部分工作者来说，只意味着下午的工作时间过去了一半。

会议室里，偏西的阳光热热闹闹地照进来，被余笑拉上了一半的窗帘遮挡。

在她身后，几个人正在对她的方案进行有关设计性的讨论。

“褚经理，你这个方案就是把东林那块地分成两部分，一部分改建做民生用地，另一部分做文化产业园，但是我们并不能按照你的图出设计啊，机械性地粗暴划分不符合我们一贯以来的设计逻辑。可你看看你给我们的草图，就是把地方划成了几个方块嘛。”

拉好了窗帘的余笑转过身来，不疾不徐地说：“之所以在草图上划分的形状是四四方方的，是因为东林这里原本的设计就是四四方方的。这一份是赭阳建委给我的设计图，从图里我们能看出来，原本的开发商就是把整块地分成了九个正方形的院子，在院子里分别起高楼。”

在场有的人已经看过了那份相当奇葩的设计图，听了余笑的话点点头；有的人拿过来看，差点儿笑出声。明明是一个小区，却被隔得像个皇宫，也不知道原本的开发商是怎么想的。也是，不是脑子进了水，又怎么会搞出东林那么个业内传说级别的“烂尾地王丸”呢?

余笑接着又打开电脑，调出照片库，里面是她在赭阳拍下的各种实景图：“我实地调查了那块地上目前残留的所有建筑，靠北的这一侧已经建起了三栋超过七层的楼房，其中两栋已经封顶，在适当的改造和装潢之后作为文化产业园的写字楼完全够用，而且这三栋楼都是临街的。说实话，我之前的项目规划里，最有价值的也就是这三栋楼和西南侧的四栋建了一半的五层建筑。现在我认为这四栋五层建筑可以改造之后作为学校、幼儿园的教学楼使用。”

“可这四栋楼太近了，作为学校的话，是需要提供足够的户外空间的。这四栋楼的东侧都是挖好的地基和刚起了两层就被搁置的房子，你又想把南边临街的部分改成市场，你告诉我，学生的活动空间在哪里？”

“我认为学生的空间可以在这里。”余笑的手指落在了地图的中心位置，“这周围是比较空的，完全可以建一个小操场，供孩子们用。”

“你说得简单，这里还有一栋四层的呢，要是建操场，这栋楼是要推平吗？”

年轻的“男人”摇摇头，笑着说：“不需要，我们可以将这栋楼作为女性的职业培训中心。”

“职业培训中心？！”

“你就让孩子们每天绕着这里跑步？这也太异想天开了吧？在里面上课的人不会有意见吗？”

余笑摇头，整洁的袖口压在桌子上，笑着说：“比起每天在小小的屋子里看着没地方读书的孩子，她们肯定更喜欢听见自己的孩子在楼外面跑步的声音。况且跑步也不过是每天上午的半个小时，与能看到自己的孩子，甚至能和孩子一起吃午饭的便利相比，这一点儿嘈杂她们是能克服的。”

又有人说：“但是隔音还是要考虑的，外面是操场，你想过这个楼的隔音成本吗？”

“诸位，我们不是在给大城市里只要有一点儿噪音就能打九十九个投诉电话的高收入白领设计他们的公寓。民生设计最重要的是便捷，走路五分钟看见孩子，走路三分钟就到市场，能学到谋生技术也能兼顾家里，这才是这些女人需要的。”

说出上面这段话的时候，余笑的双手撑在桌上，目光看着自己身边的每一个人。她必须说服这些人，抛开他们之前的设计顾虑，才能让他们真正为东林城中村里的那些人做出合适的设计。

于是，她接着说：“当然我也知道，一切的计划和想象都还需要实地的勘察、测量和成本评估，所以下周我会跟着项目小组再去赭阳，我希望大家和我一起去，不管是设计师还是评估小组的专家。”

“我觉得这个主意不错，天池搞建筑设计这么久了，高端住宅和写字楼建了无数，面对新的领域，我们得学会放开视野。”

说话的男人坐在会议室的一角，从开会到现在，这是他第一次发声。

其他人都安静了下来。

余笑收起撑在桌子上的手，站直身子，对着男人说：“谢谢您的支持，池董事长。”

天池集团董事长池谨文摆了一下手，仍是一脸的严肃："你们继续吧。"

"褚经理，我很好奇，是什么促使你一开始就把这个职业培训中心定性为女性职业培训中心呢？这是不是……太狭隘了一点儿，还是说你想为天池树立什么形象标签？"

余笑转头，看向发问的那个人，脸上仍然是谦逊有礼的微笑："我认为在一个女性就业意愿与男性相等，但是就业率比男性低一半的地方，出现一个女性职业培训点，是建立在统计学和社会学基础之上的科学设计。"

晚上九点，这场冗长的会议才宣告结束。

所有人都精疲力尽，其中说话最多的余笑更是连嗓子都干哑了。

"褚经理。"全程只说过几句话的池董事长，在她要离开会议室的时候叫住了她。

"董事长？"

"你之前说的话，有一个点我很好奇。"

京城的天很热，天池的空调质量不错，池谨文在长袖衬衣的外面还穿了个收腰马甲，除了让人有跨季节的穿越感之外，也越发显出了他的一丝不苟和不可接近。

看着"褚年"，他提出了自己的问题："建立女性职业培训中心让母亲离孩子近一些我是懂的，可为什么要强调让她们能够兼顾家庭呢？这种说法在一个涉及数亿资金的项目规划里是不是太过于温情和理想化了呢？"

池谨文的话让余笑下意识收敛了呼吸，她的脸上又露出了惯常谦逊的微笑，刚刚她就是用这样的笑容反驳和说服了几乎所有人。

尽管她年纪最轻、资历最浅，学历大概也垫底，可她有切实的数据和调查结果，还有一份设身处地为"用户"着想的项目设计理念："这句话并不温情，更不理想化。池董事长，要是不能在上课的同时兼顾家庭，会有多少家庭肯让原本在家里带孩子的女人出来学习呢？在男人看来，家庭和工作是可选项，但在女人，啊，应该说是大部分女人身上，家庭就是蜗牛身上的壳子，走到哪里就得带到哪里，根本没得选。”

蜗牛身上的壳子……

根本没得选……

池谨文愣了一下。

余笑对他点点头，快步离开了会议室，明天就是周六了，可他们项目组并不会休息。在赶项目的时候，没人会把法定休假日当成自己可以休息的理由，就像很多女人不会把一些人营销鼓吹的“既要抓工作也要顾家”放在心上一样，她们从来都在家庭中，不管有没有工作，在家里她们是没有假期的。

3

上了一天班，结果周末又休息了，褚年瘫在床上动也不想动。

他昨天半夜又吐了，吐得一颗心都发慌，好不容易吐完了趴在床上，又觉得胸疼，折磨到了快凌晨一点才睡，睁开眼睛都要十点了。幸好今天不用上班，不然又是一个迟到少不了，大概又能被那个姓刘的小助理酸出一瓶醋来。

先是例行胃酸“漱口”，然后喝点儿柠檬水，叼着一片苏打饼干，穿着睡衣的褚年决定明天再去医院。他今天实在是太难受了，连家门都不想出。

门铃响了。

瞬间，褚年的身体在床上蜷成了一个防备的姿势——他已经被自己的亲妈练出了条件反射。

“笑笑，开门。”

听见声音，褚年瞬间放松了下来，他妈不会这么叫余笑。

果然，来的确实是亲妈，不过不是他的，是余笑的。

“你这个丫头怎么回事啊？你朱师兄那儿你三天打鱼两天晒网，你想干什么？想不想好好工作了？我还以为是褚年有什么事情，结果打电话过去人家在外地工作呢，大清早被我电话吵醒了，我都不知道该怎么道歉。你说说你，褚年不在家，你怎么连班都不上了？就生了一身懒骨头，男人不在就什么都做不了？”

嘴里教训着余笑，仿佛她成了孙猴子刚大破南天门回来，余笑的妈妈手脚利落地把自己带来的两大袋子东西分门别类地放起来：“天气好好的，你一看就是睡到了现在，哎呀，你，年轻人都不知道出去走走吗……”

收好了东西，看着屋子里的凌乱，余笑的妈妈脸都气青了，拿起扫帚就扫了起来：“你出去工作，家务可以少做一点儿，可你也不能不做呀。你看看这个地，要是褚年回来看见了可怎么办？”

褚年扶着门框看着自己的这个丈母娘。这不是自己第一次站在余笑的角度领略属于她的“疾风骤雨”，可这样的一个人在面对自己的时候总是说话斯斯文文，带着商量的口气，真是让他难以置信。

大概所有的妈妈都有两副面孔。

而从前的褚年看到的都是最好的。

“妈，我怀孕了。”

既然已经决定生下这个孩子，褚年也不藏着掖着了，他对生养的事情一窍不通，也需要人教他。显然余笑的妈妈是最合适的。

至于他的亲妈，褚年真心地觉得她只要在孩子出生之后来看一眼就足够了——他并不会天真地认为自己的那个妈能因为“余笑”怀孕了，就不再胡搅蛮缠。

“当啷。”

扫把落在了地上。

余笑的妈妈抬起头，眼眶都红了：“笑笑，你说什么？”

“妈，我……怀孕了！”

一分钟后，褚年就对自己刚刚说出口的话后悔了。

“褚年他妈呀！我的亲家母！我告诉你，我们家笑笑怀孕了！你要当奶奶了！”

4

“检查结果呢？在哪儿呢？”

得到消息不到半小时，褚年的妈妈就出现在了褚年家里，余笑的妈妈给开的门。

看着检查结果，褚年的妈妈一拍大腿，嘴巴咧开了就闭不上：“盼星星盼月亮，我们老褚家这是要有后了呀！”

余笑的妈妈从她手里抽回那张检查结果小心放起来，生怕被她一激动给弄坏了。

褚年的妈妈还在激动，两只手拉着亲家母的手，说：“余笑她妈，过几天你得跟我一起去还愿。我今年正月十五的时候在眼光娘娘和送子观音那儿都上了香，也不知道到底是哪个灵了，还愿这事儿不怕去多了，就怕不去，你跟我一块儿，咱们两边都去，两边各给添上一千八百八十八，怎么样？图个吉利。”

拽了两下，余笑的妈妈把自己的手从对方那儿拽了出来：“褚年他妈呀，这个我就不去了，我是党员，不信这个的。”

褚年妈妈的脸色立刻淡了下来，改用鼻子发声：“哦。”

余笑的妈妈做事极为利落，在褚年妈妈来之前，已经给褚年下了一碗面，里面有她带来的鸡肉丝，又放了一把青菜。褚年说吃了东西会吐，在吃完了面之后被逼着在房间里走路。

与此同时，余笑的妈妈已经把家里的柜子都擦完了，地也扫了，现在正拖了一半儿。

褚年妈妈踩着拖把走到屋里，看着扶着柜子站着的“余笑”，脸上是异常灿烂的笑容：“笑笑啊，你想吃什么就跟妈说。哎呀，褚年那个小子怎么就这时候不在呢？忙着赚钱养家也不能急着在这个时候呀！没事儿，妈妈来照顾你，笑笑，来，让妈妈摸摸我的宝贝孙子！”

一瞬间，褚年浑身的鸡皮疙瘩都起来了。

“妈！”他猛地退后一步，也不知道自己叫的是哪个妈。

另一边，余笑的妈妈几乎是一瞬间蹿过来拽住了亲家母的手：“褚年妈妈，年轻人害羞，你别吓着她。”

褚年妈妈脸上的笑又淡了：“我摸摸我的孙子，怎么就成吓着她了？”

看一眼自己女儿害怕的样子，余笑的妈妈只笑不说话，一双手还是紧紧地抓着褚年妈妈的手，把她往客厅带：“行了，看了就好了，亲家母，现在褚年在外面出差，我想先接笑笑回我家去住几天，她现在孕吐得厉害，得有人照顾着，您看行吗？”

坐在沙发上，褚年的妈妈耷拉着眼皮听完，假假地笑了一下说：“亲家母，不是我一定要驳你的面子，余笑的身体咱们两家都知道，您说您要把余笑接过去照顾，按说我也不该有意见，毕竟你是余笑的亲妈，谁不疼孩子呢？可之前那个孩子，不就是莫名其妙就没了吗？现在等了这么久才又盼来一个孙子，亲家母，这次啊，这里面的责任太大了。”

太大了？

余笑妈妈点点头说：“您说得有道理，那这样，明天我就陪笑笑去产检，这样呢，我们对余笑的情况都有数。”

听见这话，褚年妈妈说话的声调猛地提高了一个度：“亲家母，这可不是产检那么简单的事儿，那些医生是能给余笑洗衣做饭呢，还是能给余笑端汤送水啊？您心大，医生说好您就说好，我可不行，我可是眼睁睁看着一个孙子没了的，哎呀，那次我真是心疼得要死了啊！这次啊，我无论如何得守着余笑，我得守着她把我家的孙子安安好好地生下来才行。”

守着？

那怎么行？！

卧室里，褚年坐在床上，已经暗下决心，要是真落到了自己亲妈手上，他就干脆收拾东西去京城找余笑，就算撒泼打滚把他们两个人的脸面当众扯下来往地上踩，他也得逼着余笑把他妈解决了。

在他的眼里，除了现在的余笑，没有人能制得住自己的这个亲妈。

房间外，两位母亲的“暗战”愈演愈烈，几乎到了图穷匕见的地步。

余笑的妈妈倒了一杯水递给对方，字字清楚地说：“亲家母，我们家笑笑身体不太好，多半是心情不太好，在家里憋久了，我觉得换个环境，她就能好一些。”

“哟，您这话什么意思？怎么她余笑嫁来我们家就心情不好了？”

“咚！”

房间里的褚年依稀听见了战鼓敲响的声音，“暗战”即将成为“明斗”。

他抓起手机，给余笑发信息：“你妈知道我怀孕了，又告诉了我妈，现在两个妈都在咱家里。给我妈打个电话让她走吧，你妈想让我去你家，我妈想住进咱家，现在你妈和我妈要打起来了。”

电话对面，在跟林组长他们开小会的余笑看了一眼手机，然后抬起头对其他人说：“一份是时间表，一份是框架性的项目 PPT，大家辛苦一点儿，尽量在我们第二次去赭阳之前完成，今天上午先到这儿吧。”

其他人离开了小小的临时会议室，余笑则把手机拿在手里摩挲了一下，才想好如何回褚年的信息：“我打发了你妈，你也让我妈先走吧，别累着她。”

想到刚刚伸手保护了自己的丈母娘，褚年本来就有些憔悴的脸上多了些黯淡。

“我不累着她，我不去你家住，你先别告诉你妈咱俩的事儿吧。”

褚年把信息发出去，才觉得自己的语气实在是卑微。离开了“褚年”的身份，离开了“能赚钱的儿子”的身份，他能感受到的温情和关怀都是属于“余笑”的。

客厅里，一直赔笑的余笑妈妈的表情终于淡了下来：“褚年他妈，话你得听全了，我可没这个意思。我家余笑身体到底怎么回事儿，咱们可都有数，您要是真想算旧账，咱们就捋清楚。这些年为了能怀上孩子，什么雪蛤、阿胶我女儿没少吃，您找的那些中药她也喝了，结果肠胃出问题也不是一次两次，您说就这么折腾，她的身体能好吗？她的心情能好吗？之前她孩子掉了，我也觉得很对不起亲家，可说到底，之前孩子是我女儿故意弄掉的吗？流产有多伤身子，一样是女人你不清楚？你何必拿这种话来刺我们的心？”

褚年的妈妈毫不示弱：“我清楚什么？我清楚我欢欢喜喜迎了个儿媳妇进门，以为自己马上要抱孙子了，结果孩子就没了！”

这话何等诛心，余笑的妈妈侧头看了一眼卧室的门。她的性格一直不好，为了女儿才几年来都在褚年妈妈的面前忍气吞声，真没想到，从前不过是用鼻孔说话的亲家母现在跟个疯婆子没什么两样。

近在咫尺的“疯婆子”还在说个没完：“要我说，正好褚年不在，我这个当妈的替他把他媳妇儿照顾起来是应该的，回去我就收拾几件衣服搬过来，我自己的孙子我自己照顾，不用你们操心了。”

“褚年他妈，余笑是我的女儿，当妈的为孩子操心不是天经地义的吗？我实话说吧，您的好意我心领了，可我家笑笑嫁过来这么些年也没跟您在一起住过，孩子被我养得娇气了，真不敢给亲家母添麻烦。”余笑的妈妈站了起来。照顾自己女儿这件事是她的逆鳞，褚年的妈妈在知道自己女儿怀孕的时候还这么一副态度，她绝不会让她照顾自己的女儿。

褚年的妈妈坐着不动，冷冷地笑了一下。

就在她想说什么的时候，她的手机突然响了。

“妈，您干吗呢？余笑怀孕了之后一直休息不好，您别闹她了。”

“什么叫我闹她？褚年，妈妈是来看孙子的！你怎么说得好像妈妈是来找事的一样？儿子我告诉你啊，你媳妇儿怀孕了之后脸面都比天高了，和她妈两个人在你家里骂我！”

电话另一边，她“儿子”的语气不疾不徐：“您之前和她都在家门口吵起来了，就别在这个时候添乱了。”

“我怎么添乱了？我关心我自己的孙子……”

“妈。”余笑的声音压低了一点儿，“回去吧，您之前跟我说多买一份保险的事情，我考虑一下。”

说起那份保险，褚年妈妈的表情高兴了起来：“褚年，我跟你说，那个保险一年投十万，三年后返三十五万，我怎么想都觉得合适啊！你妈妈爸爸这辈子没有什么本事，都要靠你养着……褚年啊，妈妈是把一辈子的希望都放在你身上了。”

卧室里，褚年的心里五味杂陈，那些话他听过千百遍，以前是觉得骄傲，现在却觉得可笑。就像从前他觉得余笑的爸妈帮自己不过是看自己有潜力、有本事，做长线投资，现在想想，人家只是为了让自己对余笑更好一点儿。

余笑的妈妈看着亲家母被女婿的电话支走了，长长地出了一口气，回头看见站在卧室门口的“余笑”，习惯性想说两句，可看着“女儿”可怜兮兮的样子，怒火也就淡了：“行了……你婆婆这是更年期，她说话你就当放屁，不理她就完了，只要好好跟褚年过日子就行。妈这就收拾东西，褚年什么时候回来，妈再把你送回来。”

“余笑”摇了摇头，轻声说：“妈，您也太累了，回去休息吧。”

“哎？你这孩子，你一个人在这儿能干什么？你看看你把这个家给折腾的……”余笑的妈妈习惯性想说女儿，想起来她还怀孕呢，只能忍下去，“我今天就不该为了争一口气把你婆婆叫来。”

“妈，我住这儿上班方便，您别担心我，我没事儿。”

想起来女儿现在终于去上班了，余笑妈妈的表情有些欣慰：“你上班了就好好干，别以为自己怀孕了就什么都得让别人迁就你，大着肚子上班的多了去了……褚年能把他妈管住，我也算有点儿放心了。你呀，就算怀着孩子，也得多想着褚年，知道吗？”

终于送走了余笑的妈妈，褚年靠着门，长长地出了一口气，累，发自内心的累。

“当当当！”

外面有人敲门。

褚年回身开门，嘴里说："妈，你是不是又忘了拿什么？"

门外站着的是他自己的亲妈。

"余笑，我想起来，你是不是上班去了呀？要我说呀，这班你也别上了，好好在家保胎。我刚才走得急忘了跟你说，我之前在眼光娘娘那儿认识了一个老姐姐……"

低头看着自己亲妈踩在门槛上的脚，褚年不忍心关门，就听见耳边他妈说："我跟她约好了，周二我就带你去，让她带着你在眼光娘娘那儿转转，肯定能把这胎转成孙子！"

周二？

"不行！我不去！"

一听到被拒绝，褚年妈妈的脸又拉了下来："余笑，你这是干什么？给脸不要了是吗？我告诉你，孩子你已经弄丢一个了，我……哎？！"

"砰"的一声把门关上，也不在乎会不会伤到自己妈了，褚年一阵儿气虚，还没来得及走进卫生间，就直接吐在了余笑妈妈刚拖好的地上。

外面还回荡着不依不饶的叫骂声。

摸摸自己的肚子，褚年只觉得现在的自己就像自己吐出来的东西一样。

该如何摆脱现在泥泞又无力的生活呢？

褚年觉得这个题比考研数学难五百倍。

首先工作是一定要继续的，其次……

周日的早上，褚年站在卫生间里，湿嗒嗒的拖把被架在桶上，水淋淋漓漓滴答下来的声音是房间里唯一的声响。

昨天他辛辛苦苦拖了地、拖把没冲干净，过了一夜就生出了可怕的气味，从厕所里往外蔓延，他只能忍着恶心再冲一遍。当然，冲的时候又吐了一次。

"我得先把身体调整好。"

他看着镜子里的"余笑"，脸色苍白到毫无血色，脸颊都凹陷了下去。

真正的余笑从来没有这么憔悴过……大概吧。褚年试图想起曾经的余笑是怎样的，却只记得一个很单薄的影子，给他洗衣做饭，给他换床单被套。认真回想那张脸，褚年想起更多的是她大学时候的样子，长长的头发，总是笑，一靠近，就让人觉得安心。那时候的余笑绝不是现在这个样子。

洗净脸，褚年抹了一些傅锦颜送的化妆品，努力揉一揉脸，让自己看着精神起来。他还要去医院检查身体，然后问一问医生怎么能把身体调理得好一点儿。

宫斗小说里写了一百种能够让人失去孩子的办法，提起怀孕后的保养，说的就是喝汤喝药，让抱着“观摩学习，顺便解闷”心态的褚年一阵恶寒。他就算再没有常识，也知道瞎吃药是肯定会出事的。

于是，社区医院的小护士再次看见了那个戴着口罩的“宫斗剧上头女士”。

“护士，您也知道我现在的情况，我要是想体检，有什么注意事项吗？”

“没什么，你抽个妇科检查的号就行。”小护士看着这个女人，叹了一口气说，“且不说你的孩子，你好歹别亏待自己呀，气色一次比一次差。”

褚年点点头，他自己已经意识到这点了：“那个……”他又压低了声音，“您知道转……转男孩儿是个什么原理吗？”

小护士瞪大了眼睛，也凑近了，压低了声音：“您这是拿我这儿当宫斗剧大百科了呀？”

褚年：“……”

“这个就没啥好说的了，谁信谁是负的智商二五零。”小护士拍了拍“她”的肩膀，“谁跟你提了这个，你把她带去三甲医院，同时查查脑科和精神科吧。”

褚年默默叹了一口气，他就知道。

等血常规结果的时候，褚年就坐在抽血室外面的椅子上，医院里的气味儿一直通过他的鼻子刺激他的胃。

在他旁边，一个男人扶着一个女人坐下了。

“哎呀，别动，我还疼着呢！”女人捂着自己肚子的一处龇牙咧嘴。

男人身上扛着大包小包，拍拍女人的后背说：“好老婆，咱还是去三甲医院看吧，你看你疼的，这边医生我怕水平不行。”

“行了行了，那点儿钱留着还房贷吧，医生都说了是胆囊炎，做手术也就是个小手术。”

夫妻二人的穿着都很简单朴素，说话间也是计较着那一点儿钱，透着穷的无奈。

褚年看见两个人交握在一起的手，又默默移开了目光。

也许，大学时候那个爱笑又可爱的余笑，也没想过有一天会一个人在医院里孤零零地坐着等检查结果。

因为他也没想过。

想着想着，他突然觉得手臂有些酸痛，才想起来自己还一直用棉签堵着手臂抽血的位置。

“啪”，沾了血的棉签被他扔进了垃圾桶里。

5

周日下午五点，余笑出现在了公司的健身房里。

天池集团最不缺的就是楼盘和房子，他们一行人在京城被安排住的就是公司的接待公寓，从地下可以直接通到公司。

穿着T恤，余笑在椭圆机上热身。周末公司的健身房很空旷，只有几个撸铁达人在镜子前面比着举哑铃。

健身这事儿跟世上的很多事儿一样，一日不练三日空，四五天没有正经健身过的余笑走了四十分钟的椭圆机就觉得有些累了，躺上卧推架之前，她仔细衡量了一下自己的水平，决定两边都比之前减掉五公斤的重量。

“一个、两个……”脑子里尽量放空，不去想跟父母坦白的事情，余笑努力吸气，扩开自己的胸腔，激活自己的胸部肌肉。

“十……”回去之后，她还是要跟褚年谈一谈，为了不离婚生下这个孩子，是对所有人的不负责。

“十五……”东林那块地的东北角怎么规划，找时间还是要跟设计院的木老师聊一聊。

就在余笑在脑子里一件件想事情的时候，一个男人的声音突然响起：“杠铃再往下一点儿，最好贴近胸肌，核心注意收紧，撑起来的时候手肘不能锁死。”

声音来自余笑的视觉盲区，她慢慢把杠铃放回到架子上，坐起来，看见一个高大的男人穿着件黑色T恤，站在她身后不远处。

“董事长！”

“进了健身房就别一副要汇报工作的样子了。”池谨文的手上拿着一条白毛巾，显然也是刚刚练出了一身的汗。

余笑从卧推架上站了起来：“您要用这个吗？”

池谨文摆摆手：“你练你的，比起练胸肌，我更喜欢练腰腹。”

话是这么说，褪去了西装衬衫，短袖T恤也显出了池谨文平日隐藏起来的肌肉线条，都是硬朗又不夸张的样子。

余笑笑了一下说：“我是想做个大循环，正好也该换项目了。”说完，她对池谨文点点头，就撤去另一边练起了腰背。

大概过了二十分钟，池谨文又打断了余笑的锻炼：“打球去吗？”

打球？

仅限于小时候会拍皮球的余笑露出了尴尬而不失礼貌的微笑。

“不会正好。”池谨文说的话出乎余笑的意料，“不会打球就给我当裁判，今天我一定得打赢那小子。”

那小子是谁，余笑不知道。

坐在池谨文车上的时候她很庆幸，因为接下来要打球还会出汗，所以池谨文没有拉着自己去健身房的浴池洗澡。

“周五你说的话……”坐在后座上的池谨文突然开口，余笑愣了一下才从副驾驶位上转头看他，“你说家庭之于女性从来不是可选项，而是蜗牛的壳，那要是一个女人能够彻底摆脱过去几十年的各种束缚，那她……会怎么看待这个壳呢？”

余笑沉默了一下，才说：“不同的人会有不同的选择吧。”

“举几个例子？”车子穿过环路的下面，明暗的阴影恰好从池谨文的脸上闪过。

“蜗牛从出生就有壳子，女人也是一样，所以就算看似离开了壳子，总还是牵挂着，说不定走着走着，有一天就又回去了。所以很多女人强硬不过是一时的。而且离开了壳子的蜗牛虽然轻松，也未必就能过得舒服，转了一圈之后，在她们的眼里，有一个壳子说不定还能挡挡风雨。”

“还有呢？”

“有的人可能会彻底扔掉壳子，从此一直往前走，也一样抛弃了背着壳子的那个自己，绝不留恋，绝不回头。”

就像她自己。

低下头勾了一下唇角，属于男人的手下意识地抓紧又松开。

“绝不回头，绝不留恋……”池谨文复述了一遍，声音很轻地问，“有必要吗？”

“也许有些人觉得没有必要。人一生的牵挂不过那几种，就是有人更看重家庭的温情，有人觉得不必强求，能得到什么都无所谓，但是有的人会觉得有更重要的东西值得放下所有去追求，也可能是那个人根本不想再当一只蜗牛了。有趣的是，一个女人放弃梦想、放弃未来、放弃自己，没有人说她是个坏人，可一个女人放弃了家庭，她在一些人的眼里就有了道德污点，甚至有时候……自己都会对自己进行道德审判。”

“更重要？坏人……”池谨文在沉思着什么。

余笑也陷入了思索。

车里一时安静下来。

晚上七点，余笑才从隐隐的激动中回过神来，开始看同事发给自己的时间表。

事先她真没想过天池集团董事长的“球友”都会是什么人，看见自己最喜欢的男明星穿着篮球服走过来的时候，余笑觉得自己简直是在做梦。

后续的发展依然让她觉得自己在做梦，因为他们的董事长赖球了。

赖球了……

嗯。

6

万里之外，褚年也想“赖球”，他有点儿想把肚子里的这个球“赖”掉了。

“补血、补钙、补叶酸、补维生素、补蛋白质……”

医院的检查结果显示目前胎囊的发育很正常，可他的这个身体贫血、轻度营养不良。医生几乎是苦口婆心地对他说，哪怕不是为了孩子而是为了自己，也得保证摄入充足的营养，此外还必须运动。

他倒是想啊！

看着马桶里被自己呕出来的药片，褚年很纠结要不要重新吃。吃吧，他怕自己还会吐；不吃，好像药就白买了。尤其是那个号称有止吐效果的维生素片，你不是来止吐的吗，怎么也叛变革命了？

摸摸自己的肚子，想想医生的那些叮嘱，褚年觉得生孩子这事儿似乎比他想象中要艰难很多。

也不知道是药物的药理作用还是心理暗示，这天夜里，褚年睡得很好。

早上起来，他先吃了一堆药片，又吃了三片咸味的苏打饼干，喝了两杯柠檬水，一直到上班之前也只吐了一次。

这让褚年越发觉得自己的情况在好转了。

上午十点，几天没见的朱师兄出现在了设计室，看见“余笑”，他笑着说：“余笑，我看师娘发的朋友圈，你怀孕了？挺快呀。”

“朱师兄，我也是刚刚才知道。”跟着朱师兄到了办公室里，褚年努力想把事情说清楚，“我是前几天突然开始吐，去医院查了才知道是怀孕了。您相信我，我完全没有因为自己是孕妇就推卸工作的打算，而且我很珍惜这次工作的机会……您相信我，我会把工作做好。”

朱师兄把自己一百六十斤的体重安放进了老板椅上，脸上还是挂着假笑：“余笑，你放心，你的工作能力我是认可的，211高才生嘛，在我们这个小地方是真屈才了……怀孕这种事儿偶然性是很大。”见“余笑”的脸色略有舒缓，他话头一转，“不过，余笑啊，你们不过是个偶然，到了咱们公司，就是实打实地要赔钱了。你看，你一生孩子，产假就是三个多月，我得照样给你付工资、交保险。你呢，从现在开始到生孩子还有八九个月呢，你产检，我不能不放你假；你不舒服了，我不能不放你假……师妹，你说，你生了个孩子，我这儿是不是就多了个祖宗啊？”

褚年深吸一口气，他之所以想隐瞒自己怀孕这件事儿，就是不想影响自己的工作，可惜就算是这么小的愿望，还是没有实现：“朱师兄，我是来工作的，不是来当祖宗的，工作上的事情我一定全力以赴，绝不给公司添麻烦，您要是还不满意，有什么要求您直说就行。”

“直说？”听见这两个字，朱师兄“嘿嘿”笑了一声，坐直了身子，双手放在办公桌上，“师妹啊，这样，咱们呢，就当你是来帮了师兄几天忙，我这个月的工资一分不少都给你，下个月，不用下个月，明天开始……你就在家好好休息吧。我看师娘的朋友圈，你结婚三年有个孩子也不容易，好好养着，马上就要当妈妈了呢。”

朱师兄的语气无比诚恳，仿佛他是一心一意为了眼前人着想：“凭你的学历，凭余老师的背景，等你生完孩子再出来，什么好工作找不到？完全不用急在这几个月。要是你到时候还看得上我这个小庙，我扫榻相迎。”

“你的意思是，我们之前白纸黑字签的劳动合同无效了？”褚年的语气简单直白，瞬间揭开了所有以“人情”和“关心”为名的包装，露出了里面现实到不堪的内在。

朱师兄还是笑呵呵的："话不能这么说，咱们之间谈什么合同不合同？你怀孕了这是大喜事，师哥我也该给你包个红包，你放心，绝对少不了，这个孩子跟我有缘分！"

"触犯了《中华人民共和国劳动法》的缘分？"

男人的脸色终于沉了下来，圆脸垂成了个四方形："余笑，你这么说话可就没意思了，刚工作一个礼拜就请了两天假，又查出来怀孕了，你还跟我说法律？我看你是依法碰瓷！"

褚年"霍"地站了起来："你说谁碰瓷？"

"我说你碰瓷说错了吗？谈合同的时候我就说你已婚未孕，聘用成本风险高，你跟我又哭又闹，还让你妈打电话给我，结果怎么样？你屁事儿都没干就先怀上了，还跟我扯法律，我还说你是故意隐瞒来占我便宜呢！"

"我敢对天发誓，我来你这儿工作的时候真不知道自己怀孕了，我的检查报告都可以给你看！"

"你对天发誓有用吗？你知不知道你怀孕对我来说这是多大的损失？你怀孕到产假结束十三个月，我得给你发工资、缴五险一金，也就是我得花好几万白养着你！你说你来了这些天，除了端茶倒水之外你还干过什么？你们这些女人真有意思啊，一个个要么就保胎几天不见人影，要么就把接送孩子挂在嘴边正事不干一点儿，你也是一个德行，除了诉苦你还干什么了？说得跟事儿都是你们女人干的似的，我请了三个文员回来，加起来连一个人的活儿都干不上，我的委屈你们谁管了？！"

"天天就让我端茶倒水，我做的其他工作你看见了吗？"

"其他工作？"朱师兄抬起眼睛，冷冷地哼笑了一声，"你是说抱牛蓉蓉那个女人的大腿？"

电光火石之间，褚年想明白了很多事情，比如那天牛姐还没来，朱师兄就说她的坏话，比如余笑的妈妈和韩大姐都说朱师兄是工作室的小合伙人，朱师兄自己却一直以工作室的所有人自居，再比如刘助理对自己突如其来的态度大变……

因为朱师兄就是在暗地里针对牛姐，而他，因为向牛姐“表功”，就成了朱师兄和刘助理眼中的“叛徒”。

枉费他在池新干了三年多，什么风浪没见过，竟然在这个小泥塘子里沾了一身腥！

“反正我话就撂这儿了，余笑，你的五险一金还没给你转，正好也不用办了，你签的那份合同，你有本事就挺着肚子拿着去告我。你敢告我，我就告诉所有人余尚敬的女儿怎么仗着她爸的身份从我们这个小工作室里骗钱的，端了三天茶水，就让我养你一年多，他余尚敬有这么大的脸吗？”

这手段，真是无耻！

一口气堵在了褚年的胸口，他深吸了两口气，还是止不住一阵恶心，手捂在肚子上，作势欲吐，吓得对面的人从座位上跳了起来护着面前的图纸，声色俱厉地说：“你要吐就滚出去，别在这儿跟我装样！”

抚了抚胸口，另一只手还捂在肚子上，褚年抬起头，慢慢地说：“你想霸占牛姐的工作室，又把怀孕的员工赶走，这个名声就好听吗？”

朱师兄又是“嘿嘿”一笑：“是不好听，可我不在乎呀。谁在乎名声，谁就去吃亏吧。你说我要霸占牛蓉蓉的工作室，你有证据吗？这个工作室本来就是我的，她牛蓉蓉一年三百六十五天能来五天就不错了，什么事儿不是我管？你去问问那些客户，他们是更愿意跟我合作，还是跟个四十多岁都没结婚的疯婆子合作？”

褚年捂着肚子，有些虚弱地说：“朱师兄，做事还是留一线比较好。”

“留一线？你对我留一线了吗？仗着是个女人，又是怀孕碰瓷，又是吃里爬外，我告诉你，我朱杜继不吃你那一套！”

动作缓慢地从朱师兄那儿退出来，褚年转身就看见了韩大姐关心的眼神。

“余笑啊，我那时候就说你是有了吧，果然是说对了。”看着“余笑”苍白的脸色，韩大姐更多恭喜的话又咽了回去，“你……有了孩子也正好休息一下。你还年轻，你父母估计也都年纪不大，等孩子两三岁了交给他们，你再出来也不耽误什么。”

不耽误吗？

褚年看着眼前这个勤恳又热心的女人，在这儿的短短几天里，她是唯一对自己好的人，也是唯一一个任劳任怨在公司里做事的人，可这样的一个人，在那头猪的嘴里就成了“正事不干一点儿”。

“韩大姐，这些天谢谢你了。”

“你跟大姐客气什么！”

回头看一眼站在办公室门口的“猪师兄”，褚年随便收拾了一下自己的东西就离开了工作室。

可他真的甘心吗？只是因为怀孕就被人赶走？

坐上出租车回到家，泡上一杯柠檬水喝两口，褚年拿起了自己的手机。刚刚被他攥了太久，手机背面都有了水痕，是他手里的凉汗凝成的。

幸好余笑用的手机没他自己的那么大，不然这事儿还真难成。他咧着嘴笑了一下。

“……这个工作室本来就是我的，她牛蓉蓉一年三百六十五天能来五天就不错了，什么事儿不是我管？你去问问那些客户，他们是更愿意跟我合作，还是跟个四十多岁都没结婚的疯婆子合作？”

有些混乱摇晃的视频里能断断续续看见姓朱的那张脸，声音录得很清楚。

又听了两遍，褚年把这段视频发给了牛姐。

“说我抱大腿？说我吃里爬外？老子就让你看看什么叫真正的抱大腿，什么叫真正的吃里爬外！”泄愤似的咬碎嘴里的苏打饼干，褚年觉得今天的这个饼干格外咸，咸到发涩。

饼干刚吃完，他的电话就响了，却不是他想象中牛姐打来的。

“笑笑你怎么回事？怎么干两天工作又不干了？！”高亢刺耳的女声突然

压低了一点儿，仿佛是想起了自己的女儿现在是孕妇，“我不是跟你说了吗？这个工作你肯定要做的，不是钱不钱的问题，就你三年都不出来工作那样子，没一个工作钓着你，等你生完孩子天天喂奶洗尿布，你就更出不来了！到时候你怎么办？才三十岁就在家里当一辈子的家庭主妇？你告诉妈妈，要是这样你这辈子还剩什么？啊？老公？孩子？没了！妈妈辛辛苦苦把你养大，送你读大学，是为了让你蹲在家里的吗？！”

听着余笑妈妈的话，褚年叹息了一声，说：“妈，是不是姓朱的找你了？”好歹记得自己现在是“余笑”，褚年把“那孙子”省掉了。

“是啊，笑笑，你师兄说……”

“妈！哪门子的师兄会刚知道我怀孕就把我赶走啊？你听他说不如听我说，不是我自己要走的。再说了……”褚年很心累，他刚想说自己还未必会走，走人的未必是谁呢，就听见手机那边传来了一阵嘈杂声。

“我不会说话，那你想说什么？”这是余笑妈妈的声音，“你以为就你自己关心女儿啊？什么？我不是关心？你说怎么说是关心？我不懂？我怎么就不懂了？”

手机被交到了另一个人的手上，很快，一个中年男声从手机里传了出来：“笑笑啊，你这次工作是不是遇到了什么困难？”

说话的人是余笑的爸爸。

“爸！”褚年打起了精神，在这种事情上，他觉得余笑的爸爸会更理解自己，而不是一味地责怪女儿。不得不说，从昨天到今天，余笑妈妈的一个电话、一个朋友圈就闹得自己的生活一团糟，褚年心里对她其实是有一点儿怨气的。

“……事情就是这个样子的，是朱师兄宁肯触犯法律也要赶我走，他还说要是我敢去告他，他就把你的名声搞臭。爸你放心，这事儿不用你插手，我肯定把这个人……”

“笑笑，这事儿你听爸爸的，就算了吧。”

“咚！”是什么东西突然沉了一下？

褚年一个恍惚，才察觉到是自己的心。

“爸，你说什么？”褚年简直不敢相信说话的人是自己那个岳父。

“笑笑，爸爸知道这事儿你受委屈了，但是现在不是让你任性的时候，你想想，要是你真跟朱杜继去计较，你在圈子里的名声能好听吗？本来就是咱们理亏，你这孕，唉，不过怀孕总是好事儿，你就先好好养胎，把孩子生下来。褚年在外地忙事业，你也别给他添麻烦了。等他回来了，让他来找我，我和他谈谈。”

褚年皱着眉头，喝了一口柠檬水，勉强把自己嘴里令人作呕的苦味儿压了下去，然后说：“我怎么给他添麻烦了？于情于理，朱杜继这事儿做得就是不对！我……我怀孕了他就不能开除我！什么名声？我怀孕是我故意想怀的吗？他说我怀孕碰瓷，我还不能反过来去申诉吗？！”

电话另一边传来的依然是余笑爸爸不疾不徐的声音：“笑笑，你怎么学的跟你妈一样？”

什么叫跟余笑的妈妈一样？！这是什么语气？这是什么评价？他只是不想忍气吞声，不想因为怀孕了就丧失工作的权利，不想被人像撵狗一样从那个小破作坊离开！怎么就叫“跟你妈一样”了？

“您这话有意思，我妈刚刚说的哪句话不对了？”

“笑笑，处理事情没那么简单，你得考虑一下现实，你说你在家里都待了三年了，不就是想要一个孩子吗？现在孩子有了，你就好好照顾自己、照顾孩子，以后再谈工作的事情也不晚。我也会跟你妈谈谈，不要一看见你就说工作工作，给你这么大的心理压力对你一点儿也不好。”

褚年快要绝望了，他突然觉得从前通情达理、能和自己交流顺畅的岳父现在已经成了一块石头：“爸，这不是什么对我好的问题，他朱杜继不过是个窝在牛姐手下的小人，我凭什么要躲着他呀？我做错了什么吗？我怀孕了是错误吗？就是我得被人赶走的理由吗？那他还拉帮结派想排挤走牛姐呢，怎么不是这种人滚蛋？论能力，论水平，我哪里比不过那个小人？！”

“是谁教你背后论人是非？你才见过几个人，就说别人是小人？你这么一副歇斯底里的样子是给谁看呢？爸爸以前是怎么教你的，你都忘了？”顿了一下，余笑的爸爸松缓了口气，才又接着说，“笑笑，这件事情就让它这么过去吧，你要是缺钱就跟家里要，正好也可以多回来两趟，你妈总惦记你。”

字字句句入耳，仿佛都是在对自己好，可落在心口的却是一块又一块的石头。

褚年很想问问岳父，他顾虑的到底是女儿的名声，还是他自己的名声，一个刚入职就怀孕的女儿让他觉得丢人了是吗？

可他张了张嘴，这话他说不出口。

余笑的爸爸还在“谆谆教诲”：“笑笑，记住爸爸跟你说过的话，没人喜欢爱生气的女人，一会儿你跟褚年说的时候注意措辞，他已经很忙了，你别给他添麻烦了。”

当他是个男人的时候，所有人都对他说要变强；当他成了女人，所有人都变成了他的墙。

这时，他的手机弹出微信消息提醒。

他有些疲惫地说：“我知道了，我再想想，先挂了。”

微信是牛姐发来的：“你录下这个只是想提醒我朱杜继居心不良？”

褚年捕捉到了她语气中蓬勃的怒气，经过岳父的那一番“教导”，他现在觉得能生气的女人真是太可爱了：“牛姐，我怀孕了，但是我还想工作，我想请您再给我一次机会。”

手机那头沉默了两分钟，褚年察觉到自己的手上又沁出了冷汗。他不知道自己现在更怕的是直白的拒绝，还是一句“既然怀孕了，你就好好养孩子吧”。

好在他得到的回答并不是上面两个中的任何一个。

“明天上午九点的火车，别忘了。”

是说去省城的事儿。

这是，答应他了吧？

应该高兴的，可看着手机屏幕，褚年慢慢地低下了头，他把脸埋进了手机里，很久很久。

他只是想要工作，他只是不想待在家里，怎么就这么难？怎么就……

客厅的墙上，计分器跳了一下，过了几分钟，仿佛不情愿地又跳了一下，从“7”到了“29”。

7

难得没有开会到深夜，余笑洗了个澡，坐在公寓的沙发上。她收到了银行发的短信通知，之前出差的补助和这次加入专项小组的补贴已经到账了，大概有五千多块。

想了想，余笑把这笔钱转到了“余笑”的卡里，怀孕、产检，估计还得吃药……这些事儿都得花钱。

余笑想想那个孩子，手指在桌上乱敲了一阵儿，又强迫自己不再想，把注意力放到别的事情上面。后天她就要再去赭阳，这次除了要让那些搞设计的专家细化整体方案之外，她还得去跟有关部门打交道——这一块儿，是褚年的长项，也是余笑最薄弱的地方。

“不同的地方有不同的规矩，上次那位主任可以作为突破口，还有那位主任派过来帮忙的小李，流程方面我可以试着问他，更多的细节也可以让林组长出面……”

之所以把办事老练的林组长拉到自己这边，为的就是让他补充自己经验方面的匮乏。

成为“褚年”的这么多天，每一次以“褚经理”的身份与各路人打交道，都是余笑精神最紧绷的时候，反而是在城中村做调研、想要给孩子和没有工作的女人找一条出路的时候，最让她兴奋。

这种兴奋很特别，余笑没办法用语言描述当她说服别人认同自己的“东林烂尾楼改造计划”时的那种快乐。那个时候，她不会去想自己是个男人，自己是个叫“褚年”的男人，自己是个应该精于交际、颇有手腕儿、叫“褚年”的男人——虽然这是她已经决心此后半生都成为的那个人。

“幼儿园、小学……她们还需要什么呢？”余笑的脑海中顿时浮现出无数选项，又将它们一一抹去，因为她一个都给不起，“算了，能做一点儿是一点儿，女子职业培训中心必须落实。”

余笑拿出手机又把存在里面的文件仔仔细细地看了一遍。然后，她随手打开了电视机。

电影频道播放的画面，是一个清瘦又有点儿俊美的“男人”低着头劈柴。

余笑慢慢放下了遥控器，她一直都很喜欢这部叫《凤厨》的电影，它讲的是清末一个弱女子为了给爱人申冤，女扮男装上京，最后成了一代名厨，为爱人洗刷了冤屈的故事。

不过，从前的余笑一直很不喜欢电影的结局——陈凤厨放弃了近在咫尺的爱人，选择以男人的身份活下去。因为她更希望看见爱情的圆满。但现在……

一直看到二十年后陈凤厨与曾经的爱人擦肩而过，屏幕上出来了演职员表，余笑才察觉到自己哭了。

“不过是为了我自己，若是我说是为了别人走到现在，那分明就是轻贱了我自己。”

这句台词扎伤了余笑的心。

疼啊，太疼了。

陈凤厨为了那个男人披荆斩棘豁出去一条命，到头来找到的是“自己”，可她呢？自认为把时光都给了婚姻、爱情，最后丢掉的也是自己。即使是现在，也不过缩在一个男人的躯体里，像是一只披着画皮的鬼。

手机的铃声惊动了她，余笑拿起来，打来电话的人是“董事长”。

余笑看了一眼时间，已经是晚上十点五十分了，她匆忙擦掉自己的鼻涕和眼泪，又喝下一口凉水清嗓子，这才接通了电话：“董、董事长。”

“没有打扰褚经理休息吧？”

“咳，没有。”

“我在公司楼下，有没有空一起出去喝一杯？”

啊？余笑拍了一下自己的脸颊，让脑子清楚一点儿，才说：“好，我这就下楼。”

她也不想一个人待在房间里了。至于池谨文为什么找“他”喝酒？反正有那么帅的男明星当球友，池谨文看着都很正常，总不至于是看上了“褚年”的皮囊——余笑想得很光棍，但是不直。

池谨文挑的酒吧气氛很不错，放着慢悠悠的蓝调，坐在卡座里，余笑觉得自己的骨头缝儿都有了片刻的舒展。

池谨文还穿着衬衣长裤，头发梳得一丝不苟，只是袖子卷了起来，看着多了点儿随意。

两个大男人也不需要客气，拿着酒杯一碰，各自喝了就好。

喝了四五杯酒下去，池谨文终于开口了：“我是应该谢谢你的，我……有个亲人，最亲的那种，从前我觉得她无所不在，一面被她庇护，一面又觉得她难以被超越，是不是很没有良心？”

“这不是很正常吗？谁会全心全意、毫无保留地喜欢一个人呢？连对自己都做不到。”喝下半杯酒，余笑看着酒杯，脸上挂着淡淡的微笑。

池谨文看了自己这个平日太过谨慎、做事又别有锋芒的下属一眼，淡淡地说：“可那个时候，我以为她是全心全意地喜欢我们，就是我和我妹妹。但是她抛下了我们，一心追求自己的梦想。去年冬天她甚至跟我说，她其实一直都在表演，她在教育我们的时候使用了很多并不光彩的小技巧，她真正纯粹的只是对自己的梦想……你知道吗，一直以来坚信的东西被打碎了，哪怕那个东西在别人的眼里并不重要，我还是觉得不舒服，很不舒服。我答应她会想明白，可直到听到你的‘蜗牛壳’理论，我才觉得我有那么一丁点儿理解她了。”

池谨文的话让余笑又喝了半杯酒。

严肃端方的成功人士其实也是被人小心庇护长大的，对方一定付出了极大的心力，才会让他觉得自己是被全心全意喜欢的。不像她，小时候觉得母亲并不爱自己，长大一些又纠结于父亲自相矛盾的教导，直到上了大学，遇到了褚年，才觉得这个世界上有人真正爱她，结果又是一场空。

“董事长，能够感觉到被爱，直到对方去点破才觉得爱不够纯粹，已经是很幸运、很幸运的事情了。”

这世上多少人，所谓的“爱”都是一场自我欺瞒的寂寞狂欢？

余笑把杯中酒一饮而尽。

第五章 / 疯了吧

到底什么是“为我好”？

1

周二早上，褚年换了三身衣服。

当初面试时的那一身自然是他最喜欢的，毕竟是自己选的，可摸摸自己的肚子，他决定还是穿一双运动鞋，防止摔倒。既然穿了运动鞋，衣服也要轻便起来。余笑喜欢的印花T恤有些不够庄重，他选了一件浅蓝色的上衣搭配深色的牛仔裤。

“还真是瘦了。”拽一拽牛仔裤显着空荡的腰部，褚年强迫自己又吃了两片苏打饼干和两块午餐肉。

坐火车出门，想要一天往返几乎是不可能的，褚年拿起一个书包，想了想，往里面装了一件干净的睡衣，然后是牙具，想到自己现在很可能会吐，又装了两个柠檬、一个苹果，当然少不了苏打饼干和他要吃的那一堆药片。

不管怎么看，这一包东西都不太像是要去出公差的，更像是小孩子春游。

拍拍自己的小肚子，褚年叹了口气：“对，还真是你去春游。”

站在镜子前面，褚年觉得自己的气色看着太差了，既然是要保住自己的工作，那肯定得显得健康点儿。

勉强涂匀了脸上的粉底液，褚年盯着傅锦颜送的腮红。经过一番有点儿激烈的思想斗争，他拿起腮红旁边的刷子，往脸上轻轻点了一下，再点一下，再点一下……小小的刷子在脸上涂来抹去，看着微微的一点儿红色出现在脸庞周围，褚年突然感受到了睽违已久的成就感。

对着镜子，他笑了。

"你是不是发烧了？"在火车站的候车室,牛姐看着上半张脸微微发红的"余笑"，有些担心地问。

"啊？没有啊！"褚年摸了一下自己的额头，对牛姐笑着说，"牛姐你放心，我状态好着呢，今天我就能把您那边的文件管理搞好。"

牛姐点了点头，又问了一遍："你真的没事儿吗？"

褚年万分诚恳地点头，心里有些莫名的感动。

坐上了火车，牛姐从随身的袋子里拿出了一个充气垫儿，把里面的气打满之后，放在了"余笑"的身后："有不舒服就跟我说，怀孕了之后都不容易，你也不用觉得不好意思。"

"好。"褚年惊诧地发现自己竟然有点儿哽咽，"谢……谢谢！"

牛姐毫不在乎地摆了摆手，把自己的座椅靠背微微调整了一下。她自己体态敦实，坐在火车二等座上有些空间紧张，显然并不是为了自己才带的垫子。

摘掉脖子上的青金石长链子，她打了个哈欠说："在火车上就睡会儿吧，下车还得忙。"说完闭上了眼睛。

褚年伸手捏了捏后腰靠着的垫子，内心有些无措。从小到大，他因为外貌和成绩早就习惯了受到各种优待,也习惯了各个年龄段的女人对他"柔情似水"，可他没遇到过这样似乎"理所当然"，又似乎包含着某种怜悯与关切的"保护"。

过了五分钟，火车开动了，牛姐翻了个身，又睁开了眼睛："余笑，你还没休息啊？"

"牛姐，您不也没休息？"

叹了一口气，牛姐坐了起来:“昨天我想到半夜，我觉得我也没做错什么呀，怎么朱杜继对我这么大意见呢？啊？他以前给我当助手，后来我去了省城开工作室，本来想把现在这个工作室关了，是他说他想接手，我才说那他掏三成钱进来吧，反正其余的都是现成的，怎么到现在就成了我的错了？我牛蓉蓉打理起来的招牌，他想抢走怎么还这么理直气壮？”

褚年看一眼越说越激动的牛姐，知道这个时候自己就该痛骂朱杜继忘恩负义，可后面的垫子很柔软。

“牛姐，人都是会变的，说不定当年您拉他变成合伙人的时候他感恩戴德，可这么多年过去了，他天天被人喊朱老师、朱老板、朱大设计师，喊久了心也就变了。您也是人太好，管下属哪里是交心就够的。我来了工作室一个礼拜，您只来了一次，他明明是躲出去了，您也不管。刘助理是他的人，韩大姐是个不管事儿的，您被人架在半空，只能把别人的心和胆子一块儿养大了。”说着说着，褚年不知道为何有些心虚气短，他缓了口气，接着说，“您做室内设计，当然也知道那些施工方一时没人盯着就连墙砖都贴不齐，何况是个公司的合伙人。要从这方面说，这确实是您的错。”

牛姐点点头：“嗯，我确实是傻。你说得对，我每次去，他和他那个助理都不在，分明就是躲着我，我还傻乎乎地以为没事儿呢。”躺回去，闭上眼睛，她长长地出了一口气，“当人，好心自然是没错，可当个老板，识人不明就大错特错了。”

褚年也闭上了眼睛，老板能够自省，对下属来说当然是好事；要是能把自省彻底落实，那更是极大的好事了。可闭上眼睛，褚年看见了余笑，又睁开了眼睛——不能想。

“呸！”牛姐猛地睁开眼睛，嘴里低骂了一声，把褚年吓了一跳，“老娘就算是有错，也是朱杜继那个混蛋人品太差！低劣！卑鄙！无耻！不把他赶走，老娘‘牛’字倒过来写！”

褚年下意识抱着肚子缩在靠垫上，对这样的上级，他……暂时不知道该怎么评判。

火车上气味驳杂，褚年拿着一个柠檬放在鼻子边上，生怕自己会吐出来。

闻着柠檬带着酸意的果香气，他慢慢地睡了过去。

牛姐在省城的设计工作室在一座写字楼里，采光明亮、布局合理，看着就比原来那个高大上很多。让褚年更在意的是，这里的员工看起来精神抖擞，光看精气神儿，能吊打好几个刘助理。这也说明了牛姐在调动员工积极性方面是很有一手的。

“这是余笑，我让她过来帮我们做一下文件管理，你们一个一个来，看着也学着点儿。”

褚年现在的小身板儿一个还不到牛姐的半个，他往旁边退了一步才让别人看见自己：“大家好，我是余笑。”

牛姐回身看了“她”一眼，点点头指了指一个年轻的女孩儿说：“小玉，余笑就交给你了，多照顾一点儿。”

用 Excel 做文件管理，就是一开始添加的时候烦琐一些，褚年研究了几天也就熟练了。

“哇，你这个看起来真的很高级啊！原来 Excel 还能这么玩儿？我以前都不知道。”小玉给褚年端来了一杯水，看着表格有些目瞪口呆。

褚年有点儿得意，不对，不应该说有点儿，应该说非常开心。看看小玉年轻漂亮的脸庞，他真是觉得怎么看怎么顺眼：“这个其实挺简单的，只要会用 HYPERLINK 函数再做超链接，平时统筹文件夹就可以了，其实是个挺鸡肋的小功能，但是对电脑里堆了太多文件的人来说就比较方便了。”

“一听就好高大上，算了，您忙。”说完小玉去旁边转了一圈儿，回来的时候手里捧着一堆吃的，“余笑，要不要吃零食？我买的牛肉干吃过的都说好！”

褚年抬头对她笑了笑，继续做文件整理。

用了两个小时整理好了一个人的电脑，褚年站起来就要去下一个人那里。

“不着急，牛姐说让你先吃饭。”小玉一把就将褚年摁回了椅子上。

这时褚年才发现小玉的身高绝对不低于一米七，比“她”高半个头。一阵小凉风从他的心头吹过，过分得意的褚年才想起来自己现在成了“余笑”，不仅性别女，身高只有一米六，还是个孕妇。

那点儿乍起的粉色小雾，“嗖”的一声消失不见了。

对面的女孩儿并不知道这个沉默单薄又似乎很能干的“女人”之前在想什么，现在又在想什么，她看着对方的脸庞，小心地问：“你还好吧？没有发烧吧？”

今天怎么都是这么奇怪的问题？褚年摇摇头，顺便摇掉脑子里的残渣：“没有。”

小玉给褚年订的工作餐明显是按照女孩子的口味来的，主菜是几块糖醋排骨，旁边是一点儿酸辣土豆丝和西红柿炒蛋。从前的褚年挺喜欢吃肉的，现在看见糖醋排骨他就觉得胃里难受，努力避开之后几乎把酸辣土豆丝配着米饭吃完了。其实还想吃点儿西红柿炒蛋，但不知道为什么，鸡蛋还没入嘴他就感觉到了一股腥气，要不是放下得快，他已经吐出来了。

看看饭盒里剩的大半东西，褚年有点儿紧张，怕小玉会觉得自己太挑剔。没想到小玉的反应真是出乎他的意料。

“难怪你这么瘦，居然鸡蛋都不吃！对自己也太狠了吧？减肥大佬真是惹不起。”

减肥大佬？褚年眨眨眼睛，掩盖自己心里的茫然。

下午四点，牛姐召集工作室员工开会，褚年看着那些男男女女走进会议室，心中浮现的是自己都察觉不到的羡慕。

“余笑，你也来。”

“好的！”他被自己语气中的欢快吓了一跳。

会议室里，牛姐穿了件枣红色的袍子似的裙子，脖子上戴着一串青金石，气场十足。

褚年进去之后，找了个角落坐下。

“第一件事，余笑之前在老工作室那边入职了，但是手续还没办，文慧你下周一和程新一起去那边的时候把手续给她都办好，尤其是生育险，你看看政策，务必给她弄好。”

一个看起来斯斯文文、三十多岁的女人点点头答应了。

“第二件事，之前我把老工作室百分之三十的股份转让给了我从前的助理朱杜继，我仍然是老工作室的实质法人和大股东，但是目前老工作室的经营状况我很不满意，下周一开始，程新你就是我派去的委托人，看看那边的项目执行情况到底怎么样，为期至少半个月。另外，我已经联系了会计师事务所，下周一去那边查账，我打算给老工作室再找个合伙人，在那之前，账务必须清楚。”

牛姐看向“余笑”：“你在忙完这里的文件管理工作之后就去帮助程新，能行吗？”

能行！当然能行！褚年努力点头。他已经跃跃欲试了，在这个瞬间，他觉得自己的身体已经彻底好了，一口气揍十个“猪师兄”都不费劲儿！

当然，五分钟后，他因为办公室些微的气闷而跑出去吐了一通，这才确定之前的种种“力能扛鼎”都不过是错觉。

“你等着看，你爸本事可大着呢！”趴在洗手池上，褚年对着自己肚子里的孩子如此说道，嘴里还是胃液的味道。

2

“褚经理，喝口水。”

“谢谢。”

站在方圆几十米唯一的一块儿树荫里，余笑把别人递给自己的水拧开之后又递给了团队里年纪最大的老专家。

“天气太热了。”老专家姓方，一只手扶着自己的助理，喝了口水，感叹了一声赭阳的高温和暴晒。

除了这片树荫之外，更多的人站在几米外烂尾楼的阴影里，把公文包或者文件夹当扇子用。

余笑确认了一下所有人都还没有出现中暑的症状，再看了看几百米外的城中村，转身对自己带来的一位员工嘱咐了两句。

那位员工是个瘦高的年轻人，听了余笑的话之后眼前一亮，转身就往外冲。

“跑什么？拿着遮阳伞！”从小莫的手里抽过遮阳伞递过去，余笑才放了那个年轻人离开。

回过身，她对其他人说：“咱们就先休息会儿，刚才已经看完了西南角这一块儿，按照计划，咱们还有差不多三分之一的地方要走。”

“唉，褚经理，咱们行程上是怎么安排的？”问话的老专家那一头黑白参半的发丝，在丝丝并不凉爽的风中颤抖着。

“今天下午两点前结束第一轮现场勘察，下午回去休息一下，然后开会，明天和宋主任那边一起研究下细节，后天再来看现场。”

很简单的行程，“褚经理”随口就能说得一清二楚，听得这个老专家的助理心里一叹。像他们教授这些搞设计、搞研究的，做到了一定地位那都是被人捧着的，虽然说行程表是早就定好的，但是他们从前遇到的那些项目经理真到了这个时候，谁不是全紧着这些专家的意思来？这个褚经理倒好，年纪轻轻，做事一板一眼，教授问行程那是真问行程的意思吗？那分明是说累了想回去休息呀！也不知道是怎么当上这个副经理的，难不成是靠刷脸？

趁着休息的工夫，余笑又跟老专家聊了起来：“方教授，对那个小学的供暖设计您有什么更好的建议吗？”

“供暖？这方面我实在不擅长。”老专家摇了摇头，“之前预留了管道，但很明显你想做小学的那两栋楼距离管道的位置是不合理的，之前的工程方……”

烂尾楼的问题哪里是没建完那么简单？不合理的布局、因为资金紧张所以偷工减料的施工过程、搁置时间太久导致已经不符合新的国家验收标准的建造质量……这些都是外行人没想过的问题。

在他的眼里，这个年纪轻轻的项目小经理，也是个“外行”。

“小学的两栋楼供暖还好说，位置不合理的问题不过是一点儿管道成本。你说的那栋想做职业培训中心的楼，我倒是有个问题，你为什么想给它做一个独立的太阳能电辅供热系统呢？”

面对老人的疑问，余笑正想说话，旁边的人突然都往不远处看了过去。

“小姜那是推了个车过来？”

不是小姜推车，是小姜帮着别人推车。真正推车的人是之前余笑他们吃过凉皮的那家店的女老板，看见余笑，她比上次黑红了不少的脸庞上露出了灿烂的笑：“绿豆汤还要冰一点儿，帅哥你们真是讲究人哩。”

“麻烦您跑这一趟。”

“你们钱也给得多，嘿嘿嘿。冰是白开水放凉了才冰的，你们这个小帅哥问我哪里买冰，我自己家就有给小孩子做的，能赚钱哪儿有不好的？绿豆汤你知道的，我家确实熬得好。还有西瓜，我也给你们都切好了。”

绿豆汤和西瓜从保温箱里拿出来，冒着丝丝凉意，这个说话利落的女老板果然是个能做实事的人，不过十几分钟就给他们准备的样样周全。当然，也是余笑的钱给得到位。

一人一杯绿豆汤和一小盒切好的西瓜，余笑手上分着，对那个女老板说：“谢谢您，您家的东西做得也好吃，下次我带着朋友们都去尝尝。”

“哎哟，都说啦，要是您真能给我们弄起个小学啊，您来多少次我都白请您吃！”

太过英俊的男人只是微笑，低垂的眉目却让人有些眼晕。

目送着那个女老板推着空车走了，方教授的助理咽下嘴里的西瓜，看着“褚年”说：“褚经理办事就是不一般，叫个外卖就能解决的事情，还得让人家女老板亲自送货上门。”

这话里面的意思不怎么好听，余笑却仿佛没听出来，只是笑着说：“几位专家都上了年纪，入口的东西还是得小心一点儿，那家店我之前来吃过，还是挺干净的，也才放心把这件事交给她。”

她又看向其他人，略提高了一点儿声音说：“辛苦各位大夏天出来公干，我跟酒店说了，下午咱们回去就直接去做足疗，吹着空调，洗个澡。”

有绿豆汤有西瓜，回去还有享受在等着，所有人的精神都是一振，仿佛头顶的烈阳也不那么难熬了，包括方教授。结束休息继续勘察的时候，他跟“褚经理”说话的热情也多了几分。

“小褚啊，那个热水系统，你还没跟我说明白呢。”

余笑扶着老人的手臂，笑着说：“整个东林城中村只有三分之一有集体供暖，很多人冬天洗衣服甚至洗漱都是问题。”

“这跟你在职业培训中心里安的太阳能有什么关系？”

“东林周边的很多小工厂是春天到秋天开工、冬天休息，很多女人闲在家里，要是职业培训中心能够供热水，她们来上课的热情应该会高不少吧？”

听见年轻人这么说，老人一愣，然后大笑起来：“是了是了，学校里有暖气有热水，装两件衣服一块肥皂，趁着课间的时候洗一洗，不是比待在家废煤要好？还能跟认识的人聊天，中午、晚上还能直接接了孩子回家，路过市场买一点儿东西，回家做饭也方便……你呀！”他拍了拍“褚年”的肩膀，“也不知道你这个搞市场的年轻人是怎么想出来的，不应该只想着赚钱吗？”

余笑只是扶紧了老人的手臂，防着他脚下被乱石绊到。

“这些想法你都要写进项目书里，显得咱们有真正搞民生的样子，知道吗？”笑过之后，方教授开始指点起来。

略靠后一步，方教授的助理看着自家老板跟那个“一板一眼”的项目经理谈笑风生，心里一阵泛酸。老板你这就叫起“咱们”了？原来这人不是刷脸上位，就是……刷好感度的方式，有点儿高级？助理觉得自己又学了一招，当然学了他也不太懂怎么用就是了。

下午，刚回酒店不到一个小时，外面就下起了大雨。开着窗，夹着水汽的风从外面冲进来，卷动着干涸很久的窗帘。

其他人都去修脚做按摩了，余笑一个人坐在桌前，把今天方教授随口说的建议都在电脑上写了下来。

写到一半，她的手机上弹出了消息提醒。

傅锦颜："我打电话给他，怎么他跑省城去了？说是工作的问题，也不肯跟我细说。"

因为工作问题去了省城？余笑当然知道傅锦颜说的"他"是谁。

皱了一下眉头，余笑还是拨通了电话。

"你怎么想起给我打电话了？你放心，孩子好着呢，我肯定能生出来！你想离婚，没门儿！"

听着褚年这嚣张的口气，余笑有点儿后悔打这通电话了，有这个时间听他废话，她还不如把文件写完。

"你在哪里？"

忙了两天半终于搞定了所有文件整理的褚年正坐在回家的火车上。

他这两天加班加点，借口孕吐婉拒了小玉的同居邀请，住在了工作室附近一个便宜的小公寓里。因为便宜，唯一的优点就是通风好没怪味，所以就算床垫很不舒服、洗澡的浴室小得跟马桶一样，褚年也忍了过来。余笑的电话成功勾动了他心里的委屈，虽然他也说不清楚这委屈到底从何而来。也可能是经历太多了吧，细细密密，根由万千。

他的气势略弱了下来："我……还有一个小时就到家了。那个，工作上的事我去了一趟省城。"

说这句话的时候，褚年依稀有种错觉，仿佛一切都没有发生，这只是等在家里的余笑给自己打来的电话。可他自己也知道这是错觉。最荒谬的事情发生了，一切都已经改变得不成样子。

"身体状况还好吗？"

"挺好的。"

再平常不过的问答，却让褚年觉得心里酸酸的，他张了张嘴，提了一下语调说："我之前那份工作，因为……身体情况，那个人要辞退我，我找了更大的合伙人帮忙，现在要反过来去收拾他了。”

“嗯。”余笑觉得这是褚年能干出来的事情，他从来都是抓紧一切机会向上爬。

她看着外面被暴雨问候的大地，轻声说：“挺好的，你加油。”

“嗯，好……”褚年握紧了手机。

通话结束了，褚年看着手机屏幕，把另一只手上的柠檬拿到鼻子边上，狠狠地深吸了一口气。

从他确定了“怀孕”以来，这是唯一一个完全没有指责、没有压制、没有怀疑、没有条件的，对他争取工作这件事的纯粹肯定。

这个评价来自余笑。

褚年有些想笑，又觉得可能是有个人切开了整个柠檬，把里面的汁水全部都挤进了他的胃里和心上。

挂掉电话的余笑神色平静地继续写东西，雨后的风从她的后颈吹过，也从她的指间吹过。

3

褚年从出租车上下来，心里有些愉快地盘算晚上吃什么。

不知道是不是因为在省城的那两天只一心忙着工作，他竟然觉得吐得次数少了一点儿，恶心的频率从一天十五六次降低到了一天五六次。这也导致他的胆子大了一点儿，不仅敢吃酸辣土豆丝了，土豆炖牛肉也觊觎了一番，虽然吃完了还是吐，可吃的时候还是挺开心的。

吐了这么多天，褚年已经摸到了规律——闻起来，汽油味儿、烂菜的馊味儿是最不能忍的，尤其是韭菜；吃起来，用油炒过的肉是一定会吐的，油炸的东西绝对不能碰，外面卖的馅料不明的肉包子闻着就想吐，生菜叶子吃的时候没问题，但是吐出来的时候食道里的苦涩感格外重；此外还有鸡蛋，他从前最喜欢的蒸蛋和炒蛋都已经成了禁区。

慢慢总结、整理了这些发现，褚年觉得自己也能在各种“规避”和“小心”下活下去了。

晚饭就叫个外卖吧，试试能不能吃小鸡炖蘑菇。

“余笑？”

晚餐敲定的那一刻，停在楼外的一辆车里，一个戴着眼镜的女人探出头跟他打招呼。

褚年愣了一下，才笑着说：“傅……那个，你怎么在这儿？”

“刚知道你怀孕了，你又告诉我你去了外地，我不放心过来看看。”从车里下来，傅锦颜手里拎着两个大袋子对他抬了抬下巴说，“走，我给你把东西送上去。”

褚年被她的阵仗吓到了：“你……你这是什么？”

“吃的喝的用的，现在孕妇的讲究可多了，我去挑了一圈儿，差点儿挑花眼。”没理会“余笑”伸出的手，傅锦颜拎着两个大袋子进了电梯。

电梯里，褚年有些不好意思，是真的不好意思。这些天“帮”过他的人寥寥无几，里面绝对有傅锦颜的一份儿，他从前只觉得傅锦颜说话刻薄，眼睛像长了刺似的让人不舒服，现在想想，他觉得自己是真的傻。他褚年酒肉朋友无数，能这样任劳任怨帮忙的，一个都没有。

“那个……”

“嗯？”

“谢谢你。”

看着褚年占着自己好友的身体似乎有些害羞的样子，傅锦颜感觉自己手臂上的寒毛一根一根全部立起来了。

把东西送进去，她就借口有事走了，留下褚年一个人面对各种进口维生素片、营养品，甚至还有孕妇穿的睡衣和软底不磨脚还不打滑的拖鞋。

从袋子里拿出一瓶药片仔细看了看，褚年有些舒心地笑了，他现在觉得一切都能变好。虽然还是有各种的不甘心和痛苦，可他觉得最糟糕的时候已经过去了。

而此时，就在楼下，傅锦颜奋力搓了搓自己的手臂，又拉下后视镜，对里面的自己说："我这个演技去电视剧客串应该足够啊！"

最后看了自己好友的"家"一眼，脚下油门一踩，傅锦颜开着车子离开了。

4

早上九点四十五分，朱大设计师和往常一样打着电话进了他那个位于临街铺面的二层工作室。

说是他的似乎不太对。不过长久以来，他已经把这里当成了他的。所以他可以给余尚敬面子把他女儿弄来当文员，也可以把吃里爬外的员工给赶走。

余笑被赶走那天，他先发制人给余尚敬打了电话，那老头儿死要面子，还替他女儿道歉。就这样的人，得罪就得罪了，怕个啥。

想起来朱杜继心里就有些不屑，他们圈儿里都是这么一群爱论资排辈，又爱占便宜，同时又死要面子的糟老头子。

一楼看店的年轻人看见他，站起来说："朱老师，上面来了几个人。"

"是上次那个戴玉镯子、走路很骚的女的？"

年轻人摇摇头："来的是几个男的，我没见过。"

那就是新客户了。两口把两个小肉包都塞进嘴里，再用力吸走了塑料杯里的最后一口豆浆，吃完了早饭的朱大设计师舔了舔嘴皮子，把空了的豆浆杯放在前台，整理了一下衣服往楼上走去。

二楼，韩大姐站在一边不动，看着其他人在忙，而这个其他人……

"余笑，你怎么在这儿？"

褚年就坐在之前工作的电脑前面。他正在复制里面所有的合同内容和进出账，一边做，一边庆幸自己之前为了做文件管理几乎把电脑里的所有文件名称都过目了一遍，还把同名文件按照时间做了梳理调整，也得感谢朱杜继和刘助理做事粗糙到可笑的地步，才让他能轻易摸到一些牛姐和律师会喜欢的东西。

久等的朱杜继终于来了，他转过头去，脸上带着胜利者的微笑 ：“朱老师，牛姐让我复制一份工作室最近一年出的合同给她，她要看看细节。”

“什么细节？什么合同？”朱杜继冲上前一步就要把“余笑”从电脑前面推开，一个男人从旁边拉住了他。

“朱哥，别激动，牛姐就是要看看合同，没别的意思。”

什么叫没别的意思？这已经是要翻天的意思了好吗？

“程新？！”看清了拉住自己的人，朱杜继愣了一下。

叫程新的男人中等身材、中等样貌，看起来毫不起眼，脸上的笑也是很寻常的笑 ：“是啊朱哥，咱俩上次见还是元旦聚餐的时候。”

看见程新，再看向“余笑”的时候，朱杜继当然想到了这是发生了什么，一瞬间，他那双憨厚的眼睛里几乎是淬了毒，能让“余笑”见血封喉的毒。

“不是，程新，你们现在是什么意思？我是得罪牛姐了吗？”

“没有没有……就是吧，牛姐觉得这段时间咱们这个工作室也没什么起色，她打算再找个合伙人来入股，人选据说也定下了。但是朱哥你也知道，牛姐规矩大，她不让我们问，我也不敢打听。”

程新拉着朱杜继坐在会客的沙发上。

这时，“余笑”站起来，给他的面前放了一杯水。

看着这杯水，朱杜继很不自在。他让“余笑”给他倒过不少次水，他还挺享受在这里被人“伺候”的,可这次别人主动给他倒的水却像是泼在了他的头上。

“找什么人入伙？我也是股东，我怎么没听见消息？”他有些慌。

褚年笑了，看程新一眼，对朱杜继一字一句地说 ：“不着急，牛姐说了，这是第二步。第一步，咱们得先把账对出来。”

不去看“余笑”，朱杜继转头看程新，又看见了程新旁边沙发上坐着的一男一女。刚刚“余笑”吸引了他的注意力，他都没注意到那两个人。

“这是启新会计师事务所的两位会计，请他们出来，牛姐也是花了大价钱。

哦，忘了跟朱——老师说了，我现在手续已经办好了，还是咱工作室的人。”

褚年知道自己现在说话的样子有多么的小人得志，可他完全忍不住。他这辈子顺风顺水三十年，成了女人之后不知道受了多少委屈。家里的委屈是他亲妈给的，他心有顾忌，可在这个小小的破作坊似的工作室里，他也受尽了屈辱，他凭什么不能找回来？

朱杜继抬眼死盯了他一眼，掏出手机给牛姐打电话，很快电话被接了起来。

褚年不知道他们说了什么，可他看见了朱杜继的脸越来越黑。他心里也越来越爽，一面爽，一面觉得自己跟这样的货色计较真是没意思透了。不过没关系，最重要的是爽。

“砰！”朱杜继以大吨位身材不应有的敏捷从沙发上弹了起来，抓住了“余笑”的肩膀：“就是你！就是你出卖我！简直不要脸！你挺着个肚子来我这儿碰瓷，我把你赶走了，你转头就去牛蓉蓉面前搬弄是非！我怎么没早看出来你是这么个货色？我……”

程新来之前被牛姐特意叮嘱过要照顾好怀孕的“余笑”，见状几乎是使出了吃奶的劲儿要把朱杜继的手掰开。

褚年没想到朱杜继居然会动手，他已经不是那个身高超过一米八、等闲没人敢招惹的男人了，瘦弱的身板儿在男人的掌下像是一只随时会被拆散的纸船。

“你放开！她肚子里有孩子！”一直没有说话的韩大姐在这时突然冲过来，用整个身子护住了褚年的后背，手指狠狠地挠在了朱杜继的手背上。

随着一声痛号，褚年终于被解救了出来，他下意识地抱紧自己的肚子，看着再次越过程新要抓自己的朱杜继，张了张嘴。

“哇——”他把今天早上的早餐精准地展示在了朱杜继的身上。

自己谋划了很久的“翻盘”最终成了一场闹剧，褚年又吐出了一点儿胃液，一只手紧紧地抓住了韩大姐的手臂：“大姐！大姐我肚子疼！”

韩大姐反手抓住他冰凉的手，急忙忙地喊道：“赶紧打120！折腾出人命了谁赔得起？”

甚至来不及叫120，韩大姐和那个女会计扶着，程新在前面领着，他们直接开车去了医院。

去医院的路上，褚年突然意识到了一件事——他跟余笑说他一定能生下这个孩子，是不是太自信了一点儿？

“没事儿啊余笑，孩子一定没事儿，你别瞎想啊！我跟你讲，大姐怀过四个生过两个，什么情况没遇到过，你这都是小事儿，啊！”韩大姐坐在车后座上半搂着“她”，看着这张比刚才更苍白的脸，想尽一切办法安慰着。

事实证明，韩大姐说的是对的。从医院急诊转到妇产科，医生们的观点是一致的，褚年的疼痛属于神经性疼痛，并不是先兆流产的症状。

“幸好没事儿。”韩大姐一瘸一拐地扶着褚年，她之前为了从朱杜继的手里把他救出来，脚不知道被谁踩了多少下，刚刚脱鞋一看，脚背都青了，“你坐这儿休息会儿，给你老公打个电话吧，这孩子都吓坏了。”

拿着手机，褚年真的想给余笑打个电话，却又不知道该说什么，他更怕自己一听见余笑的声音就哭出来。

突然，他的电话响了。

“余笑，你又去你朱师兄那里闹什么？你不要以为你怀孕了别人就都要惯着你！你都是从你妈那儿学了些坏毛病……”

“你女儿差点儿流产你还在那儿好面子！姓朱的差点儿掐死我的时候你这个爹在哪儿呢？你女儿给人端茶倒水被人欺负的时候你这个爹在哪儿呢？你女儿嫁人三年到底过得好不好你知道个屁！有种事后跟个人似的训人，有种你这个当爹的真把事儿扛起来啊！有事的时候你女儿就是成年人了，没事的时候你就出来当爹了，我怎么不知道你这个当爹的还有时效性呢？别搁你大爷我这儿装得人五人六的，有本事把姓朱的整死，没本事你就蹲家里当你的老王八吧！”

褚年的怒骂声响彻整个妇产科。

骂人一时爽，后续火葬场。恢复了安静又好像太过安静的医院走廊里，褚年承受着所有人的注目礼，就连要喊“不准喧哗”的护士都把训斥声卡在了喉咙里。

褚年的视线落在旁边目瞪口呆的韩大姐脸上，他动了动嘴，想说点儿什么。可还没等到他说话，身后突然响起了掌声，稀稀落落的，从一两个人鼓掌变成了五六个人鼓掌。

“骂得好！一群糟老爷们儿以为生个孩子那么简单啊，什么都不管，还嫌女的麻烦！”

“就是！我也想骂我家那个，我七个月了，我说要出来产检，他说他跟人约了开黑！”

“怀孕了不要生气啊，对身体不好。”

“现在这些男人也不知道谁惯出来的，钱赚得不多，脾气倒不小，我都八个多月了，孩子出生的时候肯定是最热的时候，我说家里能不能换个空调，结果跟我说坐月子就要热，你说这是人话吗？”

“我这是二胎，五个月了，大儿子才六岁，我说天热了让孩子他爸带孩子去澡堂洗个澡，结果回来一看，他连孩子的衣服都没带，穿了脏裤头回来了，把我给气的呀，你说我这第二个孩子生出来不还是什么都得我管？”

妇产科外面的候诊区有一半儿是没有丈夫陪伴的孕妇，褚年的那个电话像是打开了一个隐秘的阀门，让她们开始说起了对丈夫的不满。很快，就连有老公陪伴的孕妇也加入了她们的行列。护士说了几次要保持安静，也不过是让她们的声音变得小了一点儿而已。

候诊区的男人们有些尴尬，其中包括褚年。他骂了余笑的爸爸，也不知道余笑知道了会怎么想。

他慢慢站起来，韩大姐喊他回去坐，他摆摆手让韩大姐坐着就好。

天热，折腾了这么一场，他有点儿渴。从自动售卖机里买了一瓶水给自己，又买了一瓶饮料，褚年拿着东西往回走的时候，电话响了。

“什么情况？我妈说你把我爸给骂了，我爸说你受了刺激疯了。”

听见余笑的话，褚年的脑子里一片空白，过了好一会儿，就像是魂魄归位了一样，他哑着嗓子说：“我可能真疯了，余笑，这些年你是怎么活过来的？”

电话那边的余笑竟然笑了："褚年，咱们能好好说话吗？你这个语气挺吓人的。"

路过护士站旁挂着的穿衣镜，褚年往里看了一眼，看见了一个脸上挂着惨笑、眼圈发红的"余笑"。

"余笑，我觉得我不是我了。"

这种急需倾诉的委屈和苦闷不应该属于他褚年。他褚年是什么人？要相貌有相貌，要才干有才干，从小到大吃排骨都有人多送一份！他唯一的短板就是出身平平，所以他这些年拼命往上爬……现在呢？

"我觉得我生活在一个笼子里，余笑，笼子里到处都是刺，碰到哪儿我都会觉得疼。"镜子里的"女人"这么说，"我已经想尽了一切办法，可就是没办法去挣脱。余笑你告诉这些东西都是什么，你过去的那些年里是怎么和它们共存的？你爸说我疯了，大概他还真说对了，余笑，我真的觉得这么下去我要疯了。我怎么就到了这个地步？是什么让我到了这个地步？"

镜子里的"余笑"在说话，被人抓拿推搡过的衣服皱得不成样子，头发也是凌乱不堪的。褚年知道那是自己，可他并不希望那是自己。

电话另一边，余笑沉默了很久之后，说："发现你出轨的那一天，我也是这么问自己的。你晚上十一点不回家还不接我电话的时候，我也是这么问自己的。你妈让我做账本怕我多花她儿子的钱的时候，我也是这么问自己的……褚年，那年那个孩子没了的时候，我也是这么问自己的。"

赭阳市城建局六楼会议室外面，余笑瞪大了眼睛看着远方，眼睛是干涩的。

"我曾经鼓起勇气，想用力去撑开那个笼子，你知道那时候我做出的最大努力是什么吗？"

褚年的心猛地跳了一下。

他听见电话那边余笑说了三个字——"嫁给你。"

电话被挂断了。

褚年听着手机里的忙音，看见镜子里的女人嘴唇颤抖，接着，手也开始颤抖。

放下了电话的余笑慢慢低下头又抬起来，她拉开窗，赭阳干燥火热的空气被她狠狠地吸进了肺里。

“该去开会了。”她对自己说。

事实证明，她的“努力”依然是失败的，要不是这样奇异的互换，现在褚年经历的一切都是她在遭受的痛苦。

当然她不会像褚年这样把事情搞得乱成一团，因为她会忍让，会保持安静，会不让自己歇斯底里。但其实那也没什么用，糟糕的事情会循环往复地发生，一次又一次，直到她容忍它们是自己生活的一部分。

她原本的生活就是一条安静的河，很多人都觉得河边风景不错，可没人知道厚重的淤泥底下埋着什么，他们也完全不感兴趣，风景不错就够了。

嗯？褚年把我爸给骂了？

她打开会议室的门的时候，人们看见了“褚经理”脸上的笑。

5

余笑的妈妈赶到医院，从韩大姐的手里接手了脸色奇差的“女儿”。

看着“她”，余笑的妈妈就什么责备的话都说不出口了：“褚年给你打电话了吧？”

“嗯。”

坐在出租车里，余笑妈妈心疼地拉着“女儿”的手，叹了一口气说：“你爸……一向就是这个样子，面子比天大，外人一个电话，他就能把家里人炸上五六遍，你要跟他计较这个没意思。”

褚年摇头，他看着自己的岳母，轻声说：“妈，他说我像你一样，你都不会生气吗？”

提起这个，余笑妈妈的脸色淡了两分，深吸一口气，她苦笑了一下说：“能怎么办呢？他一直怕我把你教坏了，你上初中的时候本来我想把你要到九班，正好我给你当班主任，结果他还跟我吵了一架。”回忆往事，中年妇人眼角的细纹都更深刻了一点儿，“笑笑，妈妈觉得你爸有时候说的也没错，褚年脾气好，你也是个好脾气，两个人有商有量地过日子，怎么样都好过妈妈这么大吼大叫地过。”

有商有量？

“不是。”褚年摇头。

余笑的妈妈却理解错了他的意思，拍了拍他的肩膀，用难得和缓的语气说：“你还生你爸的气呢？你爸他就这样，等他想明白了，他自己就后悔了。”

“后悔有用吗？”褚年继续摇头。

见“余笑”这么不听劝，余笑的妈妈皱起了眉头：“笑笑，我怎么觉得你怀孕之后倒像个孩子了？还娇气了？唉，褚年不在家，你一个人也不好办，要不你跟妈妈回家吧，不用管那个一根筋的糟老头子。”

褚年还是摇头，他今天大概只会摇头了吧。

余笑的妈妈被自己难得“撒娇”的女儿弄得没了脾气，把她送回那个小家，直接让她上床休息了：“你好好睡一觉，醒了就没事儿了。你那个同事大姐人挺好，今天又是帮你又是陪你，我只忙着你了都没好好谢谢人家，我过两天包点儿包子送过来，你到时候给大姐送过去……对了，你的工作没事儿了吧？”

褚年继续摇头。他平躺在床上，盯着天花板，突然开口说：“妈……”

“嗯？”

褚年非常想说自己不是余笑而是褚年，想说余笑过去几年过得真的没她想象中那么好，因为褚年不仅不会有商有量地过日子，甚至还喜欢上了别的女人，暗地里谋算着想要离婚。他不值得被余笑的妈妈这么照顾，就该把他一个人扔在这儿，别管了。可看着余笑的妈妈忙里忙外地收拾，褚年又说不出口。

“当当当！”

敲门声传来的时候，褚年才惊觉自己不知道什么时候睡着了，他从床上坐了起来，听见余笑的妈妈压低声音说：“褚年他妈，今天笑笑不太舒服……”

褚年的妈妈冷笑一声:“怎么?余笑怀孕了就不准我这个做婆婆的上门了?”

褚年下床,赤着脚走出了卧室,盯着自己的亲妈,指着大门说:“你给我走!”

褚年的妈妈瞪大了眼睛,说:“余笑你是疯了吧?你要把我赶走?!”

“对,我说让你走,你立刻走、马上走,我一眼都不想看见你。我不管以前你是怎么过日子的,现在我家我就要说了算。你不是就惦记着你儿子的钱吗?该给你的钱一直都没少给过你,你有什么脸还让我给你当牛做马?你有什么资格来这里对我妈大呼小叫?!”

我现在是余笑……褚年在心里这样对自己说,在所有人的眼里我都是余笑,那我就是余笑。但是余笑从前过的日子,就别想我去过了。

“你也知道你是我婆婆?我是喝过你的奶还是让你喂过饭了,你要孝子贤孙就让你自己的儿子去当,我嫁过来是要安安稳稳过日子的,谁让我日子过得不舒服了我就咬死谁!你别以为我不敢!我现在是孕妇!犯法了都不坐牢!”

两位母亲都目瞪口呆地看着“余笑”发疯。

“妈,我那个爸不是说我不该跟你学吗?”褚年看向余笑的妈妈,突兀一笑,“我觉得他说得对,我不该跟你学。你太温柔了,太善良了!你太傻了!我得比你厉害十倍百倍千倍!谁敢让我有一点儿不舒服,我就让他全家上下鸡犬不宁!那个姓朱的敢这么对我,我就得搞死他!不管是谁,谁敢欺负我,我就千倍百倍地还回去!!!”

你们肯定都觉得我疯了吧,那我就疯了吧。

目光扫过墙上显示“70”的计分器,褚年的语气越发癫狂:“来呀,你们尽管试试!”

他转回头看向自己的亲妈:“我现在让你走,你走不走?你走不走?!你敢撒泼打滚,我就敢爬楼顶给你弄个社会新闻,恶婆婆逼死怀孕儿媳妇!你走不走?!你还不走,我就立刻去褚年的公司从三十层楼顶往下跳,我死不死的不重要,褚年的工作我肯定是要给他搅黄了!我让他一分钱都赚不到!你要不要试试?”

褚年的妈妈走了，缩着肝胆被吓走的。

“啪！”一杯凉水泼在了“余笑”的脸上。

“你不是我女儿。”余笑的妈妈斩钉截铁，“你是谁？！”

“妈？”抬手擦着脸上的水，顺便擦掉心里的慌张，褚年试探地问，“您怎么了？”

“我怎么了？我问你是谁！”

褚年看着余笑妈妈，脸上茫然地说：“我不懂您的意思。”顿了一下，他又问，“妈，您到底怎么了？”

在余笑的妈妈开口之前，他抬手捂住肚子，做出一副要呕吐的样子。

余笑的妈妈一直定定地看着“她”，过了两秒钟仿佛突然醒过来了一样，上前护着：“怎么又想吐了？刚刚不是还好好的吗？你都怀孕了怎么可以又吵又闹的？那是你婆婆、褚年的妈妈，你刚刚那是干什么，哪儿还有当儿媳妇的样子？”

褚年不说话，卫生间里，他的手抓着马桶后面的水箱盖子，张开又抓紧，强行被吐出的酸水让他的食管火烧火燎地难受。

这样应该能蒙混过去了吧？

傍晚，换下来的床单、被套在阳台上被风吹着。电饭锅里焖着米饭，砂锅里炖好了去了油的鸡汤，汤盆里垫了烫好的白菜和蘑菇，只要把鸡汤浇进去就是有菜有肉的一顿饭了。

擦完了厨房，摘掉了围裙，站在卧室门口看一眼无声无息地休息的“女儿”，余笑的妈妈叹了口气，拿起随身的小包轻手轻脚地离开了。

关好门，走进电梯里，她的脚一软，靠在了电梯的墙上，然后慢慢地蹲了下去。

在电梯门打开之前，她重新站了起来，低着头，拿出了手机。

“喂，尚敬啊……”

电话对面传来了余笑的爸爸隐含恼怒的声音：“牛蓉蓉和朱杜继两个人争权夺利，笑笑掺和进去是想干什么？我豁出去面子给她找了份工作，她呢，工作没几天恨不能把天都掀了。唉，朱杜继确实不是个东西，不过要不是笑笑……”

“余尚敬，笑笑脖子上、肩膀上都还有手指印儿呢！你要不要自己来看看？”

“我都被人骂老王八了我还看什么看？朱杜继那种人也就吓唬她一下，哪能真伤了她？我托人找牛蓉蓉那边问过了，他这次不被扒层皮才怪，人家神仙斗法，余笑自己掺和进去，吃点儿亏是应该的。”

“余尚敬，余笑是你女儿，你女儿被人欺负了！”

“她要不是……算了，我不跟你吵，她没事了你就赶紧回来吧，人家有公公婆婆的，你常去不太好。”

打着电话，余笑的妈妈脸色由苍白变得铁青，又涨红了——被气的。

“你先别挂电话。”她对自己几十年的枕边人说，“你还记不记得笑笑上初中的时候我教的是几班？”

“你突然问这个干什么？”余笑的妈妈屏住呼吸，听电话那边传来的声音说，“你一直是教一班和二班的，笑笑那时候被分在九班，你还闹着要把她调过去，怎么想起问这个了？”

身边有辅导班放学的孩子和妈妈拉着手回家，还有拎了菜回家的妈妈对身后的孩子说：“快点儿走，别玩了。”

余笑的妈妈挂了电话：“她爸都能记着的事儿，笑笑肯定不会忘啊！”

回头看一眼自己刚走出来的高楼，余笑的妈妈一阵头晕目眩，踉跄了几步，勉强坐在了路旁的石凳上。

坐了好一会儿，她又掏出了手机。

6

“你们再看看这个表格有没有问题，我去接个电话。”

把写满数据的表格推到林组长的面前，余笑拿着手机走出了办公室。

“喂？妈。”

“褚、褚年啊，没打扰你工作吧？”

“没有。”

“那个……”余笑的妈妈纠结了一下，才用小心翼翼的语气说，“你最近和笑笑还好吧？笑笑怀孕了，激素水平不稳定，有时候情绪会不太好，你包容她一点儿。”

是因为褚年骂了爸爸的事儿吗？余笑想起了早些时候被自己拒接的褚年妈妈的电话。想了想，她说：“妈，没事的。”

“嗯，没事就好。”过了两秒，余笑的妈妈又说，“褚年，你别骗我，你和笑笑真的没什么事儿吧？”

还会有什么事儿吗？

有，当然有一件很重要的事情。

余笑深吸了一口气，她对褚年说过会跟自己的父母交代清楚，可事实上，每次想起来，余笑也忐忑不安，她不知道父母会不会接受这样的荒诞，又会给出怎样的表现——看似温和好说话的父亲、看似暴躁执拗甚至有些专断的母亲，余笑这些年总觉得自己似乎摸到了什么别人看不到的地方。

身处河底的泥淖里，她会反复纠结，不知道自己摸到的是对是错，还是自己一直相信的是对是错。自从脱离了那个环境，她才真正有力气和空间去重新判断从前的人生和她生命中的那些人。

抬头看了看，她走进了隔壁的一个小房间，关上门，又站在了窗边。

“妈。”她叫了一声，然后说，“我小时候有个名字叫嘉嘉，后来有几个堂叔来了咱们家一趟，我就改名叫余笑了。”

邦自尚嘉本，仁爱心和睦……是他们这一派余家的排辈，余笑的爸爸叫余尚敬，他的下一辈就是嘉字辈。

“妈，我才是余笑，现在怀孕的是褚年。”

余笑的妈妈干巴巴地笑了一下，拿着手机茫然地看了看周围，然后说：“你在胡说什么？！”声音到了最后陡然高亢到近乎撕裂，她身后刚刚落在树上的归鸟又都扑簌簌地飞了起来。

电话里，那个男人用余笑的妈妈最熟悉的语气说："妈，我六岁那年和邻居家的男孩子打架，我爸领我去道歉，你看见我后脖子被抓伤了，第二天就找碴把邻居家的蜂窝煤堆给撞塌了。我上中学的时候你每次都跑我老师那儿提前看我的卷子，有次我故意在填卡号的时候写对了，写名字的时候和我同桌换了，你发现之后罚我面壁了两个小时。我爸出事的时候你白天得上班，下班了就去挨家挨户求人，电话打到晚上九点、十点。有一天晚上两点多，我听见你躺在床上哭，就和你一起睡，结果你早上把我从床上踢了下去，还死活不承认之前哭了。妈……褚年在外面有人了，我心里也没他了，我们换不回去了。"

余笑的妈妈难以接受，抓着手机的手筋都暴了出来，用嘴咬着另一只手，她似哭似喊："这是怎么回事儿啊？你们这都是怎么回事儿啊？我不信！我不信！我女儿就是怀孕了之后情绪不对劲，褚年啊，你可不能嫌弃她，她是在给你生孩子！"

"妈，你听我说，我才是余笑，怀孕的是褚年。孩子是我的，也是他的。我本来想就这样离婚了，以后我就当个男人，可是褚年怀孕了，他非要把孩子生下来，这事儿就僵在那儿了。"

"我不听！我不听！我女儿好好的呢！她还给我怀了个外孙！"

"妈，我才是余笑。"

沉稳的声音隐含着让人安静下来的力量，六个字像是锤子，一下下稳稳地砸在余笑妈妈的心上。她安静了下来："你说你是余笑，你高考考了多少分？"

"654，本来想报同济大学的建筑专业，你们说报同省的更稳妥。"

"你中考考了多少分？"

"678，全市第九，你说我要是跟着你去学，能考全市第一。"

"你高考英语多少分？"

"141，因为我英语考得好，你和我爸一度希望我学国际贸易。"

分数细节一点儿不差，余笑的妈妈隔了好久才再次开口说："你现在在哪儿？"

“还在赭阳。”

余笑的妈妈又是一阵气闷：“你还出去工作？就你和褚年这样，你不赶紧想办法换回来？”

听到这个熟悉的语气，余笑就知道她妈大概已经信了。可接下来的事情，对她来说才是最艰难的——对一个母亲来说，最令人难以接受的不是她的孩子变成了另一个人，而是她的孩子不想再当“她的孩子”。

“妈，我现在觉得当褚年挺好的。”

“废话，谁不知道当个男人更好。”

余笑：“……嗯？”

“当年要是能选，我也想你当个男孩子，至少高考那么个分数不至于还留在省里。”察觉到自己跑题了，余笑的妈妈转了话锋说，“可是余笑，你要是不换回来……不换回来……”

余笑目瞪口呆地听着自己的亲妈说：“先不换回来也挺好的，让褚年先把孩子生了。”

“妈？”

“怎么了？”

“不是，您怎么……”

“他外面有人了，生个孩子不是应该的？凭什么他外面有人了还得你给他生孩子？”

余笑现在觉得接受能力不行的那个人大概是自己：“我……妈……我们就是……”

“怪力乱神的事情我不懂，但是你是我女儿我确定了，那就先这样吧，让褚年把孩子生了，你正好多长长见识，顺便把家里的钱都捞手里。”

“妈？”

“你们这个事儿，褚年他妈不知道吧？”

“……不知道。”

“不知道就行，她天天酸里酸气，知道自己要有孙子之后越来越不着调了，正好让她儿子尝尝这个滋味。这事儿我也不跟别人说，你爸我也不说了，你也别说，等孩子生下来，这个便宜咱怎么也得占了。”

……

一直到挂掉电话，余笑的脸都是僵住的，因为她根本不知道到底要做出怎样的表情，想笑又想哭。

“唉。”收好了手机的余笑妈妈终于有了站起来的力气，她拿着小手袋长出了一口气，自言自语地说，“要不就是两个人都疯了，要不就是笑笑真成了褚年……要不是受了大苦，谁会想变成另外一个人呢？”

快到地铁站的时候，她停下了脚步：“要是我变成了余尚敬那个糟老头子……我也不想变回来。”

7

几天后的周一，褚年在早上九点恢复上班。

原来的工作室合伙人朱杜继已经不知所踪，因为牛蓉蓉把清账结果交给了警方。工作室的事务由程新代管，他要做的第一件事就是捋顺所有已完成和进行中的项目。

“余笑，整理文件的事情就交给你了。”

“好的，程老师。”

长发变成了齐耳短发，穿着运动服的褚年觉得自己浑身上下写满了“精神抖擞”，他终于从最艰苦的逆境中挣出来了。

在整理文件的间隙孕吐，过了一天。

在整理文件的间隙孕吐，又过了一天……

整理了四天文件之后，褚年发现自己又陷入了职业生涯的另一个困局。

“余笑，你别动这个！”

“余笑，这个我来就好！”

“余笑，整理完文件你就回家吧，这里没你啥事儿了。”

“余笑，我们开会，你就先回家吧。”

老子拼着孕吐、拼着尿频、拼着吃药片来上班，不是来当吉祥物的！

褚年又开始焦虑了。

“笑笑啊，凉菜吃不完要放在冰箱里，你吃的时候提前拿出来温一温，不要吃太凉了。保温盒里的汤你试试，不热了就热一下……”

下班路上接到余笑的妈妈满是叮嘱的电话，褚年笑着答应了。

回到家，他果然在门卫那里拿到了余笑的妈妈送来的东西，有汤有菜，还有包好的包子。天这么热,包子送给韩大姐是不现实的,褚年回家之后咬开一个，决定把包子都留下，一天一个吃了。至于韩大姐那里，褚年早把自己之前在商场买的那套化妆品送给她了。

余笑的妈妈做东西比研究了很多菜谱的余笑更家常一点儿，不过知道“女儿”现在闻不了烂菜味儿，包子里放的是纯瘦肉，有葱、姜和花椒的味道，但是完全看不见，每一口下去都很扎实。褚年这段时间吃的正经饭可谓是屈指可数，恶狗一样连吃了三个包子，又喝了一碗汤，最后抱着凉菜盘子进了书房。

打开家里的台式电脑，褚年看见桌面上放着的还是之前余笑“学习”时候的笔记和资料。

之前就在这儿，余笑和他两个人一个学一个教，背人际关系，背专属词汇，余笑甚至学习他的口头禅……

一晃神儿，褚年已经打开了一个文件。Word 文档上记录的是褚年从前说过的话。他转动鼠标拉到最下面，看见的是一连串的问题——

“我能帮褚年当上副经理吗？”

“没问题！”

……

“换回去之后褚年还会对我这么好吗？”

“会！（心）”

看着“心”，褚年抬手揉了揉眼睛，然后把文档关上了。

他先打开邮箱，把今天发给自己的一个文件下载了下来。整理文件这个活儿他早就干完了，可程新那边一直说他是孕妇让他休息，褚年虽然身体确实不舒服，可他完全不想要这种“优待”。

刚进池新的第二年，他之所以会成功晋升为组长，一个很重要的原因就是之前带他的组长岳松身体出了点儿小毛病。那段时间褚年忙进忙出，一个人干两个人的活儿，天天让岳松休息，小半年下来，岳松转岗，病好之后辞职走了，他成了新任的组长。

帮着牛姐扳倒了朱杜继的这点儿人情，褚年并不想用来交换“孕妇的优待”，他更想要的是被人重用。所以褚年打算重做一份属于工作室的项目推广表，从建材的特性和合适的设计风格两方面做深入介绍。

褚年找了其他几家公司的推广表做参考，再结合自己从前看过的同类材料——那些想要跟池新合作的设计室和建材商准备的东西，哪个不是翔实又漂亮，绝对吊打这个小工作室做的东西。

吃一口酸辣辣的醋泡海带，褚年先给表格做出了一个框架。

“让你们看看，什么是专业做市场的。”

再吃一口海带，喝了两口水，褚年“啪啪啪”地在电脑上快速敲了起来。

写了半个多小时，他站起来走了两步，不是因为累了，而是怕一直坐着不动，胃会有意见，再来个翻江倒海。

踱步走出了书房，他看见客厅挂着的那个计分器，上面是硕大的“85”。

“八十五分有什么用，她一回来就又归零……哎？”一口海带味儿、自言自语的褚年眼前一亮，“要是我能在她回来之前刷到一百，不就能换回来了吗？”

二三十分的时候还觉得一百分遥不可及，可现在这个分数，着实让褚年心动了。

“我怎么能涨分呢？”

褚年回过身，看着屏幕亮着的电脑。

他慢慢走回去，打开了之前被自己关掉的 Word 文档——

“我能帮褚年当上副经理吗？”

“没问题！”

他的脸上带着笑，想起了从前的那个女孩儿——

“皮卡丘啊皮卡丘，你告诉我，我们的褚年同学能通过这次考试吗？”

“绝对可以的！”

那是读大三时候的余笑，坐在自习室里，坐在他的旁边。她平时总是安静的，在那样被书本和压力快要淹没的时候却会变得活泼可爱起来，一双明亮的眼睛是笑着的，于是弯弯的。

褚年眨眨眼睛，就这样面带微笑地在“没问题”三个字下面敲了一行字：“你已经做到了。”

敲完句号，他深吸了一口气，仿佛完成了一项无比艰巨的任务一样。

从座位上起来，走到客厅，褚年看见墙上的计分器已经变成了“88”，还差一点点就能突破九十大关了！

他快步走回到电脑前面，椅子被他推到了一边。

下一个问题是：“换回去之后褚年还会对我这么好吗？”

他对她有多好？

摸摸头、拍拍肩、说两句鼓励的话……如果这就叫所谓的“好”，那这个标准真是简单到了极点。

敲下了一个“h”，褚年的手顿住了，接着他退格清掉了这个字母，然后关上了文档。

“是否保留此次对文档所做的修改？”

他选了“否”。

强迫自己不再去想计分器上的分数，强迫自己忘掉刚刚的那个文档，褚年开始继续做他的表格。

8

同一轮残月下，余笑正在检查他们这次实地勘察的全部报告资料。

设计院的专家们今天上午都已经坐飞机返回了京城，她则带着自己的人与当地的有关部门又做了一次沟通，忙完了又是晚上七点多。

在最后一次沟通里，对方几乎肯定了余笑的全部设想，这也意味着余笑这一次来赭阳几乎完成了自己所有的预定目标。明天早上她也要走了，却不是回京城，而是回家。

十天到半个月的时间，设计院会出一份改造工程的设计草案，只要赭阳那边审核通过，天池就可以开始进行下一步工作了。在这个阶段，余笑能做的事情不多，她可以回家休息两天，向池新这边汇报一下工作，等总公司叫了再去京城。

揉了揉额头，余笑想起了昨天方教授跟自己说的话："小褚啊，你做这套设计的时候有没有想过，三年后这里的大学会正式招生，再过三四年，这里就会多上几万消费者，再加上配套的教师公寓……这些人带给这里的改变将是巨大的，这个城中村迟早会迎来拆迁和改建……你为这些人做的努力，很可能过了十年就烟消云散了，你想过吗？"

余笑没想过，她只想在自己的能力范围内给一些人提供更多她们想要的，却没想过这种"提供"是否有个年限。

"你的这个烂尾楼改造计划，说到底不过是赭阳想要处理掉这个烂尾地王的过渡工具，也是天池这边在赭阳大学城周围拿下更多的一个筹码，等整个东林发展起来，什么市场、小学、职业培训中心，还是会被拆掉。这些你也没想过吧？"

站在老者身边的年轻人很诚实地点头。这些天里她情绪高昂，就像是一个第一次上阵的将军，恨不能全歼强敌于马下，并没有想过自己的后路。

方教授拍了拍"他"的肩膀，说："年轻人多想想是好事，很多事情被加上了一个年限，它可能就会让你觉得不值得。”

“不会。”余笑记得当时自己摇头，然后笑了，“有时候七年就能彻底改变一个人，有时候三年就能让一些东西面目全非，有时候一天的时间就能让一个人变得不一样。方教授，十几年的时间，一所学校、一个职业培训中心能够改变多少人，我都不敢想……”

当时方教授的表情告诉她，他认为这不过是年轻人膨胀的自信和轻看了现实的狂妄。可余笑知道，自己说的都是真的。

直到现在，一想到自己正在做的项目在未来十年里会改变很多人的生活，她就觉得兴奋。

看着眼前的数据，她问自己：“在没有经历之前，你能想到这种快乐吗？”

那种自己正亲手推动着什么，往更好的方向发展的快乐。

这个发展还被人给予了时间——十年。

真好啊！

她低下头，有这个数字在自己的心里，好像就能用它去弥补那些自己缺失的时间了。

是三年，是七年，也许更久。

9

第二天一早起床，褚年看着卡在“88”不动的计分器，猛地拍了一下额头，拍得自己连孕吐好像都更厉害了一点儿。

昨天是脑子不清楚了吧？怎么就突然放弃了呢？

褚年一边吃热好的包子，一边觉得自己大概是被醋泡海带糊了脑子。

分数没刷起来，文档也只做了一小半，上班的时间也没人分配给褚年什么事儿，他就用电脑继续鼓捣自己做的项目推广表。

中午，褚年叫了一份清爽的凉拌土豆丝当午饭。早上的包子他可能吃得太急了有些腻，上午吐了两次，喝了一堆柠檬水也没觉得舒服。

下午，工作室有人要带装修材料的样品来谈合作，程新又让褚年提前回家。

“甲醛对孕妇不好”，这个理由让褚年有点儿恼怒。

“这家公司不是主打无甲醛建材吗？”

被从省城派过来帮忙的小玉姑娘理直气壮地说：“要是他们说没有就没有，就不是他们非要凑上来找咱们合作了呀。”

韩大姐没说话，只是摸出了一副口罩。自从褚年送了她一堆化妆品，韩大姐就悄没声儿地把一堆孕妇能用得着的东西搬到了工作室。

最后，目前身高只有一米六一、体重只有九十斤的褚年被身高超过一米七的小玉和体重超过一百五十斤的韩大姐给联手送出了工作室。

“算了，回家，我就不信我今天不能把分刷满！”

想想要是余笑……褚年摇了摇头，晃掉了自己的想法。

他现在不能想余笑，只能想自己换回来。

可要是不想余笑，他怎么刷分呢？

褚年决定回去先做一遍家务，然后拿出自己大学时候的本事写一封情书……实在不行就把亲妈叫过来骂一顿？这实在是不成办法的办法了。

一肚子的纠结在心里几乎拧成了团，在电梯门打开的那一瞬间，成团的纠结凝固了，被冻成了冰。

“这么早就回来了？”

“男人”单手插兜靠墙站着，另一只手里拿着一个文件夹，微微抬起头，显然是在办公，顺便等褚年回来。

“呵呵……”褚年觉得那句话应该自己说。

余笑把行李箱往旁边拉了一下，免得挡了褚年的路。

褚年知道自己应该走过去开门，可他不想动，只想原地变成永不开门的石像。

余笑现在是在我的身体里，我打她不算是打女人吧？

走第一步的时候，褚年的心里飞快闪过一个念头。

他看看自己的细手腕儿，再抬头看看现在的余笑。就这个身高差，扼喉是不行的，至于其他的……褚年瞬间觉得自己下身一凉。

虽然现在用不上，可那好歹也是他的，万一出了事故，那他岂不是“鸡飞蛋打”？

不行不行，毕竟是自己的好兄弟。

走第二步的时候，褚年想到了装病，正好每天要吐个几次，不如就……

也不行，就在家门口吐了，那肯定要立刻开门扶进去才行啊！

要不要装晕倒？

褚年又抬头看了余笑一眼，就她现在这个身板儿……

短短四五步的路，褚年恨不能用极限慢动作走出个地老天荒。

余笑只看着，也不着急，见他突然停下脚步瞪大了眼睛看着自己，说：“你怎么了？赶紧开门呀。”

“我……你……这个胳膊……”被太阳晒成了小麦色的手臂线条清晰，它就长在那儿，褚年却觉得有些不认识了。

不只是手臂，脸的变化也很大，看了足足十几秒，褚年才看出来，除了晒黑之外，眉毛的形状变了，发型也变了，可好像又不是只有这些变化。

“你……头发在哪儿剪的，不错呀。”褚年没话找话。

“在赭阳抽空剪的，顺便修了修眉毛和发际线。”

“发际线？”

余笑用手指摸了一下，才说：“哦，也被叫鬓角。我之前一直觉得你的发际线有点儿偏低，不够精神，就让人处理了一下。”

褚年点点头，还想说什么，余笑先开口了：“我们就在门口干聊？”

被 Pass 掉的两个方案立刻又在褚年的心里翻腾了起来，动手还是晕倒？

“哎呀！”褚年一脸痛苦地捂住了自己的肚子。

一双有力的大手立刻扶住了他的肩膀：“怎么了？”

“我……”把捂着小肚子的手移到了胃部，褚年灵机一动说，“我饿了，我们先出去吃点儿东西吧。”

“好，我先把行李箱放回去。”

“先去吃饭吧，我怀着孕呢，我饿了，不对，不是我饿了，是孩子饿了，你陪我去吃饭吧！”褚年一把抓住了余笑的手臂。

“那你开门，我先把行李箱放进去。”

“哎呀，哎呀，我好饿啊！不怀孕不知道啊，孩子一饿我也饿，我不光饿，我还心口疼，我还脚软，我得吃东西，我得马上吃东西……我要出去吃东西！”褚年真心觉得这是自己有生以来最丢人的时候，另一边又几乎要挂在余笑的手臂上。

余笑只扶着他不动，静静地看着他表演了半分钟，才慢悠悠地说：“算了，看在你怀孕的分上，我们先出去吃饭吧，你想吃什么？”

其实褚年最想吃的是冰箱里余笑妈妈做的包子，热热就好，简单不费事儿，可他是绝不肯让余笑回去把他辛辛苦苦刷出来的分归零的：“去咱们常去的那家店吧，我好久没吃了！”

真实原因是够远，来回路上他还能想出别的办法。

余笑也答应了。

她的表现平淡，褚年的心里越发多了些忐忑。

一段日子不见，余笑是让他越发看不透了，褚年觉得她看着自己的眼神似乎已经洞悉了自己的一切想法，只不过是由着自己装疯卖傻罢了。

心里有了这样的揣测，他坐在车后座上安静得像是个鹌鹑。

开车半小时到了褚年想吃的那家餐厅，他才想起来这就是他之前被陈潞亲口说“猫猫狗狗”的地方。

不是正经的饭点儿，餐厅门口的车位很好找。停好了车子，余笑下车，整平了T恤的下摆，很自然地打开了后车门：“下来吧。”

褚年坐着不动，他觉得要是自己这么下去了，好像就平白矮了一截似的。

人，总会有人不喜欢。

真正做出选择的人

痛苦不会因为无视而不存在

受了委屈你是不知道啊，

还是不会哭不会闹啊？

醒

谁矮一头，

要有

勇气

火熄灭了，
也会有灰烬留下。

别人可以，
为什么我不可以？

人的一生长着呢，只要记得自己是谁，
别丢了自己，就够了。

找到什么是自己真正想要的，
然后去坚持

不被任何言语束缚，
像一只鸟飞在没有阴云的天空

我要想的事情
挺多的，但是
那些事情都是
「我」的事情

别人可以，
为什么我不可以？

不管成为一个什么样
成为那个

放过你自己

放过你自己

我要想的事情挺多的，
但是那些事情都是“我”的事情

如果不知道路在哪里，
就低下头去做事

只要拿出头破血流都不放弃的决心，
面前的路就没有想象中难走

墙是死的，
人是活的，
每个人都有
无限的可能

唤醒

没有谁
这叫平
人一定
重新开

别亏待自己呀

对自己忠诚

余笑歪头从车外看他："你怎么了？不是饿了吗？"

褚年两只无处安放的手握在一起："我又不饿了，我们换个地方吃饭吧。"

一只手撑在车门边上，余笑忍不住笑了："你是撒娇游戏玩上瘾了吗？"

就在褚年不知道该说什么的时候，不远处有人喊了一声："褚年？！"

余笑转头看过去，眉头已经皱了起来。

真正的褚年将身子探出车外，看见一个穿着入时的女子摇曳生姿、步伐略快地走了过来。

"快，快走！"他拉着余笑的衣服下摆说。

"怎么了？那是……"

看那个女人越走越近，褚年几乎要崩溃了："快走快走！"

余笑把褚年的头摁了回去，然后关上了车门，接着自己也坐回到了汽车的驾驶座上："那走吧，我们换家饭店。"脚下利落地踩油门，方向盘右打，余笑开着车驶上了马路。

褚年长长地出了一口气，刚刚一着急，他汗都流出来了。

"我带你去吃日料吧，有一家新店还不错，之前和同事去过。"

褚年下意识想说"你哪儿来的同事"，接着就想起来那些同事原本都是属于他的。他心酸，不仅心酸，还胃酸。

按着胃，他说："你都交了些什么朋友啊？刚刚那个，你知道吗，那个叫孙玲的女的，她……"

"你还记得她？"听见褚年的话，余笑挑了一下眉头。

"啊……"褚年刚想说之前还一起吃过饭，接着就想起来余笑的那个"朋友"是怎样一个奇葩了，怕引起余笑的误会，他口风急转说，"她……那什么，我也就记着一个名字吧。"

余笑通过后视镜看了一眼褚年，把空调的温度调高了一点儿，过了一会儿才说："孙玲想睡你，你知道了是吧？"

"咳。"褚年被余笑的直白呛到了。

“你不会以为我傻傻的不知道这件事儿吧？”

褚年着急地说：“你都知道你怎么还跟她来往呀？你知不知道她那天真的差点儿吓着我。”

余笑再看了褚年一眼，又笑了：“你不是喜欢这样的吗？长得好看又时髦的，说话要温柔有情趣的。”

褚年只当余笑是在讲鬼故事。

在跟陈潞交往的时候，他是很享受那种众目睽睽之下暗中调情的私密快乐，可这不代表他来者不拒，尤其是这种直白地对他有企图心的女人，他见到了绝对有多远跑多远。

“以后你看见她不准打招呼，立刻就走，知道吗？”到了余笑说的那家日料店，褚年还在喋喋不休地叮嘱。

锁了车的余笑回过身来低头看他，淡淡地说：“你现在这样，真的挺……”

挺什么？

褚年不想听，他大步走在前面先进了饭店。

日料店的寿司和刺身大都算生冷，褚年不能吃，余笑给他要了一份茶泡饭，又给他点了一份松茸汤，其余的烤牛肉拼盘和什锦沙拉随便他能不能吃。

菜上来之后，褚年看着余笑那边牛肉饭上的温泉蛋突然就移不开眼睛了。

“你这个蛋，看起来挺好吃的。”他对余笑说。

余笑愣了一下。曾经的褚年吃饭是很挑剔的，比如绝不吃蛋黄蛋白没有打散在一起的鸡蛋，也不会吃非全熟的鸡蛋。

看着那颗温泉蛋，褚年口水都要流出来了：“服务生，你们这个温泉蛋可以单点吗？”

在服务生点头之后，褚年手掌一张：“给我来五个。”

余笑先把自己饭碗里的这颗用勺子送到了他的面前，小心地问：“……你真吃的下去吗？”

褚年的回答是一口把整个温泉蛋啜进了嘴里，脸上还是很享受的表情。

"我就该拿手机给你录下来。"余笑看着他大口吃温泉蛋的样子说，从前那个看见别人吃流质蛋黄都想吐的褚年已经一点儿影子都不见了。

舔掉自己嘴皮上的蛋黄液，褚年说："挺好吃的，再放点儿酱油就更好了。"

余笑沉默，直到那五颗温泉蛋摆上来的时候，她说："褚年，现在还不到三个月，你把孩子打了吧。"

褚年抬起头看着原本属于自己，现在却很陌生的那张脸："然后离婚？看着你占了我这些年奋斗的成果？"

余笑很冷静地说："如果换回来的条件是什么相爱一百分，我是绝对不可能做到的，你怎么就不能接受这个现实呢？"

褚年深吸了一口气，才让自己没有咆哮出来："怎么就不能……你想让我怎么补偿你，你都可以提，房子、车子你都拿走，你把我的身体还给我，怎么就不行呢？你想要什么我都能给你。你看我现在把我妈赶出咱们家了；你爸死要面子，我把他给骂了；那个朱师兄不是个东西，我也把他赶走了。你说吧，你还有什么想要做的，我都可以去做……"

"可你做了这些，不正是证明你比我更适合这个身体吗？"余笑翻转筷子指了指褚年。

"我！你！"把碗里的鸡蛋搅和成一摊，褚年说，"余笑，要是我能做的都做了你还冥顽不灵，我真拿你的身体去做什么我自己都说不好。"

余笑冷冷地笑了一下，目光直视褚年："除了这样的把戏你还有什么手段能威胁我吗？孙玲两年前就很直白地告诉我她想要什么了，我现在想想，我去完成她的心愿似乎也不错。"

余笑的笑容让褚年的鸡皮疙瘩都起来了："你……你别开这种玩笑。"

"我开没开玩笑，你可以先走第一步试试。"

褚年猛地站了起来，身体有些轻晃，他抓住桌子边儿站稳，对余笑说："那我们就没什么好说的了。"

他快步走出饭店，打了个出租车回家了，留下余笑看着被他弄得黄黄白白的那一碗发呆。呆了一会儿，她有些嘲讽又有些无奈地笑了笑，从裤子兜里掏出了一把钥匙。

一直到了家门口，褚年都在为自己的精彩表现喝彩，这么吵了一架，他先走了，余笑也不会回来，分数就不会归零！

“孩子呀，你妈第一次跟你同桌吃饭就又跟你爸我吵架了，都怪她，对不对？”轻拍了两下肚子，褚年掏出钥匙打开了门。

家里很干净，茶几上摆着几个洗净的苹果，苹果下面压着一张纸条——“我出差回来了，关于孩子我还想跟你谈谈，有事联系。”

墙上计分器的数字，褚年十分熟悉——“0”。

“有钥匙你装个屁的进不来！”他几乎要打电话骂人了。

苹果被扔到沙发上，又被捡了起来，褚年恶狠狠地咬了一口，突然想起自己晚饭吃了一堆生鸡蛋。吃的时候还好，现在脑子里一回想那个画面，他终于忍不住放下苹果冲进了卫生间。

又气又吐地折腾完了，褚年还是熬到晚上十点把新的项目推广表写完了。

第二天上班，他早早到了工作室，赶在客户来之前把推广表打了出来给程新看。

程新接过来看了一眼，眼前一亮。

褚年看着他的神色，心里忍不住得意：“这个只是模板，设计图是我在网上找了些材料放上去的，其实要是认真把咱们的合作方资料和设计样本统计好放上去，这个项目推广表肯定更漂亮。”

“是是是，这个确实做得精细，客户看见了想要什么都一目了然。”程新一边看一边夸，“这个东西有点儿像是那些大企业才做的，咱们以前用的那些真是没得比，更像是饭馆里的菜单子。”

可不就是大型企业才会有专门的市场人员去做出来的东西，程新的夸奖正落在了褚年的心坎儿里。

“好好好。”看完之后，程新没有立刻跟褚年说话，而是对着外面说，“小玉，你来一下。”

看见他的举动，褚年的心里一沉，他连忙说：“程老师，这是我做的表。”

“我知道，你别误会。”程新站起来，去倒了一杯水放在“余笑”的面前，“我知道你聪明能干，这个东西确实做得漂亮。”

说着话，程新把褚年辛辛苦苦做出来的表递给了小玉：“小玉你看，这是余笑做的，牛姐总说你们做市场的时候不细致，你还不懂，你看看，余笑多细致。”

翻来覆去看着这张表，小玉惊呼一声说：“余笑，这是你一个人做的吗？真的好棒啊！”

面对这个夸奖，褚年一点儿也不高兴，他已经预感到了这个东西会交给别人完善，可这并不是他想要的：“程老师，我觉得这个表还有些不足，要不我再回去改改吧。”

这是褚年想要保住这个东西的又一次努力。

“不用了不用了，余笑，你放心，这次工作汇报我会一五一十把你做这个表的辛苦和用心告诉牛姐。至于后续，还是交给小玉吧，这绝对不是否定你能力的意思。”程新极力想要消除“余笑”对自己可能产生的不满，“你现在毕竟怀孕了，之前又受过那么大的一场惊吓，现在最重要的事情就是好好休养……”

“好好休养”这种话，褚年已经听腻了，他有些不耐烦地打断程新：“程老师，我虽然怀孕了，可我正常领工资，也该正常给工作室做贡献。我之所以做这个表格，就是为了证明自己，别人可以做到的事情我也可以做到，我目前是完全能够胜任这份工作的，甚至只要您给我机会，我还可以做到更好。”

程新很认真地听“她”说话，表示赞同地点了点头：“牛姐和我都很认可你的才华，但是……有些事情并不只是才华就能解决的。余笑，你得考虑自己的身体情况，上次闹了那么一场，虽然你和孩子都没事，但是我是真给吓坏了，就连你父亲余老师都找过我，恳请我在给你安排工作的时候考虑一下你的身体情况。”

听见“你父亲”三个字的时候，褚年真觉得一股怒气直冲自己的天灵盖：“程老师，我爸说的话……”

“余笑啊，你也就还有半年多就得去生孩子了，接着又是产假，你要是想拼工作，等你生完孩子回来有的是时间和机会，何必急在一时呢？”

什么叫急在一时，那是整整半年时间！半年时间能做多少事？半年时间都忙完一次竞标了！就算是在这个麻雀大小的工作室，也足够赚好几波的装修费了！

“程老师，我只是想一手做完这个项目，我知道统计设计样本和做各种细化标注是很烦琐的事情，可是我觉得这个事情就应该让我做完。”

面对褚年的坚持，程新只笑了笑，让在旁边有些无措的小玉先退开了：“余笑，这个表以后是需要各种更新换代和调整的。”

“我知道！这些活儿我也都可以做！”

“我说了这不是工作量的问题。余笑啊，你这样的女孩子我见多了，怀孕的时候还满脑子工作，一门心思想建功立业，等孩子真生下来了，就忙别的去了……要不这样，这件事先让小玉去做，等你休完了产假回来，再交回给你，好不好？也就半年多，什么都不耽误。”

褚年无奈了，程新满脸写着“为你好”，真是真诚到不能再真诚，可他想要的不过就是一个机会而已，却怎么也得不到。

等他回到自己的座位上，韩大姐拍拍他的肩膀安慰他：“程老师这是为你好……”

到底什么是“为我好”？能不能把这个标准统一在一个能够被我自己接受的范围内？！

还有余笑那个爸爸，怎么该干的事儿他一点儿不干，不该干的事儿他干得比谁都勤快呢？！

心里的愤懑无处发泄，褚年把桌上一个纸杯团成一团扔进了垃圾桶里。

第六章 / 明明白白

火熄灭了，也会有灰烬留下。

1

午休的时间，褚年拿着手机跑出去打电话：“不是，我就不懂了，你爸这是什么心态？有本事他把那个朱杜继往死里打啊，他也不，就干巴巴地跟人说要照顾我……”

电话那边，余笑在笑，笑声让褚年觉得一阵胃酸。

“你再笑我就要吐了啊！”

余笑清了清嗓子，说：“我爸他就是觉得，强调一下你是他的女儿，他就算尽到父亲的责任了吧。”

褚年难以理解：“我爸只会跟我说我是褚时捷的儿子，不能给他丢人。”

“嗯……所以你一直被催着上进，这多好呀。”

余笑的语气很平常，褚年却觉得胃里更酸了。

“就因为他，人家什么活儿都不让我干，我自己辛辛苦苦搞的东西都不让我继续搞了，我不行，我忍不了了。余笑，我打电话是要告诉你，我打算跟你爸面对面谈一谈。”

电话里，余笑又笑了：“你想跟他谈什么？”

"不管谈什么，我必须当面教教他怎么给人当爹！"

教他怎么当爹？这个话在余笑的人生中还真是第一次听见。

"好，那我下午早点儿下班，接你去我爸妈那儿。"

"嗯！对了，家里的钥匙是你什么时候拿走的？你怎么不跟我说？"

余笑的笑变成了冷笑："我拿走钥匙不是应该的吗？怎么还要告诉你？"

刚刚还气势汹汹的褚年顿时有些气短，又说了两句，就挂掉了电话。

电话这边，余笑吃完了自己工作餐里的最后几口饭，从座位上站起来，去隔壁叫了林组长和小莫等人。

"你们跟我一起来。"

"褚经理……"

俊朗非凡的男人眉目清明，不知道什么时候起，唇角总有一丝笑意："总公司要我带人去加入项目组的时候是我亲自挑了你们，没理由到了第二个进度周期就要把你们换掉。"

林组长站起来，脸色有些无奈地说："算了吧，褚经理，你对我们怎么样，我们心里都有数，也真的很感激，可是为了我们跟经理对上这没必要。"

"我觉得有必要。"余笑晃了晃自己手里的文件夹，"我的手下，就该我说了算。"

市场部经理办公室，现任市场部经理吃完了午饭正在喝咖啡，在他面前摆着的，一份是"褚年"这次回来之后做的工作汇报，另一份是人员调度表。门被敲响的时候，他很随意地让人进来了，看见是"褚年"，着实有些意外。

"经理，我想来谈一下关于林组长、莫北等人从赭阳东林烂尾楼改造项目里调离的问题。"

正在经历中年头顶消耗战的经理默默抬高了视线，让自己不要平视对方的腿，才开口说："从项目里调离这个说法不太恰当啊！褚年，我记得总公司那边说的是让你加入小组，从咱们市场部调人过去是协助你的，现在市场部这边有新的项目要启动，林组长他们调回来是要委以重任的。至于总公司的项目，我再另外派人协助你，这不是很好吗？”

可现在池新又有什么项目比东林那块地更重要呢？

余笑当然知道经理在玩儿的是什么把戏，眼看一个重大项目推进顺利，他自然不会允许分桃子吃的只有褚年选出来的人：“经理，既然市场部目前有重要的项目，那我就应该先顾着这边才对。不然这样吧，我带着林组长他们先把咱们市场部的项目完成了，再回去继续做赭阳东林那块地的项目。”

经理皱起了眉头。一段时间不见，褚年的变化真是太大了，不仅是外表的变化，从前那个善于察言观色、在他面前乖顺无比的褚年好像突然就展露了锋芒：“褚年，总公司的调派肯定是要放在第一位的。”

“既然总公司的调派在第一位，那自然是以总公司的需求为优先。”余笑微微弯腰，放下了手里的文件夹，嘴里接着说道，“我这边有几份总公司发过来的工作评价表，包括了天池国内市场部D小组、建设立项部门、设计部门的全部相关合作部门对包括我在内的这一批池新派遣的市场部工作人员的评价。请总经理过目。”

十五分钟后，经理看着褚年从自己的办公室出去，不由得有些气闷。到底派谁去跟赭阳的项目不过是小事，可这个年轻人不仅驳了自己的面子，还露出了爪子，就让他不得不多些防范了。

“以前我还真是小瞧了他。”

门外，忍不住走到经理室外等消息的小莫看着他们的“褚经理”对他们眨了一下眼睛：“记得多带防晒。”

2

工作室的正常下班时间是五点半，但是对孕妇褚年来说，每到五点，就开始不停地有人让他回家休息。今天也不例外。

看着小玉坐在那儿对着自己做的表发愁，褚年面无表情地收拾了一下自己的东西。这事儿他不会放弃的，项目推广表别人能接手，他就不信他弄出了别人不能接手的东西，还有人敢让他“休息”！

给自己鼓了鼓劲儿，褚年发了消息给余笑：“我可以走了，你什么时候来我就下去。”顺便把工作室的位置发了一下。

一会儿他就收到了消息：“十分钟后到。”

哟，说得还挺排场。褚年脸上带着笑，摸了一下肚子，下意识地哼起了歌儿。

“笑笑姐，这么开心呀？”小玉举着那张表凑了过来，“嘿嘿，这两个地方我不太懂。”

“嗯，我家那个一会儿来接我。”褚年歪着头看了一眼，拿起一支笔在其中一点上面画了一下，“这是按照板材分类的，蓝色森林家主打的是美国白橡木，但是我之前查过，他们家去年销量第二和第三两个款式的柜子其实是纤维板的，所以我在这个分类里面也写了这个品牌。卡莱主打是绿色环保的回收材料，可是我们不能做个回收材料分类，毕竟国内的消费者对这个兴趣不大，而且容易引起误读，你知道的，有帮人买东西一看回收就立刻想到垃圾，然后就……所以我做了这个绿色蜂窝纸质的材质分类，这样看起来是不是又特别又轻便？”

褚年也说不清楚自己为什么心情会这么好，好到会去教抢了自己活儿的别人。

简明扼要地讲完，他看了一眼时间，一抬头，就看见小玉两眼发光：“你干吗？”

“笑笑姐，你超厉害！来来来，你是要下楼等姐夫来接你对吧？我送你我送你。”受了“余笑”毫不藏私的一番指点，小玉姑娘的心里充满了敬佩之情。

褚年也不懂为什么现在这些女孩子在面对同性的时候这么喜欢动手动脚，躲了几下勉强没有被揽着肩膀抱着腰，他只能让小玉“送”自己下楼。

黑色的车子滑到她们面前，真正的余笑开门下车，替褚年打开了车门。

“哇！”看见长得这么帅的“姐夫”，小玉激动坏了，车子开出去一百米了，她还站在原地不停地挥手。

坐在车里，褚年不高兴了："还下车开门，你就是用我的身体去撩骚小姑娘。"

余笑没理他。在乎他的时候，他的字字句句恨不能在心上过三百六十遍；不在乎他的时候，随便他说什么都可以当是没味儿的屁。她打开了收音机，听着交通广播频道在轻音乐和插科打诨之间报道路况。

"哎，那个，我说我要骂你爸，你也让我去啊？"无聊的褚年开始没话找话。

"之前他听了别人的话不分青红皂白就说你，确实是他不对，你骂了他，我也不能说你全错，但是这次的事情，我说实话，他可能真的当自己是为你好。"

褚年差点儿吐在车里："得了吧，还为我好，我……算了，不好听的话我攒着当面跟他说。余笑，你说赭阳东林那块地进展顺利，你还真把它并入赭阳的民生改建了？"

余笑盯着前方，说："目前看是这么运行的，天池和赭阳政府都接受良好。"

听着话，褚年摸了摸自己的下巴："我以前还真没想过这条路子也能走。"

余笑的回答是一个冷笑："你没走过的路多了，这不已经走到要生孩子的路上了吗？"

褚年慢慢坐直了身子。

路过一个商场，褚年说："去你家，咱们应该买点儿东西带着吧？"

专注开车的余笑说："我在赭阳买了特产。"

褚年翻了个白眼："赭阳有什么好东西？不就是酒？你买了酒给你爸，给你妈买东西了吗？"从前往两边带东西都是褚年说了算，他可是第一次单独说要给余笑的妈妈买点儿什么。

"我当然买了。"现在的余笑已经不会为褚年的某些"变好"而心生波澜了。

余笑给亲妈买的礼物是一块极好的布料，深青色的底，淡绿的渐变花纹，是桑蚕丝和亚麻的混纺，摸在手里就觉得轻薄透气。褚年就算不识货，也知道这个东西不便宜。

"我妈之前就说她们舞蹈团九月有表演，想做一条好看的裙子，这块布料是我在京城买的，一会儿你就说是给她做裙子的，她就知道了。"

褚年点点头，把包着布料的纸袋子抱在怀里。他本来是大步走在前面的，快进楼道的时候想起来自己现在是余笑，就停下脚步等着余笑锁了车拎着酒走在自己前面。

“我都不知道，咱妈居然还是舞蹈团成员。”

余笑的脚步顿了一下说：“扇子舞……广场舞的一种。”

褚年沉默了，一直沉默到门打开，余笑的妈妈迎着他们进去，余笑的爸爸看见他们俩，哼了一声说：“褚年啊，过来坐，你来就来吧，还带东西。”

真正的褚年立刻把手里的布料往余笑妈妈的怀里放，声音甜得像是兑了八斤蜂蜜：“妈，你看这是我特意让褚年给你买的料子，你九月不是要去跳舞比赛嘛，这个料子做了旗袍穿在身上肯定特别特别特别好看！”

早知道现在女儿壳子里是女婿的余笑妈妈手抖了抖，好几秒才抱稳布料：“你们先坐着，我去把菜炒了。啊，那个，老余你带着笑笑他们先吃。”

余笑家里并没有女人不能上桌吃饭的规矩，但是每次等负责做饭的余笑妈妈做好了所有的菜，桌上的其他人也都快吃完了。

当然，在余笑还没出嫁的时候，她会帮着妈妈，那时候桌上只有余笑她爸一个人在那儿吃吃喝喝。余笑出嫁之后，她妈就不让她一直陪自己做饭了，等余笑爸爸他们在餐桌旁坐好，余笑就会被她妈妈赶回去坐下。

“带着她吃饭？我可没那么大的面子带着她吃饭。”余笑的爸爸冷哼了一声。

褚年也哼了一声：“我也是奇怪了，连个爸爸都当不好的人还有脸吃饭。”

“砰。”

余笑的爸爸把茶壶砸在了餐桌上：“余笑！之前的事情我都不打算计较了，你这是要干什么？回来要你父亲的命吗？你是不气死我不肯罢休是不是？”

“气死你？谁有那个本事气死你啊，我可得给他塞个大红包了。连朱杜继那种明着欺负你又打你女儿的都没把你气死，谁还有那个本事？你气死别人的本事倒是一个顶俩。我安安分分干个工作，你跑我上司那儿说什么？什么叫让人家照顾我？你真觉得你女儿干活受累了，你拿出个几百上千万来把人好好养起来啊，外人谁欠了你的还得给你照顾女儿了？”

拖鞋还没换完，“战争”已经开始，余笑默默换好鞋子，转身进了厨房。

看着一米八多的“女婿”进来，余笑妈妈摆了摆手，指指外面：“可不能让他们这么吵。”

然后她看见了“褚年”的笑容。

余笑妈妈急了：“现在他是你，闹成这样，以后父女还做不做了？”

余笑说：“没事儿妈，我觉得挺好的。”

有些话闷在心里太久了，她都以为自己忘了。

隔着餐厅开着的门，“战争”愈演愈烈。

“别人孩子工作了，父母唯恐孩子没有好的机会，都跟领导说你尽管磨炼，尽管敲打。你倒好，我怀个孩子显出你了，还自觉得不错让别人照顾我？行啊，这套我也会，你现在不是还被人请了当顾问吗？谁请了你，我立刻打电话说你身体不好，我看你以后的工作还怎么干！”

“你胡闹！”

“你才胡闹！我结婚三年，我婆婆是个不省心的，你管过吗？你没有！我自己没有工作靠着别人过日子，你管过吗？你也没有！我出来工作了，靠着本事得人赏识了，你这个不知道搁哪里喝茶喝迷瞪的老王八晃晃悠悠爬出来了，知道的你是管女儿呢，不知道的还以为你是诈尸了呢！”

余笑爸爸的脸已经彻底黑透了：“褚年，你还不出来管管你老婆！”

余笑还没来得及反应，褚年已经快步走过来，“啪”的一声把厨房门关上了。

余笑的妈妈努力晃着门：“哎？怎么回事？笑笑，笑笑你干吗？”

把厨房门上挂着的钥匙拧了两圈儿，然后抽出来收好，又到餐桌前拉出一把椅子坐下，褚年大马金刀地说：“女儿教训爸，要女婿来干吗？观摩二十年以后的自己吗？不用，他想要观摩，看《封神榜》就行，你活脱脱就是个李靖在世啊！”

“余笑！你！褚年！”

“喊个屁！你对褚年好，有种你让褚年从我妈肚子里爬出来！三年了，你帮着褚年往上爬，你想过我吗？没有！你想过我也该有个好的事业吗？没有！你想过你该对我公平点儿吗？也没有！从我嫁人，你就把我当成了褚年的腰带、褚年的袜子、褚年脚底下踩的鞋！只等着褚年带我上天了是吧？在你眼里我是个人吗？！我是吗？！”

厨房里，余笑靠在墙上，眼泪差点儿流出来。她揉着眼睛，没看见亲妈不小心真把门打开了又轻轻关了起来。

外面声音高亢，余笑的妈妈终于不再喊“笑笑”了，她回过头，看着自己的女儿，小声笑骂了一句：“你爸是不是李靖我不知道，我还真没想到褚年是个哪吒托生的。”

笑到一半戛然而止，余笑的妈妈抬起手摸了摸余笑的头——她的孩子哭了。

“妈，我有时候真的觉得，我爸他自从我结婚就看不见我了。”

“没有，笑笑，你别这么想，你爸他要不是为了你，也不会对褚年……”余笑的妈妈说不出来了。

“他乐于做个提携女婿的好岳父，却不肯做个真正为妻女遮风挡雨的好丈夫、好父亲。如果他对外的柔软、谦让和体贴能够留一点儿给我们，该多好呀。”很多很多年了，这是余笑一直想说但是不能说的话。

“哈！”余笑的妈妈重重地哈了一口气，像是一次清掉了自己胸腔里的所有憋闷，“他就该被骂一骂。不管他了，来，笑笑，尝尝妈妈炖的红烧排骨。”

褚年骂累了，还饿了，抄起水杯喝了一口水，看着已经被自己气到猪肝色上脸的岳父，在心里想：“现场表演都让你看了，这下就算你回家也应该不至于归零了吧？”

“你爸……笑笑，妈妈知道你对你爸心里是有怨气的，褚年替你骂了，你也当出了口气，别一直放在心上了。”吵闹之外过分静谧的气氛里，余笑妈妈这么对女儿说。

余笑嘴里含着一块很香的红烧排骨，手指一拉骨头，肉就从上面酥酥烂烂地被扯进了嘴。她仔仔细细地品味着，却觉得肉味儿比之前淡了太多了。

“妈，我没有。”她说。

“得了，你是我的孩子，我能不知道你心里有没有怨气？”

余笑转过头看着妈妈，低声说：“我是说我没有放在心上了。”

之前有位大哥喝着啤酒说，人这一生中的求而不得都是从父母身上开始的，几乎所有人都能在亲情关系中找出无数的委屈。余笑深以为然。

可她从小也被教了一句话：“能忍的就不是委屈。”

有衣食住行，有书本暖被，在物质层面余笑没有被亏欠过，所以每当心里有了不甘不忿，她就让自己去“放下”。因为也没有人需要她原谅。

只是在一次次的纠结里，她厌恶自己的人生，把婚姻当成了自己人生的又一次开始，结果……也就那样。她现在才明白自己的人生就是在一个口袋里，从不存在新的和旧的。

“妈，我觉得连我在内，整个家都压在你的肩上……这些年，你就不会觉得不值得吗？”她反问自己的妈妈。

“你们这些年轻人，还跟我矫情起来了。”余笑妈妈一拍脑袋，“哎呀，我忘了炒豆芽，你去帮我洗块姜。”

余笑看着妈妈的后背，她真的宁肯看见一个哭闹号叫、歇斯底里的母亲。

3

这一场争吵以余笑爸爸最后进了卧室“砰”的一声关上门为结束。

褚年掏出钥匙“打开”了厨房的门，美滋滋地看着厨房里的两个人：“吃饭啦吃饭啦。”

他可是真饿了。

余笑妈妈做的菜和以前一样，一半是余笑爱吃的，一半是褚年爱吃的。辣根木耳、炝炒豆芽、红烧排骨……褚年向着一些自己从前不爱吃的菜努力伸出筷子，吃得挺香，倒是他从前喜欢的什么虾仁蒸蛋、炸小黄花，他看都不看一眼。

三个人饭吃到一半，余笑的妈妈去敲卧室的门："老余？"

"我不吃！"声音既愤怒又凶狠。

余笑的妈妈看了餐桌一眼，"哼"了一声："谁管你吃不吃饭？我就看看你被气死了没。"

"噗……"褚年差点儿把饭喷出来。

卧室里传出了砸东西的声音。

过了半小时，年轻人都被赶走了，屋子里再次安静下来。余笑的妈妈扎上围裙准备收拾东西，却又扶着椅背，慢慢坐了下来。外面的天还没彻底暗下来，她愣愣地看着外面的一角天，动也不动。

褚年自觉有功，没有直接回家，而是让余笑陪他去超市买东西。

超市里的人比想象中的多一点儿，余笑推着小推车，褚年一边研究着架子上的东西一边笑嘻嘻地说："今天我骂你爸那一句，简直就是神来之笔，你爸那个脸色啊真是……"

余笑道："我还真不知道有人骂架还带复盘的。"

褚年看了她一眼："我发现你现在说话越来越冷飕飕的了。怎么样，我骂得过瘾不？要是还不够啊，我可以每天下班就打个车过去，实在不行我再给大家来个网络直播……其实我嘴皮子挺溜，说不定干个网络直播还真能赚钱呢。"

余笑越过褚年的头顶，拿下了一瓶蜂蜜醋放进了购物车里。

这个身高差让褚年的心里又是一酸。

"其实你骂得再多也改变不了什么，听一次过过瘾也就够了。不过，褚年，我还真没想到，你居然知道得这么多，我心里想的、我这些年受的都知道。"

这话从字面上看应该是夸奖，褚年却低下了头，轻声说："我这些天也经历了很多事儿，也想了很多，那些话都是我替你骂的。其实作为你老公，你爸妈对我真的都很不错，但是你的苦，我真是……”

“有些事情你早就看见了，只不过跟你没关系，或者说你也会受益，所以你视而不见罢了。我爸要是帮衬我的工作，又怎么会尽心尽力地把资源和人脉都介绍给你呢？说起来我也是做的建筑设计，把这些交给我不是更有用吗？”余笑声音淡淡的，拿掉了褚年随手放在购物车里的洗洁精，换成了另一个牌子的家庭装，最后说，“可你是不会提醒他的。”

褚年张了张嘴，一时没有说话。他沉默地跟在余笑的身后，从生活用品区一路跟到了生鲜区。

“余笑，这世界上的道理就那么多，咱们在初中的时候大概都学完了，但是人并不是按照道理去做选择的，每个人都会选择让自己活得更舒服，在这些选择里面，人会偶尔迷失，但是这不是罪大恶极……”褚年试图跟余笑讲道理，讲着一些发自他真心却又不那么光明的话，也是他从没想过会和妻子说的话。

余笑拿着一盒鸡蛋，回头来看他：“你这套道理很不错，我也可以用，用来让自己过得更舒服。”

而余笑让自己过得舒服的具体行动是什么，褚年心里也很清楚。

眼看着话题就要往自己不能把控的方向滑下去了，褚年不再说话，从净菜架子上拿了一包黄瓜。

接下来一直到去结账，他们都没再说什么。

“褚经理？”

结账排队的地方，余笑回头，看到一张颇为明艳的脸。

“陈组长。”

陈组长，陈潞。

余笑的脸上挂着礼节性的笑容，点点头说：“好巧，我和我爱人出来买点儿东西。”

“我刚刚看见的时候都不敢认你，没想到褚经理还会陪爱人逛超市。”

余笑感觉到一只手抓住了自己的手臂，她的手轻轻盖上去，安抚性地轻拍了两下，才对陈潞说："工作里的形象和生活里可能不太一样，让陈组长见笑了。"

看着脸带浅笑的"褚年"，陈潞微微眯了下眼睛，然后抬起手，轻轻撩开耳边的发丝，略一低头，说："只是有些意外，褚经理……哦，褚太太，晚上好，不好意思，褚经理之前去了总公司，一走就是半个月，回来了也是个大忙人，在公司外面碰到了我有点儿激动。"

看着"前"情人似乎要勾引"自己"，偏偏那个"自己"其实是自己的妻子，褚年有些不知道该做什么表情。他低下头笑着说："没事儿，我老公什么时候看见我都激动。"

余笑歪头清了一下嗓子，不然可能会笑出来。

陈潞又看着"褚年"说："看来总公司那边确实是好风水，褚经理去了一段时间，看起来都不太一样了。褚太太，你看起来也比上次见面好多了。"

她不提上次见面，褚年还能催眠自己忘掉，她一提，褚年就想起了她说自己是猫猫狗狗，又说一看见"余笑"就觉得他不好了。

不是说以后再不联系吗？

现在这个媚眼儿你是抛给扑棱蛾子看的？

拽了一下余笑的手臂，褚年说："是我老公养得好。哎呀，老公我累了，我们回家吧。"

那一声"哎呀"真是百转千回，差点儿把余笑晚饭时吃的红烧排骨给勾出来。

"陈组长，我就先走了。"余笑推着购物车，身上还挂着个褚年，和陈潞隔开一个位置，进入了排队通道里，留下陈潞站在原地看了那个"褚年"足足两秒。

"她不是说好不联系了吗？不是说已经不是可爱的小猫小狗了吗？不是不喜欢了吗？！"回家路上，褚年持续抓狂。一看见陈潞他就有些反应过激。

反倒是曾经遭遇"被出轨"的余笑还得反过来安抚他："只是同事之间打个招呼，你不用那么激动。"

"不是！你不懂！那个低头！撩头发！笑！我太熟悉了你知道吗？这都是套路啊！她又在对你玩套路了！"

余笑："哦。"

声音淡淡的，却像是一只钢爪，一下子扼住了褚年的喉咙。他安静下来，像一只死鸡。

4

买了一后备厢的东西，现在的褚年自然需要人帮它提回去。

这个人自然是余笑。

褚年想想家里的计分器上还是昨天的"0"，心中无所畏惧。

归零呗，我看你怎么归。

用钥匙打开门，他抱着一袋柠檬先走进去开灯。

门外，一个塑料袋的提手断了，余笑在找角度把那一袋子东西重新拎起来。

灯开的瞬间，褚年看见计分器上的数字在跳，一度以为自己眼花了。

"70，80，90……"

十位数跳完了个位数跳，褚年的心都要跟着跳出来了。

家门外，余笑不再去管那个塑料袋的提手，靠着男人的大手一把揪住了边儿，把它生生提了起来。

"等等！"褚年冲到门边，一头撞在了余笑的身上。

"归零，归零，归归归零！"

熟悉到刻骨的声音再次响起，褚年想哭。

贴着余笑的身体，他一屁股坐在了地上："它耍我！"他委屈到了极点，指着计分器大声嚷嚷。

余笑没理他，把吃的用的都分类放好，才回来客厅看着那个计分器，是让她很满意的"0"。

"我先走了，你别坐在地上，太凉了。"

"它耍我！"

余笑的回答是拉开他抓着自己裤脚的手："你好好休息吧，我下次去京城之前会陪你把产妇档案建好……要是你一定要生这个孩子的话。"

"不行！我今天忙了一天，它怎么又归零了？它肯定有问题，它在耍我！"褚年不依不饶。差一点点，他差一点点就可以换回去了！为什么一定要让他的希望破灭呢？

"你还要我说几次，褚年，这个是相爱的计分器，我不爱你了，就不存在相爱的前提，我们换不回去的。"余笑的声音很冷静，她都有些佩服褚年这不肯放弃的精神了，明明一次次地"归零"，他却怎么都不肯死心。

"不对！明明我都可以……"混沌的大脑突然清醒，褚年把"刷分"两个字咽了回去。

他安静了下来，松开爪子，坐在地上目送余笑离开。

一大清早，之前有所缓解的孕吐再次来势汹汹，恍惚间，褚年以为自己的脑袋是个长在了马桶上倾泻的盆。

昨晚吃的东西吐光了，还包括早上起来吃的果酱面包，终于吐无可吐了，摸着空荡荡的肚子，褚年勉强站起身，漱口去掉嘴里的异味，走到厨房，又拿起了一片面包。

吐完了也得接着吃，他现在的身体需要营养，即使完全不考虑孩子，想要维持正常的工作，他也得保证自己不会晕倒在办公桌旁边。

樱桃酱是昨晚余笑挑的，褚年用一根筷子把里面的樱桃带着酱一起挑出来糊在面包上，然后打开冰箱想拿包酸奶。

打开冰箱的瞬间，他的视线不由自主地被鸡蛋给吸引了。上次吃的那个温泉蛋他想起来就恶心，可是现在他有点儿想吃。

"啪！"褚年给了自己一巴掌："还吃，你是嫌自己吐不完了是吧？！"

面包吃下去，确定了暂时不想吐，他把药片都吃了下去，然后喝了半杯柠檬水，酸奶太凉了他暂时不敢喝，放进一个塑料袋里，拎着去上班了。

5

余笑的早餐是在一家重庆小面馆解决的，她健身这段时间一直维持着均衡饮食，今天难得放纵一下，热辣辣的红油肉酱里浸着面、葱花、炸黄豆，还放了两根被水焯过的油菜。

北方的重庆小面绝对称不上正宗，可这家店做得足够香，是否正宗对余笑来说就无所谓了。

当然，出于健身的需要她没忘记在吃面前吃两个煮鸡蛋。

吃过早餐，她步行进了公司。最近这段时间她短租了公司旁边公寓楼里的一个套一的小房子，比之前住酒店便宜不少，最让她满意的就是上班很方便。

电梯里，两个女孩儿跟她打过招呼之后站在她的身后，直到她在十九楼要出去，发现电梯不会再往上走了，那两个女孩儿还在里面。扫一眼两个人挂着的工作牌，余笑轻轻笑了笑，帮两个女孩儿摁下了十六层的按键。

等电梯门重新关上，两个光顾着看帅哥忘了自己要上班的女孩儿猛地呼出一口气，然后相视一眼，发出了被压抑的尖叫声："褚经理以前在公司排前五，现在绝对排第一！"

"他以前没这么帅的！以前气质很直男，现在是怎么了？有点儿忧郁，有点儿禁欲，体态也不一样了！"

"刚刚给咱们摁电梯，那是什么霸总小说情节啊啊啊！"

当然，电梯门再次打开的时候，她们还会是公司再普通不过的辛勤小员工。

随着"褚年"身上的变化越来越明显，她们两个并不是唯一会对"他"发花痴的。

上午分配完了工作，褚年听见手下那个叫莫北的员工说："褚经理，你真的……"有些腼腆的文静女孩儿憋了半天，说了一个"帅"字出来。

正要去倒咖啡的余笑忍不住笑了。

莫北当然只是嘴上夸夸，她早就有男朋友了，是她家里介绍认识的，男孩儿在一家公司上班，勉强算是他们的半个同行。这次从京城回来的时候，男孩儿来接莫北，余笑还见过，瘦高，长得挺干净的，看得出来两个人的感情也挺稳定。显然，莫北不会被“褚年”的美色给迷倒。

但是有些人就不一定了。

办公软件的工作流里跳出了宣传部的一个需求，上一个改造项目的宣传页有些内容有问题，需要负责人当面沟通。

余笑看了一眼电脑，又看了一眼手机。这个曾经属于褚年的手机上，“老陈”两个字依然静静地躺在通讯录里，三分钟之前，一条来自“老陈”的信息跳了出来：“我想见你。”

和“老陈”的短信往来并没有记录留下，余笑之前还惊讶过一个连刷碗都刷不干净的男人竟然会这么认真仔细地做事，后来就想明白了，这个男人只要用心，也是能把事情做得滴水不漏的。只有傻傻的她还在那儿可悲地沾沾自喜，以为他离了自己就过不好。

余笑把这条短信截图发给了褚年，还配了一行字：“看来你的‘前女友’没说到做到。”

发完了短信，她随手关掉手机，低下头继续写工作计划。

四十分钟后，她站起来，拿起一份文件走了出去。

十二层宣传部的组长办公室里，陈潞又照了一下镜子，办公室的门是关着的，这样褚年来了门再关上就不会让人觉得奇怪了。

又等了好一会儿，她喝掉杯子里的咖啡走出办公室，状似不经意地说：“真怕市场部的人赶着午饭的时候过来。”

“陈组长，市场部的人已经来了呀，正在小吴那里看宣传文稿。”

陈潞的手指在咖啡杯的把手上紧紧捏了一下，往小吴那儿走过去，却没看见她预想中的那个男人。

“陈组长，市场部的褚经理说他有一个客户要见，对方催得挺急的，让小莫过来把问题处理一下，要是小莫也搞不定就记下来，等他晚上加班解决。”

“我们的一点儿小事也不敢劳驾褚经理加班。”察觉到自己的语气太酸，她端着空咖啡杯转身回了办公室。

两分钟后，又一条短信出现在了余笑眼前——

同事陈组长（宣传）：“我一直不找你，你生气了吗？”

余笑又截图，继续发给褚年，配文字：“你说我怎么回比较好？”

褚年差点儿把手里的酸奶挤爆了。

“女人没一个好东西！陈潞不是好东西！你也不是！”

在手机上敲完这句话，褚年又一个字一个字地删了。过了两分钟，他发了这样的一条信息：“你希望我怎么说？”

看见这个回答，余笑无奈地笑了笑，人家好好的一个姑娘，年轻貌美又有点儿见识，竟然被他俩当成了皮球给踢来踢去的。

“随便你怎么想，反正你目前的状况可以尽情发挥想象力。”

见鬼的想象力！

我是只能想象了！你是可以尽情超出想象了对吧？

“你不用回了，我下班就过去。”

下班就过来？干吗？

算了，爱干吗干吗，不用自己去管就好。

余笑抬起头，脸上已经是恰到好处的微笑，足以让来谈事情的客户感觉如沐春风。

6

剩下的时间，褚年有些坐立不安，心里明明知道距离今天给自己规定的工作量还差得很远，却又忍不住去想现在的余笑。

“猫猫狗狗”这四个字像是毛毛虫的刺一样让他心里又疼又痒，可他更怕的是现在的余笑会被陈潞纠缠上。本来她就觉得当男人当得很爽了，现在万一她真爽到了，自己可怎么办？

理智告诉褚年，认识了七年，他可以确定余笑并没有特殊的倾向，毕竟要是有，那边还有个从小一块儿长大的傅锦颜呢，估计也没自己啥事儿了。但却又有一个声音告诉褚年，过去的余笑跟现在不一样了，万一她豁出去真想试试呢？

褚年本来就有些苍白的脸色立刻变得更难看了。

想到了傅锦颜，他立刻想到找她当外援，抽空打了个电话过去："公司里有狐狸精勾搭褚年，我下午要杀过去接褚年下班，你说我穿什么比较好？"

"噗！咳咳咳！"刚爬起来吃早午饭的傅锦颜仿佛被一道人工雷劈中了，牛奶燕麦差点儿喷到电脑键盘上。

"那我下午去接你，时间你定。"

挂了电话，褚年的心里略略安定了一点儿，他自己现在是分量不重了，可是拉着余笑的闺蜜，总能让余笑多想想吧？

他并不知道挂了电话的傅锦颜连地都顾不上擦，就飞快地给余笑发了信息。

中午，褚年要了一份酸辣土豆丝，当菜又当饭地随便吃了几口，抓紧时间继续看资料。连去洗手间吐的时候，他在心里想的都是去年牛姐在省城做的那个婴儿房专项设计的推广。

"我是不是也该给宝宝倒腾一下房间了？"这个念头在褚年的脑海中一划而过。

下午四点半，褚年向程新请假早退，得到的是对方欣慰的眼神："你就该这样，有不舒服的就请假，工作不急于一时，身体才是最重要的。"

褚年的心情跟被人用缸闷了半小时脑袋差不多，憋气到无以复加。

好在没忘了现在他有更重要的事情要做。

说什么"看见你我就知道褚年不值得"，哼，我怎么了？这次让我告诉你，我好着呢！

池新规定的下班时间是下午五点半，各部门都会有人加班，从六点到晚上十一点不等。五点四十的时候，陈潞拿着些材料到了市场部，然后借口自己要等上楼的电梯一直滞留在十九楼。

六点，余笑从办公室里出来，走出市场部，来到了电梯前。

陈潞自然而然地站在了“他”身前,等着上电梯。她本以为自己能跟着“褚年”一直到地下停车场，然后找机会问清楚“他”到底想干什么，却没想到对方在一楼就走出了电梯。

陈潞不明所以，也跟着走了出去。

“老公！”

余笑循着声音看过去,就见穿着宝蓝色连衣裙的“女人”远远地对自己招手,脚下不由得一顿。

褚年站在原地，随着余笑走近，看见了她身后的陈潞。于是他的笑容越发灿烂了起来：“老公，我来接你下班啦！”

娇小的“余笑”本来就很白,被宝蓝色的真丝面料衬得越发白得几乎透明,浅淡的五官显出了原有的秀美，一双眼睛亮亮的，像是有光隐藏在深褐色的眼睛后面。

在这个瞬间，余笑仿佛看见了四五年前的自己。

她越走越慢，在对方主动走到自己面前的时候，忍不住给了他一个拥抱。

被突然抱住的褚年呆了一下，然后越过宽阔的肩膀看着陈潞，露出了一个自以为风轻云淡的笑容。

脚上踩着一双坡跟凉鞋，褚年“哒哒哒”地挽着余笑往外走，嘴里得意扬扬地说：“哼，斩敌于马下。”

余笑任由他挂着，相比现在觉得自己演技足够问鼎奥斯卡的褚年，她为了扮演好“褚年”这个角色曾经花费了太多的心血和努力,在情绪的短暂爆发之后,自然而然就成了“丈夫”，谁也看不出来她的心里其实并不平静。

“这次的衣服买得不错。”

“找了傅锦颜。”想起傅锦颜，褚年的脸色有点儿僵硬，他可没忘记之前选衣服的时候，傅锦颜是怎么如猛虎下山一样把他手里那件红色蕾丝裙子给夺走的。天知道他选出那条裙子做了多久的心理建设。

“我还被教训了一顿说怀孕不能化妆……”褚年的抱怨在再次看到陈潞的时候戛然而止，他下意识拉紧了余笑的手臂。

“褚经理。”陈潞只是跟“褚年”打了声招呼。

褚年并不会误会对方在叫的是他，因为那双眼睛就那样直直地看着他身边的人。从前陈潞看他的时候总是像藏着雾一样，东西都藏在后面，由着他去琢磨，现在不一样了。

“陈组长。”

陈潞右手抬起来揽着自己的左臂，低头，嘴角是浅笑：“褚经理，我看见你才想起来，今天那份宣传文案的修改意见您看到了吗？好像还有几个问题得处理……褚太太，不好意思，一提工作我就忘了还有别人在。”

被叫“褚经理”的余笑静静地看着陈潞。她曾经很恨她，这种恨意几乎要超过了她恨褚年，而这种恨意在那天陈潞说出那番话的时候消散了，余笑甚至还有几分欣赏这个拿得起放得下的姑娘。可现在，她觉得自己的欣赏也是十分廉价了。

“陈组长，现在是下班时间，那份修改意见我赶在下班前已经做好发回给了宣传部，现在我应该陪着我爱人去吃饭了。”“爱人”两个字，余笑说得略重。

瞬间，褚年觉得自己的心尖儿发烫，像是被人用热乎乎的手捧了一下。

“褚年”语气里的拒绝之意比他们身旁的墙还要明显，陈潞的脸色变得难看起来，她当然不会在人来人往的地方大吵大闹，定定地看了这对夫妻一眼，扬起头转身走了。

“还吃上次那家日料吧？你能走过去吗？”余笑觉得褚年挽着自己是在借力走稳——新鞋夹脚的痛谁尝过都忘不掉，哪怕换了个身体。

褚年还没回过神儿来，看着空空的前方，他抬头看着余笑：“我突然明白了。”

“明白了什么？”余笑对今天的褚年异常地有耐心。

褚年猛地回过神儿，拒绝回答这个问题：“我们是去吃日料对吧？”

等餐的时候，余笑突然说：“我记得我说过让你自己把她解决掉的，可你没解决好，还有你妈……怎么都成了我自己解决了？”

褚年的妈除了被褚年骂走之外就是由她出面赶走，今天的陈潞，褚年信誓旦旦地说自己来解决她，结果也是被余笑打发掉的。

“能者多劳嘛。”走神中随口回答了一下，褚年立刻意识到不对，拼命往回找补道，“我是说……你都已经当个男人了，还是这么帅的男人，桃花债什么的免不了……”好像也不对。

余笑凉凉地笑了一下，说：“单纯用桃花债来形容真的好吗？毕竟要不是出了这个意外，现在的你应该已经跟我离婚，跟她在一起了。”

然后，是离婚后发现怀孕的、家庭与事业都没有出路的余笑。

这样的余笑偶尔还会出现在她现在的梦里。

褚年沉默了几秒钟，开口说：“其实我仔细想想，即使我们那天换回来了，我也不会离婚了。”

“你不会以为我说的意外，是意外发现你出轨吧？”

是这场意外的游戏。

余笑越来越觉得这个“游戏”是上天送给她最好的结婚三周年礼物。

褚年沉默了几秒，抬起眼睛，看见一缕斜阳照在曾经属于自己的那张脸上：“别说，你当男人还挺给人安全感的。”

只有他自己知道这句话是多么的真心。

余笑勾了一下嘴唇，淡淡地说：“我吃过的亏不希望别人也吃。你也别以为我是在帮你，我现在只想搞好工作，不想被莫名其妙的事情拖了后腿。”

什么亏？

这话不能问，问了扎自己的心，于是褚年又沉默了。

终于，在他的三颗温泉蛋上桌的时候，他找到了一个安全的话题：“这条蓝色的裙子，我记得你以前也穿过。”看看被袖子半盖着的细瘦手臂，褚年自己动手捏了一把。

余笑点点头："对，我以前穿过，那年本科毕业，我刚拍完毕业照，脱了学士服，穿着这么一条裙子，你跟我求婚了。"

褚年："……"

温泉蛋真好吃。

在毕业典礼之前求婚，这样的浪漫轰动了建筑和经济两个学院。戒指是一个细细的金环，很轻，也很便宜，余笑还记得自己抖着手戴上的时候，恍惚觉得承担了一个世界的重量。

“我的梦想是，每天醒来，春暖花开。”

“我的梦想是，每天醒来，阳光也在。”

“我的梦想是，每天醒来，枕边有你，我的爱。”

那时候许下誓言的男人真的不爱自己吗？那时候接受了这个誓言的女人真的不知道未来会有多少坎坷吗？

现在去想这些已经没有意义了。

那个穿着蓝裙子、会相信褚年的余笑其实在变成褚年之前就已经死去了。

因为死了才会在记忆里变得美好，就像最美的地方是回不去的故乡一样。

这顿饭他们安安静静吃完了，余笑替褚年打了车送他回家。而她自己，慢慢地往现在的住处走去。路灯把影子拉长，旁边的小公园里传来隐约的音乐声。

“余笑！”

余笑猛地抬起头，才想起来自己现在是褚年，并没有人用这个名字叫她。

也不对，是她自己在叫自己，从心里。

“你真的甘心就这样成为另一个人吗？用别人的身体、别人的名字，彻底抛下那个‘余笑’？”她问自己，“让人逃避不开的痛苦、泥泞不堪的生活，除了这些之外就没有什么让你留恋的吗？”

晚高峰的拥堵结束，车子飞快地从路上开过，夹带着流光。

余笑站在路边静静地看着，她想起了很久很久之前的余笑，七岁的、十岁的、十二岁的、十七岁的……遵从父母的建议选了离家近的学校也依然不肯放弃建筑专业的余笑，沉默但会在心里畅想未来的那个余笑。

身姿挺拔的“男人”慢慢倚靠在电线杆上，摸了摸胸口，那里几乎是一直在哭号着“舍不得”，只不过从前她的心声太嘈杂，只在这个安静的夜晚才终于让她自己听见。

“我也舍不得。”她轻声说，“可重新爱上褚年就是让我吃屎。吃屎还是做男人，我不选吃屎。”

就在她再次做出了选择，长出一口气的时候，电话突然响了。

“没打扰你休息吧？”男人的声音从电话里传出来。

余笑下意识地站直了身子：“没有，董事长。”

“不用紧张，不是项目有问题，事实上设计这边的进展比想象中顺利，我估计你最晚下周二就要过来开始配套工作了。我找你是有别的事情……”

余笑感觉电话对面的池董事长犹疑了一下，仿佛在斟酌措辞。

“是这样，我有个朋友，她对你的这个项目里的想法很感兴趣，但是她现在还在国外，你们沟通会不太方便，能不能麻烦你做一份简要的说明，不用很正式，就是说一下你怎么想到在东林那块地上做这么一个项目的。”

余笑当然会答应，虽然不知道是给谁的，但是让池董事长亲自打电话来要说明，这本身就说明了那个人的价值。

挂掉电话之后，余笑吐出了胸口的浊气，迈开大步。

也许，只有成功，一次次地成功，能够镇压她心里的不舍和自我怀疑吧？

7

周日的早上，穿着运动服的褚年坐上了开往省城的火车。他背了一个书包，里面装了他要吃的药、一个柠檬、三个苹果、五六个只煮了一分钟又焖了十分钟的水煮蛋，以及一个文件夹。

这一天是牛蓉蓉的生日，作为业内小有名气的设计师，她的手机一上午都在接收着各种生日祝福。显然这些人并没有考虑过一个四十一岁的女人其实并不想被提醒年龄这件事儿。

门铃响起的时候，牛蓉蓉还以为是同事送自己的花被送来了，打开监视器，她瞪大了眼睛："我的天，余笑，你是怎么过来的？就你一个人吗？你的胆子也太大了，你老公知道你过来吗？"

"牛姐。"在 37 摄氏度的高温下奔波，尽管高铁和出租车上都有空调，褚年的脸色也比平时难看了不少，可他的眼睛是亮的，"牛姐，我之前受了你这么多的帮助，一直都想感谢你，所以我知道你过生日，就带着生日礼物来找你啦。"

生日礼物？牛姐摁着褚年坐在沙发上，说："你送我礼物，我看是送我惊吓！别的就不用了，你好好工作就行了，别的都别放在心上。其实是我该谢谢你，谁能想到才几年，朱杜继就从建筑队和材料商那边吃了那么多回扣。不管是什么原因，要不是你提醒我，我恐怕真要吃大亏。"

倒了两杯水端过来的牛姐看着茶几上的文件夹挑了一下眉毛："这是你送我的礼物？"

褚年仰头对她笑。

牛姐放下水，拿起了文件夹，看着封面上的字，又看了一眼"余笑"。

褚年很自然地说出了自己在心里反复斟酌了很久的话："我研究了工作室这些年的设计样式，做了一下总结，觉得我们可以出这么一个专项策划来推广工作室，作为生日礼物只是托词。我知道我刚来工作室，能做的事情不多，这一点儿小小的工作，能让牛姐你看见……其实是我送给自己的礼物吧。"

他说话的时候，牛姐已经把文件大致翻了一遍，都是他们这些年设计的主卧款式，有很大的比例是婚房，也有几个是牛姐自己很得意的设计。这些东西放在一起，给人一种很特别的感觉，柔软又温情。

合上文件，她看着封面上的几个字，忍不住说：“爱的安全感，你这个名字起得真好。”

胖乎乎的牛姐行动力与身材成绝对反比，二十分钟之后，她带着褚年一起到了工作室。

“爱的安全感……”第五十次重复这几个字，牛姐找出了工作室之前做推广设计的宣传彩页，“三年前我跟一家家居品牌合作，做了一次母婴设计的推广，那次效果真的不错，但是去年我花了三个月的时间筹备了一个项目，那次……”

牛姐摇了摇头：“一个原因是场地要求比较高，还有一个是当时没有找到好的合作方，在材料和软装上受限严重，最后的成品不尽如人意。”

褚年也摇头，风风火火带他过来的牛姐并没有忘了他现在是个孕妇，把他安放在椅子上之后还给他找了个苹果。刚开空调的工作室很闷，气味也不好，褚年用苹果怼在鼻子上努力对抗恶心感，说：“我看过之前的两次活动图，我觉得第二次失败的原因是你们没有做好市场定位。那次您的设计主题是什么‘诗意生活’，看起来很高大上，但是很空洞，各种新中式设计里面混着日式风格，可活动地却在一个不高端的卖场，唔，我看了之后觉得就……很混乱。”

面对上级说话的时候，褚年总是很委婉，但是他现在觉得自己不需要委婉。牛姐是个直来直去的性格，不仅自己直来直去，也喜欢直来直去的女孩子。为了工作顺利开展，褚年并不介意暂时伪装自己是个直来直去的可爱爽朗的女孩子，反正……他连孕都怀了。

不出他所料，牛姐认可了他的说法：“是，市场定位也有问题，那你这个是给新婚夫妻做的？”

褚年否认了这个说法，眼前又浮现出余笑被斜阳照着的脸，当然并不是前几天他看见的那张，而是很久很久之前的样子——就在他求婚的那天，同样的斜阳光景，年轻的女孩儿起先是笑，最后笑容消失，用一双含着泪的眼睛看着他，说：“好。”

回过神来，他接着说：“不只是新婚夫妻，我觉得应该说是所有夫妻都需要安全感吧。要是没有安全感，要个家还能干什么呢？”

恍惚间，褚年觉得说出口的话就是在扇自己的耳光。

牛姐明白了褚年的意思，重新拿起他做的文件，轻声说：“爱的安全感，重点突出家的温馨和牢固性，猛地感觉是个很普通的主题，但是可挖掘的东西不少。你这里面说的跟家居品牌合作，在家博会上做设计，具体是怎么一个想法？”

褚年的眼睛亮了起来。这个主题名称是他不久前刚想好的，这个计划的价值除了这个主题之外，重点还在于一种新的合作模式——把家博会上的品牌展台变成设计师的设计概念展示，谋求双赢的局面。

“你这个想法意味着我们不能跟市场上的强势品牌合作。”听完了褚年的想法，牛姐这样评价道。强势品牌的手中都有不少自己的高端设计师，他们是不会以这样的方式跟她这个工作室合作的，尤其是在家博会这种场合。

“正因为不是高端品牌，才更容易被说服啊！”说完这句话，褚年从椅子上站了起来，“牛姐你等等，我去吐一……”尾音都没出口，他就往卫生间跑去了。

看着那个单薄瘦小的背影，牛蓉蓉低下头又看了看手里的项目书。

“我是没怀孕过，但是我以前也像你这么拼过。这样吧，我联系几个品牌看看他们是不是有合作意向。其实八月的家博会我确实想搞点儿什么，你这个想法我明天就和同事们一起讨论一下。”

褚年从厕所出来，就听见了牛姐这样的答复，他的脸一下子亮了起来。

中午，牛姐说什么都要请他吃饭，而且要吃顿好的。褚年高高兴兴地答应了，却接到了一个电话，是他亲妈打来的。

“余笑啊，今天周末，褚年他爸让你们晚上过来吃饭。”

还没等褚年找好借口不去，就听见电话那边传来了另一个声音：“余笑，你晚上过来的时候不用带什么东西，过年你带回来的茶再弄点儿来。”

完全没给他拒绝的机会，电话就被挂了。

褚年抓着手机说：“牛姐，我晚上有事儿，饭就不吃了。”

见他实在是坚持，牛蓉蓉只能开车先把他送去火车站，买了最近一班的高铁。褚年坐在候车大厅里，摸摸肚子，拿出了他带着的那几个鸡蛋。连五分熟都没有的鸡蛋，蛋清都是稀的，褚年一口连清带黄地吸进了嘴里，又觉得恶心，又觉得好吃。吃了一个褚年就不敢再吃了，候车大厅里的气闷和略高的温度让他又开始了新一轮的不舒服。

坐上了火车，褚年才想起来要给余笑打电话："我爸要咱们回去。"

褚年的父母每次有什么事儿都只通知余笑，美其名曰是怕影响褚年的工作，可现在褚年打电话的时候，觉得自己就是个传信儿的小太监。

趁着周末健身的余笑从器械上下来，说："好，我知道了，四点半去接你？"

褚年说："好。"然后他又说，"那个，过年时你给我爸送了什么茶呀？他说要是有就再给他带点儿。"

"茶叶？"余笑愣了一下才说，"你爸挺识货的，那是我那个回去继承了茶山的室友送的，据说是三五千块一斤的好茶，家里一共两盒加起来半斤，一盒给你爸了，另一盒也被你拿去送人了。"

至于本来也爱喝茶的余笑，显然并不在褚年的考虑范围之内。

"哦，那个……就是没了吧？"

听见对面小心翼翼的声音，余笑长出一口气。她知道褚年在担心什么，不过是担心自己生气了，不肯去给人当儿子罢了。

"是没了。"

"余笑，不带东西也行，我爸既然叫了，你就回去看看吧。你看咱们能不能两边平衡一下？你家里我也该去就去了。"说完平衡，褚年想起来自己把亲妈赶出了家门，又骂余笑的爸是"老王八"，嗯，还挺平衡的。

从来要这种平衡或者说平等的人，都是在弱势的那一方。余笑现在才明白这个道理。

在褚年小心翼翼的语气里，余笑并没有感觉到多少快意，只说："行吧，我从京城带回来的还有两颗狮子头的核桃和一个木雕摆件儿，本来是给柳老师的，结果老爷子去了外地，摆件给你爸，你看看家里有什么再带一点儿。”

褚年答应了。

回到家已经是下午三点多，褚年看着自己汗湿的脸颊，想洗澡又觉得实在太累了。去一趟省城要坐两个小时的火车，一来一回加上赶火车的路程，他一个白天几乎都在赶路了。

喝了一点儿柠檬水，慢慢躺在床上，褚年有点儿高兴，他那个合作计划好歹是有了眉目，这下应该没人拦着他做事儿了。

高兴着高兴着，他差点儿睡过去，想起要回爸妈家，又强撑着坐了起来。肚子里发出叽里咕噜的抗议，他走回客厅把跟着他奔波了一天的鸡蛋拿出来，又一个一个稀里呼噜地吃了。

跟余笑的爸妈不一样，褚年的爸妈都是国有企业的员工，他妈已经退休了，他爸现在还在做他的后勤小组长，两个人一辈子没赚到什么钱，只有家里的一套老房子拆迁，给了一套房和一笔补偿款，这笔补偿款就成了褚年他们住的那套房的首付。

开车也不过十五分钟，余笑和褚年就到了褚年爸妈家楼下。

这个小区里住的多是回迁户，多年老邻居都没怎么变过，看见“褚年”，不少人过来打招呼——

“褚年，你又带东西回来看你爸了？”

“你们可是有时候没回来了啊。”

“哎呀，褚年一阵儿不见这怎么又变帅了？”

“褚年，恭喜啊，听说要当爸了。”

看见“褚年”给他媳妇儿开了车门，夸褚年帅的大妈撇了撇嘴。

褚年下了车，看见这些老邻居，想和从前一样笑着打招呼，却察觉到这些人看自己的目光并不友善。

这是……

“褚年啊，不是阿姨说你，媳妇儿是得管的。唉，你妈真是，辛辛苦苦把你养大，给你赚钱买了房子，她呢，一天福没享，净给你们俩操心了。”

什么叫媳妇儿是得管的？

褚年抬头盯着那个看着自己长大的阿姨，那个阿姨斜了他一眼。

“褚年回来啦，上次你妈跟我一块儿去拜了眼光娘娘，结果回来你媳妇儿就有了，是吧？”

感受到别人都看着自己的肚子，褚年下意识地挡了一下。

诡异而毫无实质的“折磨”让他觉得短短几步回家的路都十分艰辛。进了家门之后，他刚想缓口气，就看见了被递过来的围裙。

“褚年他爸说今天想吃那种里面软烂的糖醋排骨，我搞不清楚，余笑啊，麻烦你去把排骨做了吧。”当着儿子的面，褚年的妈妈只是让刚进门的儿媳妇去做饭。

余笑拦住了她，说：“妈，余笑怀孕之后闻见油烟味就想吐，你别让她进厨房了。”

“哎呀，也不知道怎么我家这个儿媳妇就这么金贵，楼下你刘阿姨可真是好福气，儿媳妇进门一年就抱了个孙子，现在二胎又怀上了，天天洗衣服做饭什么都不耽误。”褚年他妈的话拧一拧足够糖醋排骨里用的醋了。

余笑回头似笑非笑地看了褚年一眼，这样的话她从前真不知道听了多少。

“妈，你让余笑休息一下吧。”

褚年的妈妈还要说什么，现在是在她自己家，她的底气可足得很，可看看“儿子”的表情，她一甩手里的围裙说：“都说养儿子娶了儿媳妇是享福，我什么福没享着，天天受气就够了。”

“褚年，你来。”里面房间，褚年的爸爸喊了一声。

余笑回头示意褚年找地方坐下，才拎着礼物穿过客厅走了进去：“爸。”

“嗯，升官之后工资涨了吗？怎么给家里的钱还是这么点儿？”

余笑听着这话，看着这个略有些驼背的中年男人，慢慢地说：“工资没涨，余笑怀孕了，家里开销也大。”

“哦，对，我要有孙子了。”放下手里正在摆弄的东西，男人转过身，他和褚年也只有三分像，可以说褚年是集合了他们夫妻的优点之后又进行了基因优化才长得这么帅的，“那你在外面的人得自己稳住了，等孩子生下来再说。”

“你怎么知道我外面有人了？”

听见平静无波的男声在带着陈旧气息的房间里响起，余笑都诧异于自己的冷静。

哪怕已经结婚三年，她与褚年爸爸的接触也屈指可数。不同于按时打卡、经常查账的褚年妈妈，他像个沉沉的影子，融在这个家庭的背景里，是罕有声息的。

但是他又不是可有可无的，褚年的妈妈像个喉舌，每每拿他的话当佛旨纶音，褚年每次回家也必提“我爸”。余笑因此而尊敬他，结婚后也学着如褚年一般去顺着他，凡是他喜欢的也会尽量满足。

哪怕今天，哪怕她已经知道褚年出轨的今天，哪怕她已经不把褚年的妈妈放在眼里的今天，她还带了礼物来看望这么一个人。

呵。

就像是被一根棍子从后脑勺砸了下来一样，余笑头都要炸了似的疼。

“知子莫若父，你那点儿心思上次回来我就看出来了，按说你现在吧……确实，你现在这样，你媳妇儿配不上你了，不过她既然怀孕了，你就等孩子生下来再说。”褚年爸爸的话和以前一样透着不容拒绝。

余笑慢慢抬起头，看着这个头发白了一半的中年男人，她的眼前一片模糊，却又是从来没有的分明。

她听见自己问：“那孩子生下来之后呢？”

“生下来之后？养着呗，实在不行你就送回来让你妈看着，你就按时打钱回来就行。”

呵呵，只要有钱，有孙子，其余的都无所谓是吗？

余笑似乎看见自己勾了勾嘴唇，是冷冷的笑。其实她站在原地根本一动没动，像是一截被天雷劈过的木头，好像一动就会支离破碎。

“我外面有人，我妈知道吗？”

“告诉她干什么？女人事儿多，她要是在你媳妇儿面前说漏嘴了怎么办？你今天怎么这么多话？这些事儿你不用管，好好工作挣钱。”微微驼背的男人又转身从老木斗橱里翻出了一摞东西，“前一阵你前面钱叔叔的儿子给我介绍了这个，一年投十二万的保险，投三年，三年后最少返五十万，还包了以后的大病和体检，我的意思是我和你妈一人买一份，一会儿吃完饭你和我一起去一趟，把钱交了。”一份一年十二万，两份二十四万，褚年的爸爸理直气壮得很。

余笑没说话，正好也不需要她说话。

该吩咐的都吩咐完了，褚年的爸爸慢悠悠地说：“走吧，出去吃饭。”

余笑找到了自己的腿，慢慢迈出了一步，又一步。每一步都像是迈在云彩上，水汽凝结在她的脚下，又在她抬起脚的时候无声碎去。

8

客厅里的气氛一直不太好，褚年的妈妈喉咙里有醋，舌尖上有刺，累极了的褚年光是撑着不睡就已经用光了所有的气力，连回嘴都懒了。

糖醋排骨褚年的妈妈没做，外面买回来的卤肘子烩了烩就是最硬的菜，她儿子喜欢的虾仁蒸蛋是少不了的，此外就是些重油炒的青菜，这些菜不止油重，盐还放得多——回了婆家，要是余笑自己不动手，她就得吃这些。

可笑的是做这样饭的人天天说别人照顾不好她的儿子，就像明知道自己儿子出轨却习以为常的人，总是在餐桌上指点江山教着他们做人的道理。恶心，从里到外、从头到脚的恶心。

褚年最先发现了余笑的脸色不对，看她站在桌边不动，拉了一下她的衣摆：“你怎么了？”

余笑不说话。

褚年的爸爸先开口了，和颜悦色地对“余笑”说：“余笑，怀孕了你得懂事一点儿，好好照顾孩子，为母则强知道吗？以前就算了，以后不能再任性了。”

就在褚年还没想好该怎么回话的时候，余笑抬起了头，盯着褚年的爸爸：“你教训谁呢？”

端坐上席的褚年爸爸脸沉了下来：“褚年，有你这么跟爸爸说话的吗？”

“有啊，我就是啊，我不光会说呢！”一只手抓紧了木桌的边角，余笑猛地使力，一下子把整张桌子都掀翻了。

滚热的肘子从汤碗里被甩了出来，带着酱汁往褚年爸爸的身上扑过去，带着酱油汤的虾仁蒸蛋整盘一起滑翔，正落在褚年妈妈的腿上。最幸运的是褚年，他现在的身体够瘦，两条腿抽出来抱紧在椅子上，躲过了筷子、碗碟和油汁里泡着的蔫菜叶子。就算这样，他的鞋上还是沾了汤汁。

一片狼藉，伴着褚年父母的惊呼和叫骂。

“你以为你教出来的是什么好东西吗？我告诉你，你以后每个月只能从我这儿拿到最低生活保障，有种你就去闹，闹到我丢了工作，我就直接去你再也找不到的地方，一分钱你都别想拿到。”

余笑看见一旁的褚年，一把抓住他的手腕：“想要孙子是吧，我告诉你，我今天来就是让你们最后看一眼你们的那个孙子，他马上就去做手术流产，我们马上离婚，然后我去结扎，结扎不够就做切除手术，务必让你们断子绝孙。”

褚年的爸爸不顾身上的疼，站起来看着“儿子”：“褚年，我看你今天是疯了。”

“疯了？哈……我从小到大最怕被人说是疯了，其实疯了才过得痛快啊！”余笑真的在笑，她自己知道，“哦，我还得告诉你，我喜欢男人，以后前面我用不上了，永远用不上了。”

褚年的眼神已经变成了惊恐，他看看余笑，又看一眼自己的爸，猛地去扯余笑：“你知不知道你到底在说些什么？！”

余笑转头看着他，目光里是癫狂到极致的冷静：“我知道我在说什么，你知道你是在怎么个垃圾堆里生出来的下贱货色吗？”

褚年也动了火："你够了！"

"不够！这才到哪儿？养出个儿子恨不能把妻子一家的血都喝净了，原来当爹的就是这么教的，手把手地教！当畜生一样地教！"

褚年的手猛地握拳，却没有抬起来。

他听见余笑说："出轨的事儿他早就知道了，为了孩子，他说要稳住外面的，再稳住怀孕的，等孩子生了让他老婆养，让他儿子掏钱就行了。"话音里，伴着后槽牙磨动的声音。

"褚年！"

真正的褚年转过头去，看见的是自己的爸爸用难以形容的目光看着他身边的那个人。

"你今天到底在发什么疯？！"

"我在说实话。"余笑慢慢地转头去看着褚年爸爸，拿起旁边做摆件的花瓶，随手砸在地上。

褚年的妈妈尖叫起来。

余笑又笑了："不够好听是吗？"

摆在装饰架上那瓶84年的茅台，从余笑第一次来就放在那儿，她也一把抓过来砸在了地上。白色的酒瓶发出一声闷响，碎开了，传说中的酱香、酒香和一地的狼藉混在了一处。褚年的爸爸要冲上来用拳头教训自己的儿子，却被自己的"儿子"一把抓住了衣领。

"你还要骂什么？骂你儿子不是人是吗？你儿子干的不是人的事儿多了去了，都是你们亲手教的，怎么到你头上你就受不了了？你养出了一只白眼狼，一只吃人老虎，一只吸血虫！你不就等着他拎着血肉回来孝敬你吗？怎么我就不能咬你呢？"乱拳打在余笑的肚子上，余笑硬生生忍住，一把将嘴里怒骂着的褚年爸爸推到地上，"我再说一遍，以后你们没有钱能拿，还要断子绝孙，断子绝孙，断子绝孙！"

说完，余笑捂着肚子转身往外走去，她一秒都不想在这里待了，太恶心了，太恶心了。

褚家的声势闹得极大，门外早就聚了人，他们只能空口劝着褚家父子不要吵架。看着门猛地打开，人们看着“褚年”，猛地安静下来。

“老钱！拦着褚年！”

屋里传来的声音让人群骚动了一下。

余笑看着这些人，很平静地说：“我爸在外面有人了，还要跟我妈离婚，我劝他，他又摔桌子又砸东西，还要打死我。”

相比褚年父亲的嘶吼，“褚年”的态度真是极有说服力，人们勉强让开了一条路。余笑扬长而去，而终于追出来的褚年父母则被人拦了下来。

“老褚啊，你怎么回事儿？这么多年了还没跟西厂的杨寡妇断啊？”

“老褚家的，你们这么多年的事儿都没闹清楚，怎么还闹到孩子面前了？一把年纪了，你们何苦呢？”

“是啊，老褚这个毛病虽然有，不是一直也没离婚吗？现在眼看孙子都要有了，怎么还闹起来了？”

“不是，我没有！”

“你们别听他胡说，是我孩子，是我孩子……”

褚家门口被围得水泄不通，仿佛每个人都能对褚家夫妻的婚姻说上一堆道理。

站在屋子里扶着椅子勉强站着的褚年已经呆住了。

什么叫“西厂的杨寡妇”？

什么叫“这么多年的事儿”？

鞋子踩在碎瓷上，褚年茫然地环顾过分安静的房间和过分嘈杂的门口。他好累，他真的太累了，可他什么都做不了，连晕倒都不能。

“余笑，你告诉我，我儿子是怎么了？怎么突然就这样了？你干了什么？你都干了些什么？”褚年的爸爸终于追了出去，褚年的妈妈回头看见了自己的“儿媳妇”，一迭声的质问直接逼近褚年的脑仁儿。

9

离开了曾经的“婆家”，余笑开着车，不知道自己该去哪里，一种自己经历的一切都在崩碎的感觉一直在追逐着她。

终于把车停在道旁已经是不知多久之后了，她掏出手机，想给自己的妈妈打个电话。就在这个时候，她的手机先响了起来，是一个陌生的号码，显示来自国外。

呆了一下，余笑有些木然地接了起来。

“喂，褚年先生你好，我是前几天拜托池董事长要看你那份项目规划思路的人，不好意思，是不是打扰你了？”清亮年轻的女声不缺厚度，是余笑隐隐觉得有些熟悉却想不起来的悦耳声音。

“没……没有。”她说。

随便说点儿什么，随便聊点儿什么吧，她的心里已经彻底空了，能够找到一点儿东西去填补她就已经觉得满足了。

“我以前对建筑设计也有点儿兴趣，也看过一些项目，但是我极少在建筑规划里看到这样针对当地女性的实际需要来做项目的，尤其是一个做市场的人，所以我才产生了极大的好奇。你在文字介绍中说你是在实地调查的过程中看到了那些人的需要，所以就萌生了想法。”

“对。”

“那能不能请你告诉我，在你看到了人们需要的那个瞬间，你是站在什么立场上的呢？”

“我……”想要回答问题的余笑，泪水突然流了下来。

是不被看见、不被听见、被自己和别人辜负与虚耗的女人的角度。

她在这个男人身体里之后，才突然发现的、自己长久所在而不自知的那个角度。

余笑安静了很久。她紧紧地咬着自己的嘴唇，眼睛努力地睁大，泪水从她的两侧眼角流下。

今天或者说这些天来她经历的一切都像是一场梦，曾经生活中所有的一切都已经支离破碎，她先是发现了自己过去像个蜗牛一样逃避，又发现了现在的自己不过是另一只蜗牛罢了。

痛苦不会因为无视而不存在，如果没有这场“梦”，她母亲、褚年母亲、东林城中村那些无业女人……她和她们的处境有什么区别？

被要求安静，被要求温顺，被要求忍受三个家庭里的一切，同时又被家中的所有人踩在脚下。

这些年里她何尝没有自以为学识不错、家教良好？即使当着家庭主妇，看着褚年那个醋缸里长大的母亲，她也包容着又鄙夷着？

其实呢？

当生活被鲜血淋漓地揭开，一切的痛苦摆上了台面，她与之对抗的能力也不过是借躯壳而来的，就像踩在碎云上一样虚浮。

可她没有后路。

电话对面也一直安静，对方似乎极有耐心，一直等着她说出答案。

这是隔着一个太平洋的静默。

“对不起，我刚刚想起了别的事情。”余笑最终没有挂掉电话，在安静里，她收拾好了心情，也让自己的声音听起来并不哽咽。

“嗯？没事。”电话那边传来了一阵嘈杂声，有人用英文说着什么，女孩儿用英文回应了一声，接着对她说，“我知道我的问题有些冒昧，或者我们可以先聊点儿别的？”

“不用。”余笑声音轻轻的，说出了自己可以对人言的答案，“是站在我母亲的立场。”

电话里的声音比刚刚沉了两分，女孩儿说：“是个出乎我意料的答案，但是也在情理之中，介意告诉我你母亲的职业吗？”

“她是个中学教物理的老师，执教二十多年，现在退休了还被返聘……做事很干练、很可靠，虽然有时候说话会有些着急，可她说的大部分都是对的。”

是的，大部分是对的，比如让她好好学习，比如让她好好工作，比如让她不要急着嫁给褚年。

“你母亲是个很好的人。”

“对。”

“也是个被你察觉到了痛苦的人。”

“……对。”

也许是这个夜晚停靠在路灯下的车子里太安静了，也许是那个女孩儿的声音有种异常安抚人心的力量，余笑不经意间就说出了自己的痛苦和无助：“我也有问题想要请教你，你有没有过这种经历，既没有后路，也不知道未来是怎样的，好像站在废墟上，可被毁掉的其实还是你自己。在别人的眼里你是光彩的，可只有你自己知道，自己的一分一秒都……都……这样的感觉，你知道吗？”

余笑都不知道自己想表达的是什么了。

女孩儿并没有让她等很久，就回答说：“我知道，所以我才要抓住一切能抓住的，一直做自己最想做的，虽然没有后路也没有未来，至少我做过的事情在这个世界上是能留下痕迹的。火熄灭了，也会有灰烬留下。”

年轻的声音仿佛瞬间被赋予岁月的魅力，像一团被借来的温暖，送进了余笑的胸膛。

做自己最想做的。

火熄灭了，也会有灰烬留下。

“谢谢。”是一份很真诚的谢意。

“不客气，是我该谢你。”女孩儿的声音恢复了最初的轻快。

第七章 / 鸡蛋自由

现在能安慰他的人，也只有他自己了。

1

褚年几乎是从自己家拼死“逃”出来的。

他亲爸亲妈找不到“褚年”，就来逼问他这个“儿媳妇”。面对这样的男女混合双打，还有外面各种款式的围观群众，褚年彻底无力招架了。挺着肚子，他嘴里只有翻来覆去几句话：“不让我走，我现在就一尸两命！”“你们是要让我死啊！”

看着他的肚子，也没人敢硬拦他，他就这么走出了小区。回迁小区里的路不怎么平整，他走得很艰难……他这辈子都没感受过的艰难。

从出租车上下来，一直到回了家，褚年才发现自己的一只鞋都没了，脚底脏成了黑的，不知道什么时候磨破了皮。

应该洗脚的，走进卫生间里，褚年却先蹲在马桶边吐了。呕吐的感觉来得很突然，也凶猛，绵绵不绝，一阵儿接着一阵儿，可他的胃里仅有的，不过是那几个半生不熟的鸡蛋而已。

好不容易爬到洗手池边上，他随便洗了洗脸，然后进了浴室洗澡，水浇在身上才发现衣服没脱，流水泡了伤口，细细碎碎地疼。

他爸居然一直在外面有人。

他妈也一直知道。

余笑对他爸妈说“他”是个同性恋，说要结扎，说要他打掉孩子。

他爸原来一直出轨……他爸……褚年潜意识好像还精明着，他知道对他来说，现在最大的问题是让余笑收回那些话，跟他爸妈解释清楚，他应该想好如何去交换和解决。可他控制不住去想，他爸出轨了。

之前余笑的爸爸那个熊样儿，褚年还觉得余笑的低落是矫情，爸妈不好不想就行了，你看他骂自己亲妈不也习惯了吗？直到轮到他自己，他才知道针不扎自己身上果然是真不知道疼的。

现在他是真的疼。太疼了。

热水冲刷在身上，褚年也不知道自己是抓了沐浴露还是洗发液，随便在身上和头发上抹了抹，打了个冷战。

洗完澡出来，勉强把自己擦了个七分干，褚年就躺在床上不动了。

他想找人说话，他想有个人能和他对着吼，他想喝酒或者抽根烟。

但是没有人，连余笑都不要他了。

细瘦的手指摸过平坦的肚皮，褚年轻声说：“孩子呀，你听爸爸说话好不好？你看你妈今天又说不要你了，其实她挺疼你的，你看之前你奶奶来闹腾她都不带管的，知道有你了，她又开始让着我了。世上的爸妈都该稀罕自己的孩子吧？你说这孩子也没啥毛病，长得挺帅，学习挺好，工作也不赖，谁见了都稀罕，怎么了呢？他爸怎么就悄没声儿地在外面一直有人呢？他妈还知道。这是怎么个道理呢？”

当然没有人能回答他，不到九周的小小胚胎安安稳稳地待在母亲的身体里。

想着想着，褚年就睡着了，睡前他拉了一角毯子勉强盖在身上，只有一只手牢牢地捂在自己的小肚子上。

第二天是周一，褚年还记着自己大老远跑去省城提的方案，收拾好了自己，穿着拖鞋拐着脚去上班了。

这一天的工作平静无波，褚年罕有的无精打采让他收到了小玉和韩大姐的慰问。下班的时候，他看见一辆熟悉的车停在了路边。

见到余笑，褚年的心里有点儿发虚。

“其实我爸的事儿我真不知道，你对他有气，你昨天该砸的也砸了，该说的也说了。”坐在车后座上，褚年还怕余笑对他撒气。

余笑的表情很平静，一边开车一边说：“中午吃饭了吗？”

“吃了……吃的鸡腿和馒头。你妈说下午过来送了东西，现在放门卫那儿了，你要是饿了咱们回去吃饭吧，不用往外走了。”褚年看看外面飞驰而过的景色，又问，“你是要去哪儿？”

余笑没有第一时间回答褚年的问题，突然说出口的话却让他的心跳猛地蹿上了一百六：“我想好了，我还是想换回来的。”

“啊？那、那、那我们赶紧回家，不对，你让我回去，今天早上已经四十分了，我两天，不对，我明天晚上就能攒够九十，然后咱们就换回去了。”褚年觉得自己已经语无伦次了。

“但是首先，你要把孩子打了。”

“咚。”

心重重落回来，砸得褚年疼得要命。

“你说什么？”

“我说我可以考虑换回来，但是你要先打掉孩子。昨天我和你爸说的话每个字都是真的，我已经把结扎做了，你再把孩子打掉。我可以很诚实地告诉你，我认为那个计分器在我不再爱你的情况下是不可能有满分出现的，所以就算要换回来，我也会找别的办法，我不信一个游戏就能把我们彻底困住。”

茅山道士、少林和尚、西藏喇嘛、土地老爷黄大仙儿……要是这些本土的不够，日本还有阴阳师，她还可以去英国看看有没有真的巫师，据说美国也有学校，那美国也可以去看看。要是这些都不行，她还可以求助量子力学。

褚年的表情已经彻底错乱了，他猛地从后座往前蹿，一双眼睛盯着自己原本的“兄弟”。

“你去结扎了？！”褚年觉得自己出轨被发现之后一直害怕的事情终于发生了。

“嗯，挺快的，加上醒药时间也不过一个半小时，流产手术会略有难度，但是我已经问过了，人民医院的技术很先进，怀孕还不到十周，风险不大。你做完之后我会请钟点工照顾你。”说起流产的事情，余笑的脸是木的。

褚年咬紧了牙关看着她，半天才说：“余笑，这是你的孩子！”

“从根儿上就烂透了的基因我不想我的孩子继承，这个解释你满意吗？打掉这个孩子，我们想办法换回来，然后离婚，该你的该我的无所谓，我只想跟你们一家人以后再没有一点儿关系。”

“不行！绝对不行！”褚年坐回到座位上，两只手抱紧了自己的肚子。

他几乎要说出口，要是打掉这个孩子余笑就很难再怀孕了。

但也只是几乎而已，心底的酸涩一闪而过，他把舌尖上带毒的话生生咽了回去。

“我不信你！”褚年对余笑说，“先换回来，你自己去打。”

“妊娠十周之内是最好的流产时间，你的时间不多了。至于我换回来的决心你不用担心，你的爸妈连着你自己，都已经超过了我能忍受的底线。”余笑通过后视镜看了褚年一眼，这也是从褚年上车以来余笑第一次看他。

“不行！”褚年还是抱着肚子摇头。

“难道你不想换回来了吗？”

褚年当然想换回来，但是……手指所触摸的位置，那里面就藏着他的“代价”：“余笑，换回来我求之不得，但是让我打孩子没门儿，你要是把我逼急了，我就带着你的这个身体去死，说不定死了一个就换回来了呢。”

余笑冷笑：“你要是有这个胆量，现在就不会过得这么惨了。”

不欢而散。

褚年不是不相信余笑想要换回来，他只是……自己也不明白为什么。

其实一下车他就后悔了，可是就有一种力量拦住了他，让他一瘸一拐地走到门卫那儿拿了余笑妈妈送来的饭，一瘸一拐地走回家，甚至都忘了担心自己的“好兄弟”。

是夜，余笑登上了开往京城的飞机，开始了赭阳东林改造的第二期计划。

不管怎么样，她的事情还是要继续做的。就像那个女孩儿说的那样，她就算是把不会被记住的火，也得有灰烬留下来。

2

褚年看见自己亲妈打给自己的电话，又想起了那句“西厂的杨寡妇”。

他接起了电话。

“余笑啊，我是妈妈，最近身体怎么样呀？我这儿弄了一只农村自家养的老母鸡，明天我炖了给你送过去呀。”

声音甜得让褚年一阵反胃。

褚年他妈难得来之前先打了电话询问，却被褚年直言拒绝了。他不想见他那个其实早就在外面有人的爸，也不想见他这个一直忍着男人出轨的妈。或者说他现在的脑子早就乱糟糟成了一团，工作之外的任何人他都不想见。

除了余笑。

可她发了个短信就飞走了。

快三十岁的男人了，突然知道自己那个家根本是一地鸡毛，他都不知道该说自己的妈演技卓绝，还是该说……他对余笑的背叛真是有根又有据。

第二天下班回家，褚年还是看见那个五十多岁的女人拎着保温桶站在他的家门口。

“余笑啊！”

褚年看见自己亲妈脸上挤出的笑，眼角的皱纹很深。

他心里的防备也很深。

“你来干吗？”

“我给你炖了老母鸡，我跟你讲，这个汤可好了。”

“我不用，我不喝。”

“别啊余笑。”褚年妈妈脸上的表情微微一淡，又重新热情了起来，“褚年又出差了，你一个人在家能做什么好吃的？这个鸡汤我跟你讲是真的好，我还放了红枣、枸杞，你的脸色一直不好，喝了这个汤肯定就好了！”

大夏天的，褚年的妈妈拎着保温桶也不知道站了多久，脸上、脖子上全是汗。

合着你也知道自己儿媳妇脸色一直不好？

合着你也知道自己该怎么对儿媳妇说话？

褚年的嘴张了张，怼人的话又吞了回去，这是自己的妈。

他掏出钥匙开了门：“你进来喝口水凉快一下吧。”

进了房间打开空调，褚年就走进了厨房。早上他煮了四个半生不熟的鸡蛋，吃了两个还剩两个。昨天余笑的妈妈送了些包好的饺子和生馄饨过来，整整齐齐地码放在几个保温盒里。昨儿的晚饭褚年就煮了十来个饺子，连着余笑妈妈炖的排骨一起吃了，剩下的冻了起来。今天的晚饭他打算吃馄饨。

站在儿子家里，褚年的妈妈有心想和从前一样“巡视”一番，但站在卧室门口，她到底没进去，转而也去了厨房。

看见摆在台面上的冻馄饨和剩菜，她的脸色难看了两分，开口说：“这是你妈送来的吧？”

褚年没说话。烧上水，他随手敲开了鸡蛋壳。

“哎？你干吗？”见着“余笑”低头把鸡蛋往嘴里送，褚年的妈妈一步上前把鸡蛋夺了直接扔进了垃圾桶，“有鸡汤你吃什么鸡蛋呐？再说了，鸡蛋是凉的还没熟，你怎么能吃呢？”

褚年生气了，一把抓起另一个鸡蛋，说：“我想吃什么就吃什么，鸡汤我不想喝，我说了不想喝！我让你进来是看你在门口太累太热了，不是让你进来管我的。”

“不是我非要管你，你看看你，怀着孕呢吃生鸡蛋，你不知道这样造孽生不出儿子吗？”

“你又从哪儿学了些歪理？我说了，我想吃什么吃什么，你管不着，你知道什么叫管不着吗？”

褚年的妈妈抓着“她”的手：“你怀了我孙子我怎么管不着？什么都不管你再把孩子弄没了怎么办？啊，我儿子也不知道怎么回事儿突然就疯了，我还没问你到底干了什么呢！好声好气给你送东西，你这是什么语气？”

“好声好气？不说酸话就叫好声好气吗？我吃个鸡蛋你直接给我扔垃圾桶了，这叫好声好气吗？”一把甩开亲妈的手，褚年后退了一步，差点儿撞到烧着水的锅上。

他转身，“啪”地把火关了：“你走吧。我就不该让你进来。”

“又赶我走？”说完这四个字，褚年的妈妈安静了下来。

安静了好一会儿，锅里泛起的细泡泡都变少了，褚年回头，看见他妈站在厨房门口，在哭。

“你们都知道了是吧，都看不起我了，我嫁了个男人在外面养了别人，生了个儿子突然就疯疯癫癫的，你这就看不起我了，赶我走了。”手抓着厨房的门，女人额头上的一缕头发垂下来，夹着不少的白，她抬手，一把的鼻涕眼泪都攥了起来。

“我没有看不起你的意思。”

“呸！你们都看不起我！你以为我不知道，啊？谁都知道褚时捷在外面有人了！我以为褚年不知道，结果他也知道了！谁都知道我苗晓芬连个男人都看不住！我活了一辈子连个男人都看不住！我养出来的儿子说疯就疯了，我儿子给我找的儿媳妇也看不起我！”女人的哽咽突然成了连续不断的抱怨和怒骂，积年的泪水汇成了海，恨不能把所有人都淹死在里面。

褚年说不出心里是什么滋味，只觉得满嘴的酸和苦，拿起装馄饨的盒子又砸回到台子上，心里的郁闷也没有丝毫的纾解，他甚至不忍心再看自己的妈：“我说了，我没有看不起你的意思。”

“你有！你们都有！褚年都有！要不是为了褚年，我能守着褚时捷过一辈子吗？啊？！结果呢？连他也不要我了！他就那么扔下我走了！我做错什么了？我除了一把屎一把尿把他养大我做错什么了？他说要让我断子绝孙！他还说要结扎，他说他喜欢男人……我到底做错什么了？怎么天就突然塌了呢？”声带仿佛被撕裂一样地发出了声响，在层层崩开别人的耳膜之后又戛然而止。

褚年终于转过身看着她：“妈。”

他说了一个字，也不知道该说什么了。他妈妈真的有千错万错，可现在褚年不想说错在她的身上。

坐在厨房门口的地上，褚年的妈妈从乱糟糟的头发里抬起脑袋：“你别叫我妈。”她通红的眼睛看着“余笑”，“你告诉我，你是不是偷了人，这个孩子根本不是褚年的，才把我好好的儿子给折腾疯了？”

褚年笑了，被生生气笑了：“你自己被绿了那么多年，还真把绿帽子当传家宝了？你放心，孩子是褚年的……”想到远在京城的余笑，褚年又干巴巴地说，“她工作也挺顺利的。”

褚年的妈妈眼中还带着怀疑，又逼问道：“那他真的喜欢男人？真的要结扎？”

他没办法否认前天余笑说的那些话，现在的“褚年”就是喜欢男人，就是……

“结扎，她已经做了。”

果然，又是一声撕心裂肺的哭号：“他怎么就那么想不开呢？！有什么事儿不能好好说？！喜欢男的他也得让我抱着孙子啊！对自己的子孙根儿下手算什么呀？！”

喜欢男的也得让你抱孙子？

褚年感觉脸上的肌肉一抽。他从来不知道他妈竟然这么的神奇，每当他心里有所动摇和放松的时候，她就会暴露出让人没办法忍受的那一面。

“妈，你哭完了、闹完了就走吧，我没什么能说的，也没什么能帮的，要是你想揍我爸一顿我可以帮忙，别的我也无能为力。”

至少现在的褚年无能为力。如果他现在还是那个掏钱养着爸妈的褚年，他至少可以用钱来威胁，让他爸把外面处理干净，或者让父母离婚。

是的，离婚。

如果他妈愿意的话。

“揍他？你疯了！你敢揍你公公？！我就没见过你这么大逆不道的儿媳妇！你看看隔壁老刘家的儿媳妇，人家生了两个儿子，天天早上起来给公公婆婆做饭，你看看你，我们买了房子把你娶进门还娶出罪过来了！”

褚年立刻又闭上了嘴，他再说一个字他就连吞二十个生鸡蛋！

转回去，他重新开始烧水：“你走吧，我得做饭了。”

煮馄饨算是做饭吧？

他妈站了起来，一把抓过那个被他放在台上的鸡蛋，也扔进了垃圾桶里。

“你！”

“嫌我烦了是吧？又想赶我走了是吧？你以为我想来看你啊？！要不是为了我孙子，我才懒得理你！我告诉你，褚年现在我是指望不上了，你敢委屈了我孙子，我……”

“妈。”

明明你的儿子就站在你的面前，你却认不出他，你到底指望过什么呀？

褚年沉默了一下，终于妥协一般地说：“到底怎么样你才会走？”

“你把鸡汤喝了。”

行，喝鸡汤是吧？褚年走到客厅，把鸡汤端起来放到餐厅的餐桌上，打开保温桶，他看见了一只整鸡，一只缺了一条腿的“整鸡”。

“怎么少了条腿？”

“你一个人也吃不完，鸡腿给你爸了。”

褚年顿时又不想吃了。他不懂，他妈怎么会是这么一个人。

歇斯底里也好，无理取闹也好，那样的妈是能把他气个半死，可好歹……

怎么讲呢？她是在争取什么的。虽然很扭曲，很让人崩溃，却不会像这只缺了腿的鸡一样，让他有种恶心感，就好像有什么东西真的已经不可挽救地烂了。

吃了一口鸡肉，褚年食之无味，用勺子舀起鸡汤喝了一口。喝第二口之前，他看见了汤里黑色的不明悬浮物。

“妈，你在鸡汤里放了什么？”

“眼光娘娘那儿求的符。我跟你说，可灵了，好多生了儿子去那儿还愿的！”

一阵头晕目眩的褚年看着亲妈灿烂真诚的笑容，猛地冲进了卫生间：“你走！带着你的鸡汤立刻走！你再不走我就去医院打胎！你快走！”

“余笑，你别不识好歹！”

“你赶紧走！抱着你的鸡汤！”想起鸡汤，褚年又想吐了。

一个小时后，褚年终于一个人捧着一碗馄饨坐在客厅的沙发上了，可他还是一点儿胃口都没有。

今天他妈对他造成的伤害，甚至超过了他爸常年出轨这件事本身。他却说不出这种伤害到底从哪里来。

坐着坐着，他掏出手机，现在在他泥泞的生活里，大概只剩余笑一个正常人了。

听褚年说完他今天的遭遇，余笑也沉默了好一会儿。

突然，她笑了一声，声音淡淡地说：“褚年，你还记得吗，你出轨被发现之后跟我说你一定会改，让我原谅你。”

听着余笑的语气，褚年就知道他今天在余笑这里得到的不会是安慰了。

“让我容忍、原谅，继续像从前一样对你好，你不就是希望我成为另一个你妈吗？褚年，你说你爸让你难受，你妈也让你难受，可你怎么不想想，其实你就是他们的孩子，可能你就在复制他们的生活，自己却没有察觉？”从健身器械上起来，余笑擦掉身上的薄汗，蓝牙耳机将她的话语和质问一并送去了万里之外。

“不会的。”

静夜里，褚年的否认连他自己都没办法相信了。

3

余笑的话和自己的亲妈，褚年分不清哪个更让自己难受，辗转反侧，强迫自己睡着又惊醒再睡着的一夜过去了。

早晨，褚年一如既往地起床，在卫生间里收拾好了自己的呕吐物，也收拾好了一切心情。

社会是辆巨大的前行的车子，在效率上的犹豫与自我放纵都会让自己成为车轮下的泥土。褚年深谙这个道理，别说他爸出轨多年，就算是他爸他妈今天现场离婚，他也得把班好好上完。

早饭吃的是煮鸡蛋和饺子，鸡蛋五分熟的，一口气煮了四个，吃了两个，剩下的等晚饭回来吃。饺子煮了十个，褚年吃了七个。昨天晚上装馄饨的碗还泡在水池里，褚年看了一眼时间，到底是把餐具都洗了才走。

九点到了工作室，九点半，一个胖乎乎又颇有气场的身影从不宽敞的楼梯一步一步走了上来。正在分类历年设计图表的褚年转头，看见了牛姐的笑容。

“余笑，‘爱的安全感’这个项目，我联系到了感兴趣的家居品牌，他们愿意考虑在九月的家博会上跟我们合作。”

“真的？”褚年“噌”地一下站了起来，吓了旁边的小玉一跳。

“当然是真的。”牛姐的笑容跟她脖子上挂的欧珀一样灿烂。

“那……那……”用了三秒钟的时间让自己的惊喜被控制住，褚年找回了自己的思维和脑子，“我有什么能做的，牛姐您尽管说，我绝对不含糊。”

“知道你干劲儿足！”拍拍“女人”细瘦的肩膀，牛姐哈哈一笑说，“我已经在省城那边把材料都打包好带过来了，还是得辛苦你做一份详尽的项目计划给品牌方。你和我就在网上联系，计划书里需要什么你尽管提。”

“好的，牛姐。”褚年的语气干劲儿十足。

“来，咱们先来聊聊这个东西怎么做，我这边有一个新的设计想法……”

看着牛姐拉着“余笑”去了会客室，小玉目瞪口呆地摇摇头，对韩大姐说：“笑笑姐这也太拼了，怎么还要做项目书？牛姐用起人来可狠了！”

韩大姐点点头，过了一会儿，却对小玉说：“要是真有能拼的本事，还是得拼。”

小玉皱了一下眉头说：“肚子都要大了，还怎么拼啊？你看那个金财务，一个月没来了吧？”

小玉说的是工作室里的另一个孕妇，褚年来了到现在都还没见过呢。

韩大姐看向不远处满脸发光的“余笑”，问小玉：“你觉得金财务的日子比余笑过得舒服？”

年轻的女孩儿重重点头：“那肯定是了。舒舒服服地躺在家里，还能拿钱，这日子多滋润啊！”

韩大姐安静了下来，继续打着程新需要的文件，过了大概半个小时，她突然说：“小玉，我和你这么大的时候也是这么想的。”

“啊？”

年轻女孩儿发出的疑问词没有再收到回应。

褚年和牛姐讨论了整个项目的框架，心中踌躇满志。

大概是因为这么小小的一点儿成就取得实在算是经历了千难万险，他现在感受到的成就感甚至超过了曾经在池新的各种成功。

“爱的安全感。”讨论终于告一段落，看着这个项目的标题，牛姐忽然一叹，说，“余笑，你知道刘经理看见你这个项目题目的时候说了什么吗？她说，女人对一个家所求的，都在这五个字里了。”

是吗？

从前的褚年并不这么认为，女人总希望老公飞黄腾达，又要老公温柔体贴，要成功又要专一，他知道余笑爱他，又觉得余笑对他的要求和依赖对他来说是一种束缚。安全感？什么是安全感？是钱，是温柔，还是老公健壮有力的身躯？这些都有了，女人会觉得安全吗？未必吧？

现在的褚年看着自己想出来的标题，低下头说："男人也会想要安全感的。"

"是……"牛姐点点头，只说，"好东西谁都想要。"

想起自己从余笑身上在某个瞬间体会到的被保护，褚年认可了"安全感"是很好的、谁都想要的东西。

"余笑，今天周二，连着今天在内，五个工作日，下周二我要看到你的成果。"

"好的，牛姐！"褚年的脸上是自信的笑容，"您放心吧！"

褚年的好心情一直维持到了下班，回家路上，他接到了余笑妈妈的电话。

"笑笑啊，你怎么吃生鸡蛋呢？"

褚年一听就知道这个话是谁传过去的，差点儿又被气笑了："妈，我是吃五分熟的鸡蛋，不是吃生鸡蛋，您不用听我……婆婆瞎说。"

"那可不一样啊笑笑，你现在怀孕了，身体情况不一样，鸡蛋里是有细菌的，半生不熟的鸡蛋连细菌都杀不死，万一再有什么寄生虫，那是会伤到孩子的。"

褚年怎么也没想到，自己就是吃一口鸡蛋就引来了两边妈妈的狂轰滥炸。自己亲妈的那股子疯劲儿已经属于怪力乱神、无药可救的范畴，余笑的妈妈却是摆事实讲道理，更难以反驳："妈，您放心，我也不怎么吃，既然不让我吃，那就算了。"

这话要真是余笑说的，余笑的妈妈还能放心一点儿，可知道女儿皮子下面现在是女婿，她真是无论如何都放心不下来。男人哪里知道孕妇有多少忌讳呀？竟然连不熟的鸡蛋都敢吃，这可绝对不行啊！

余笑的妈妈忧心忡忡："那个，笑笑啊，要不这样，我呢，已经在你家门口的门卫那儿放了一兜煮鸡蛋和咸鸭蛋，你呀，以后想吃鸡蛋呢就吃熟的，你冰箱里那些生鸡蛋就让我先拿回去。"

褚年："……妈，就是一口鸡蛋，不至于吧？"

"这是一口鸡蛋的事儿吗？"余笑的妈妈忍不住急了，声音拔高，又在尾音处轻飘飘地落了下来，"你年纪轻，不知道轻重，你知不知道寄生虫会导致孩子畸形啊？"

褚年："……"

"别说煮不熟的鸡蛋了，什么生鱼片啊、小龙虾啊、螺蛳啊、鳝鱼啊……你都不能吃了，每天就是健康一点儿，吃点儿熟鸡蛋，喝点儿牛奶，吃饭煮点儿鸡肉、牛肉，多吃点儿蔬菜水果，哦，还有银耳汤，你要多补充胶原蛋白，那样孩子生出来才是白白嫩嫩的……"

褚年只觉得自己的脑袋都要被念叨炸了："妈，不用连吃饭都得管起来吧？我实话说吧，您说的那些东西我都不想吃。要是能配着个半生不熟的鸡蛋，我勉强能吃七八个饺子；要是没有这个鸡蛋，我说不定就吃两三个，那您说这个鸡蛋我吃不吃？"

褚年满以为自己都这么说了，余笑的妈妈肯定会让步。说真的，吃半生不熟的鸡蛋感染细菌、寄生虫的概率，在他眼里跟喝水被呛死的概率也差不多了，总不能为了活命就不喝水了吧。

可余笑的妈妈斩钉截铁："那也不能吃！我不是一定要做个坏人，你想吃什么我都不让你吃，问题是你吃这个东西得安全，你得保护好你的孩子……"

孩子、孩子、孩子……

挂了电话，褚年无奈地摸了摸自己的肚子，小声说："你还真金贵啊。"

一番交涉最终以褚年的让步告终。他没觉得在这个事儿上有什么好僵持的，反正他想吃什么吃什么，别人也管不着。

可翻过来的早上，余笑的妈妈又打了电话过来："笑笑啊，我又查了查孕妇有什么不能吃的，已经把链接发到你的微信上了，你要好好做笔记。不是不让你吃东西，但是咱们吃东西之前肯定得先考虑孩子。"

褚年："……"

这顿早饭，褚年剥了一个全熟的鸡蛋，刚闭上眼睛塞进嘴里，就忍不住吐了。最后，他只吃了三个饺子加两口咸鸭蛋的黄。

中午，他又接到了余笑妈妈的电话："笑笑啊，你早上吃的什么？中午吃了什么？晚上打算吃什么？"

褚年觉得自己离看见电话就吐的日子也不远了。

4

今年夏天，赭阳比往年更热，第三次来到赭阳的余笑只在太阳地里走了十分钟，就觉得自己快要被晒瘪了。

“褚经理。”赭阳市城建局的李主任把公文包顶在头顶，眯着眼看着面前这个看起来越发英朗的年轻人，“华洋物流是我们省的行业龙头企业，他们看中了东林那片烂尾楼的一小块地方，对你们整个改造项目来说也是缓解了压力，而且仓储物流中心对这一片的经济带动效果还是会很明显的，所以……当然，市委还没有下决定，毕竟你们天池已经承接了整体改造的计划，这个事情是肯定要跟你们通气的。”

“你说的我都知道，能有别的合作伙伴加入，只要大家步调一致，就是共同前进嘛。”余笑面带微笑，遮掩住了心中突起的不安，正因为赭阳这边的计划有变，她才会乘早上的飞机从京城过来。

“你知道就好。合作这种事情，就是大家取长补短、互有让步嘛，华洋那边的合作诚意是很足的，我们也希望你们作为建筑行业的领军人物能跟我们本土的企业携手并进。”

“李主任的厚望，我会牢记在心，只是不知道华洋到底看中了东林的哪一块地？”

终于走到了东林那块烂尾楼的中心地带，余笑听见李主任说：“就是靠近中心的那栋独立小楼，你们之前打算做女性职业培训中心的。”

“嗡——”

余笑的耳中一阵轰鸣。

“仓储物流中心发展起来，这周围不管是市场还是以后建的商场，都算是有了个基础。”

小小的四层楼早就裸呈在天地间受了十几年的风吹雨打，灰红色的楼外下面有绿色的藓，早被太阳晒得失去了颜色，犹如一块脏污的痕迹一样。就是这样一栋前后都没有着落的小楼，在天池即将进驻这里彻底改造之后，成了一个香饽饽。

未来的仓储物流中心。

英俊的“男人”双手插在裤兜里，仰头看着它，脸上什么表情都没有，然后慢慢移开眼睛，先看向另一边，再开口说：“李主任，不知道市里面对我们想要建小学的这个设计怎么看？”

“当然好啊！”提起小学，李主任笑呵呵地说，“东林这边的教育问题确实是个大问题，别说市里了，连省里都很重视。之前市里也想过让第二小学过来办个分校，但是……”

李主任摇摇头。办学是要钱的，想要整合东林这一片的教学资源，先得给别人“肉”吃吧？可这里能拿出什么来呢？既没有能够拿得出手的企业，也没有让人看得见希望的经济增长点。从前的东林不过是个村子，别的村子城镇化改建之后手里的地都换成了钱，东林这儿却被一块烂尾的地王死死地拖住了，要什么没什么。

话说回来，要是东林有更好的发展空间，这个烂尾地王也早就卖出去第二次做房地产开发了，又怎么会搞什么烂尾楼改建项目呢？

“好在现在这个项目展开了，市七中和实验中学两所省重点都有意向，想把这里作为附属小学。”

归入政府的民生计划之中，又有天池承建，谁不想白捡个小学呢？

“是吗？那可真是太好了。”余笑的脸上还是没有表情，心里却在飞快地组织语言，她必须说点儿什么、做点儿什么，不然她怕是会难受到哭出来。

就在这个瞬间，她的脑海中浮现的是东林这块地的整体规划图。

无论她是余笑也好，褚年也罢，这个项目的整个过程与努力成果都是属于她的。

“李主任，要是这栋小楼改成了物流中心，那这条路和这条路就都要变成车行道了吧？”

“车行道？”李主任随着“褚经理”的手指的方向看过去,只看见了一片烂地。

“啊，是。”虽然仔仔细细看过很多遍规划图了，李主任到底不是专业出身，能记住各个区域模块的功能已经很好了，交通布局并不在他的记忆点上。

余笑恰到好处地皱了一下眉头，转而看着李主任：“可要是这样，学生不可能在车行道上跑操啊！”

“跑操？”

“对，您看，我们原本的设计里面，这个独立小楼外面的路是作为操场使用的，并不能跑车，可要是改建成物流中心了，这条路就得作为跑车的公路存在了。”

而根据有关规定，为了保证教学安全，学生跑操是绝不能上车行道的。

李主任抓着公文包挡太阳的手慢慢地放了下来：“那这样的话？”

“操场没有了，可能……我们改一下设计，可以从后边那块空地上想想办法？”脸上挂着很亲切的笑，“褚年”也没有完全遮掩自己的为难，“您放心，既然你们有意向，那天池这边一定全力配合，再出一份设计，学校东侧这边开出来的地基我们可以考虑填平。”

“这不行。”李主任连忙摆手，说，“学校东边的地基必须盖楼，作为学校的配套设施，和学校的整体规划是一体的。”

这是已经被教育部门敲死的事情。

“褚年”的表情更为难了，只说：“那我们就得再想办法了。您放心，天池合作的诚意一直都在，不会被这些小事影响的。”

李主任拍了拍年轻男人结实的肩膀，用手里的公文包扇掉头上的汗，说：“褚经理，看来之前是我们想简单了。”

“没有没有，华洋入驻对这块地来说是大好事，各位领导确实是立足于东林的整体发展考虑。”

“唉。”李主任叹了口气，“要是这边有个物流中心，至少能解决一些就业问题。”

终于送走了李主任，余笑站在原地，身子轻轻晃了晃。她低下头，看着自己一直插在裤兜里的紧握的两只手，张开，里面全是汗，冷冷的汗。

“褚经理，这样的话，我们的项目还会改吗？”站在她身后的莫北轻声问。

余笑没说话，林组长不禁长出一口气说：“一个是能赚钱的物流中心，一个是得砸钱进去的培训中心，你说呢？”

莫北是个嘴上话少、心里爱琢磨的女孩儿，这么一句，已经足够她知道答案。

“还有办法。”背对着他们的余笑转过头来，“之前我们在城中村里调研的资料有带着吗？”

莫北点了点头。

“那我们回去就整理出来，我要把另一份调查报告做实，然后……”手指张开又并拢，余笑慢慢地说，“最迟下午四点半要做完，然后我给总部打电话。”

做什么报告？

跟着“褚经理”这么久，莫北当然知道整个项目计划中她这位上司最在意的是哪个部分，如今的局面，人们各自顾着各自的利益，各人有各人的出发点，也没有人想到“褚经理”的一番心血东流。

现在，她很想知道自己这个突然变得沉默踏实、不苟言笑的经理到底会如何破局，不只是想要学习工作上的经验。

莫北怎么也没想到，“褚年”让她做的是一份消费能力报告，把他们之前整理过的消费数据统计归纳，再做整理。

这个有什么用呢？

余笑从在东林就开始给设计中心的方教授打电话，两个人谈了四十分钟，通话内容的重点就在于那所小学的跑道有没有别的设计方案。

终于，在推演并否决了数个方案之后，余笑脸上露出了有些疲惫的微笑，她说：“方教授，目前来看，要是小学需要建操场，那就不能在周围建物流中心了，是吗？”

“理论上是这样，物流中心……”方教授轻轻哼了一声，“城中村外面那么多地，那个公司不去建什么物流中心，非要在烂尾地里搞，不就是想要政策扶持，又想着有天池给他什么都建好了嘛。”

是啊，都看得出来蛋糕开始做了，有人闻着味儿就来了，可又能怎么办呢？

“小褚啊，你也别着急，这个事情还是有回转的余地的，你抓的这个点很有道理，让教育部门去顶，比你自己贸然冲上去好多了。”和莫北一样，方教授也深知“褚年”为了那个女性职业培训中心所做的努力。

“您放心，方教授，我知道该怎么做。”

挂了电话，余笑抬手擦掉脸上的汗水，用拳头轻轻打在自己的胸口上：“别急。”她对自己说，“还有办法。”

长时间说话让她的嘴有些干裂，她舔了一下，咽下口水，又打了一个电话。这次的电话是打给傅锦颜的。

“找媒体？”听完了事情的来龙去脉，戴着蓝牙耳机的傅锦颜长眉轻蹙，手指在椅子的扶手上敲个不停，“我觉得你要想找媒体，不如找新媒体，我在赭阳认识一个作者，他朋友是个挺有名的吃播，我一会儿联系他。”

“好，谢谢你，锦颜。”

“这有什么好谢的，你又不是为了你自己的事儿。”电话那头的傅锦颜轻笑了一声，“想着用物流中心促进就业，促进的是哪些人的就业呢？倒是一群因为家庭原因失去了工作的女人，就这么在一次次的权衡里被无视掉了。你放心，你想做的事儿我肯定帮你，再说了，我又不只是帮你。”

说话间，女人修长的双手已经在键盘上敲了起来。

联系完了傅锦颜，余笑翻起了褚年的手机。她记得褚年有个大学同学，毕业后进了一家财经媒体。找到那个人的名字，她深吸了一口气，摁下了拨号键……

莫北的速度很快，下午四点，她揉着手腕儿把一份报告交到了余笑的手里：“经理，我们做的这个消费数据报告有什么用呢？”

“我得用这个向总公司证明女性职业培训中心的必要性。”

经过这件事，余笑很清楚地知道，就算没有华洋，也会有别的人想掺和进来。华洋想要建仓储物流中心，因为占用了小学的活动空间，可能不会成功，但是别的行业就未必有这个限制了。想要解决这个问题，余笑不仅要面对“区域整体考虑”的有关部门，还要对天池内部有所交代。

这份报告，就是她的交代。

女人你们看不见，女人的钱你们总得看见吧？

5

看着本子上自己罗列出的大纲，余笑拨通了池董事长的办公室电话。等了五分钟之后，她的电话被秘书转了进去。

“褚经理，是在赭阳的沟通遇到了什么问题吗？”

听见池谨文的声音，余笑的眼睛死死地盯着自己的本子，声音却尽可能的正常：“董事长，华洋物流对我们计划中建设女性职业培训中心的独立四层小楼编号 A23 产生了兴趣，他们想建造一个仓储物流中心，但是因为车道会占用操场，目前这个想法能否获得赭阳市委的通过还在两可之间。”

池谨文沉声说：“我懂了。”

说完，他挂掉了电话。

十秒钟之后，余笑接到了他的视频邀请。她点了接受，看见戴着金边眼镜的男人已经亲手铺开了项目图，然后找到了那个位置：“A23 作为物流中心确实不合适，但是如果改成其他弱交通性的功能建筑，通过的可能性就很大了。”

池谨文说着话挽起了袖子，看了一眼屏幕，说：“你是不是一天都没喝水了？”

余笑这才察觉到了干渴，接过莫北递来的水连喝半瓶，接着说：“董事长，如果我们天池未来还要做东林附近的整体开发，作为 A23 的功能，我认为没有比女性职业培训中心更好的选择。”

池谨文双手撑在图上，盯着图纸上的那个点说：“仔细说说你的想法。”

“八万常住人口，四万流动人口，十二万人口中真正把钱花在东林当地的，百分之八十是当地成年女性……”

让这些人赚到更多的钱，这些人才会花掉更多的钱。这并不是一个新颖的想法，无论是国家对外的基础设施援助建设，还是各种对欠发达地区的补贴，遵循的都是这个原则。从经济学角度来说，劳动者也是消费者。

这个道理余笑懂，池谨文也懂。余笑在交流之前最怕的就是池谨文虽然懂，却觉得“女人”并不在这个范畴。

好在他不会。

一个小时后，池谨文问余笑：“你就这么笃定你做了这个培训中心，能够带动当地女性就业？”

看着池谨文的眼睛，余笑诚实地摇头：“我不能，但是任何一个项目投资都不能确保盈利，不能说这个项目看起来不赚钱，我们就把它当作可有可无。它不是可有可无的。这个培训中心应该被放在和其他盈利项目相等的位置，而不是随时可能被替换掉。”

“好的，我明白了你的意思。”池谨文直起身，看了一眼“褚年”，又看了看这张设计图，“你说得对，它是我们天池对东林整体改建计划中的一部分，是我们对东林的投资，也是期许，在和赭阳当地的沟通中，你有权代表天池坚持这样的观点。”

终于得到了自己所要的这句话，余笑心里一松，忍不住露出了笑容。

她又费了百倍的力气，把泪水强压了下去。

赭阳东林的那块烂尾地王里的风起云涌，近在咫尺的东林城中村里的人却毫无所觉。

天太热了，一家玩具工厂的制冷系统坏了，很多人不得不带着大包小包的玩具和针线回家完成工作。酷热的阳光下，并不高大的身影或拎或扛着大大的塑料袋穿过厂房、枯萎的草地、干瘪的树、无精打采的陈旧广告牌和卷着热浪的公路，回到同样闷热的城中村里。

临近暑假，上学的孩子们还要经过期末考试的检验，回到家的妈妈、姐姐们在工作之余还要为他们多操一份儿心。

在家开火做饭实在是太热了，那些能用风扇的吱吱呀呀让人得一丝凉爽的小饭馆就成了热闹的好去处，白天的时候人们来来往往，吃了就走；晚上女人们带着她们的手艺活儿就坐在饭馆门口，借着路灯和夏夜的晚风做玩具的填塞。

“你们听说了吗？对面那片地又要搞起来了。”

“干什么？”

“干什么？肯定是卖房子赚钱呀！”

“嘁，这块破地，要是能赚钱还能空这么多年？”

“不是，不是，前头那家做肉夹饼的说，前天有个来这儿拍视频的网红，他说这里要搞学校。”

“什么学校？！”

一听见“学校”两个字，很多人的眼睛都亮了。

说话的女人摇摇头，从饭馆的凉水壶里又接了碗水喝。

饭馆老板也在伸头听她讲后续呢，这时候也顾不上计较那点儿水了。

“啥学校咱也没弄明白，反正还有个什么职业培训中心，说是让大人上的。”

“嗐！”

路灯下的气氛瞬间就冷了下来，比女人喝的那碗凉水还冷。

“培训啥啊？不还得交学费？一天天不能干点儿正事儿，孩子上学多难啊！”

“我还真想知道培训啥，离咱们那么近，真学点儿按摩啊、美容啊、美发啊啥的，也不用见天儿等着工厂那点儿钱了。”

“真想学你早学了！”

“我那孩子才三岁，你让我坐车去城里啊天天的？”

“快别提了，五号楼那个不就是出去给人美容，结果回来跟她家那口子闹离婚了吗？”

“行了吧，这帮男的出去你以为就都是干净人儿？没回来闹不也是指着女的给他照顾老的小的。”说话的还是那个想去学点儿什么的女人，她使劲儿把丝绵填进娃娃的肚子里，笑着说，“反正我是想学点儿什么。”

“万一是教汽修的呢？”

“修车我也学！”那个女人提了声量，在并不凉爽的风里，带着一丝锐气。

就在女人们身后的那个小饭馆儿里，莫北和林组长惊讶地看着褚经理一边吃炒面一边笑。

这几天，他们的日子说不上好过。

华洋物流想要那栋楼的想法被赭阳政府内部弹回去了，就像“褚经理”说的那样，那些人不会容忍一所为孩子们准备的学校因为什么原因而没有建成，尽管他们认为那个职业培训中心可有可无。

正因为如此，华洋的出击像是一个讯号，引来了其他的兀鹫，他们盘旋在东林那块地的上空，也同样盘旋在天池集团代表的头上。

面对这些人，“褚经理”亮出了从总部争取来的态度——预做女性职业培训中心的 A23 和这片地的其他楼房一样，如果要讨论，就要把整块地、每栋楼的功能性一起讨论，而不是只拿出它来，仿佛它就是一件摆在那儿任人抢夺的礼物。

态度不强硬，却足够坚决。

从一些人的态度来看，也足够讨厌。

吃完饭，莫北问笑意还没彻底散去的“男人”：“褚经理，我今儿晚上就把报告赶出来，明天我们就去社保局吗？”

“明天我去，你和老林休息一下，这几天你们热坏了，也累坏了。”四五天的时间，余笑这张脸晒黑了一个度。

还没等莫北说什么，林组长先开口了:“褚经理你自己才该注意呢，要说累，谁比你累呀？”

余笑只笑而已，又说：“要是顺利，我后天回家一趟，大后天就回来。”

目前这个局面必须得余笑全身心地盯上，她得回去先把“后患”解决掉。

6

一个护士一天要面对很多的病人，所以小护士自己都不知道自己是怎么记住那位孕妇的。其实只记住了半张脸，因为那个孕妇大部分时间都戴着口罩。

再次看见她的时候，小护士下意识点了点头，挺好，看着精气神儿比之前好了那么一点点。

“护士，我有点儿事想问一下。”第三次自己来社区医院，褚年自我感觉比之前两次好多了。当然，那么不堪回首的事情他已经忘光了。

“有什么能帮你的呀？”小护士笑了一下，露出一颗虎牙，小小的，很白。

“那个……”褚年用手肘撑在询问台上，压低了声音说，“您听说过吃不熟的鸡蛋能让孩子长鸡屁股这种事儿吗？”

小护士脸上的笑容不变，也压低了声音说：“您这是宫斗剧看腻了，又拿鬼故事当消遣了？”

“那倒没有，其实我也不信。”褚年隔着口罩摸了摸鼻子，又问，“那怎么那些老太太都信呢？”

什么生鸡蛋吃了冤魂缠身，什么孩子长鸡屁股，什么男孩儿也能吃成女孩儿……褚年这些天就遭受着他亲妈这样的信息轰炸，一打开微信就能刷出来十几二十条，也不知道她是从哪儿找的。

“这个问题，您问我我也不知道啊，要不您去找个研究老年人心理问题的专家问问？”

“那倒也不用。”褚年从兜里掏出一个煮鸡蛋，磕破皮，掰掉一块蛋清，问小护士，“就这样的鸡蛋，我能吃吗？”

看着也就三分熟的鸡蛋，小护士说：“太生了，没加热透，有细菌风险，呃，作为护士我是肯定不会说你能吃的。”

“那您能不能告诉我，我吃这个然后被感染的概率有多大？”

小护士看着“她”，慢慢直起了腰：“这位女士，第一、我不是质量监管部门，并不知道这个鸡蛋里面有多少细菌；第二、每个人的体质和抵抗力不同，你要是想做免疫系统检测，建议出门打车去三甲医院找专门项目；第三、我只是个护士，不是姓百名科字全书，回答不了您这么精细的问题。”

褚年蔫儿了。看着这个鸡蛋，他的口水都要流下来了，可这些天两个妈对他进行接力洗脑，让他也不由得忐忑了起来，这才跑来了医院：“可我现在什么都吃不下去，除了这个，要是拿这个拌饭拌肉，我倒是能多吃点儿。”

听他说得可怜，小护士也有些无奈，可她是个护士，只能说：“要是对胎儿和自身健康有影响的事情，我们是肯定不建议做的。”

一直到上了班，面对着电脑里的项目书，褚年才再次打起了精神。

这些天，他几乎可以用春风得意来形容。为了促成这个合作，牛姐在省城遥控指挥，两边的工作室都为他提供了各种便利，某个恍惚之间，他甚至会以为自己还是池新建设里那个年轻有为的明日之星。当然，这得很恍惚才行，毕竟两边加起来才十几个人的工作室肯定跟池新没得比。

可这样的春风得意，会在他下班的瞬间彻底消散。

因为鸡蛋。

因为两个妈。

“笑笑啊，我昨天给你抄的菜谱你有照着吃吗？我最近看了些材料，黄豆那些豆制品你可不能吃了，大豆异黄酮刺激雌性激素分泌，吃多了对孩子不好。花生炖猪蹄富含胶原蛋白，对你和孩子都很好的，明天我做了给你送过去吧？”这是余笑的妈妈。

“观世音菩萨，救七难，解三毒，应二求，二求便是求男求女，若要求男，需在家中西北方摆菩萨像，每日清晨黄昏……”长长的文字从微信进了人的眼里，这是褚年的亲妈。

褚年也不明白他好好的妈怎么就跟这些封建迷信死磕上了。当然他也不明白为什么他那个之前还信奉什么道家眼光娘娘的妈又摆起了佛家的菩萨。

但对着余笑的妈妈，褚年还能应对一下这种关心：“妈，我还一直想吐呢，猪蹄我吃不下。”

大夏天的让一个每天都想吐的人吃猪蹄，这是多天才的想法啊！褚年只是舍不得对余笑的妈妈发火罢了，要是换个人，他早连珠炮一样喷回去了。

“吃不下也要吃呀，猪蹄对孩子好，要不就喝银耳汤？我今天问了，我们老校长的儿媳妇怀孕的时候喝的是燕窝，哎呀，那个孩子生出来是真白、真干净啊！笑笑，你和……褚年本来就白，孩子肯定也白，但是孩子嘛，肯定是越白越好，对吧？那个，要不咱们也买点儿燕窝？”

干燕窝动辄四五千，现在流行的即食燕窝更贵，余笑的妈妈动了这个心，就没打算让自己的女婿掏这个钱。

电话这头的褚年连忙一迭声地拒绝了，开玩笑，他才不吃那个玩意儿呢。再说了，要是燕子的口水真对胎儿好，怎么没看见燕子自己变成人啊？不还是天天被掏窝吗？

这边应付完了余笑的妈，他对自己的亲妈就更不客气了：“你别给我发这种东西了，发了我也不看，你这不叫帮忙，叫祸害人。”

褚年的妈妈又发了《往生咒》过来，说：“我问了大师，你之前吃了那么多生鸡蛋，身上肯定有业障了，赶紧给鸡蛋念念经。”

给鸡蛋念经？我连求自己把身体换回来都没念经呢！人类进化这么多年终于爬上了食物链顶端，就是为了让一个怀孕的人在怀孕的时候这也不能吃那也不能吃，这也得吃那也得吃，最后还要给鸡蛋念经的吗？

褚年觉得自己大概在两个妈的眼里都不是个人了，就是个玉瓶儿，瓶子里装了个崽。

捧着黄瓜、西红柿和一碗拌了咸鸭蛋黄的白水面条，褚年抬头看一眼客厅的墙上，计分器的分数已经到了“97”，可见他这短短几天遭了多少罪啊！

“唉，等余笑回来，我肯定不能让她进来。她不是愿意换回来了吗？就三分，怎么着我得让她给我三分，也不对，说不定……我一会儿打个电话给我爸或者她爸骂上两句，我就直接一百了。”往嘴里塞了一口面条，褚年的心里苦巴巴地盘算着。他已经隐约觉得只靠自己一个人的本事是换不回来了，可他还是得用这些计划来安抚自己。

“咔嚓”，房门打开，一条长腿迈了进来。

“归零，归零，归归归零！”

面对计分器再次归零的局面，褚年表示自己情绪很稳定——如果他左手拿的西红柿没有被他一把抓烂。

“你是要吃西红柿打卤面还得手工做酱吗？”看了一眼那只手，余笑反身关上了门。

褚年抓起纸巾擦了擦，然后连着西红柿和纸巾都扔进了茶几旁的垃圾桶里：“你怎么这么快就回来了？京城的事儿都忙完了？”

“没有，事情越来越多，最初计划时自以为把困难都想清楚了，真做起来才发现自己想得太简单了。”余笑的话说得真心实意。

一开始想的那个女性职业培训中心只不过是她看见了那些女人的现状之后想要做点儿事情。婚姻的失败和这些年经历的挫折让她能够对她们的困境感同身受，让她怀着某种稚嫩的希望想要去做些什么。但是随着事情的不断发展，那个职业培训中心已经成了她必须去完成的事业。

回来的飞机上，余笑想明白了一件事，那个职业培训中心不是她要为别人做的一件事，而是她的前程所系、利益所牵、信念所在，那是她的东西。

说起一个项目的具体流程，褚年的头微微抬起了一点儿，这可是他擅长的方面：“就你这样，真正才工作了多久？如果不是借了我的皮子，你连现在的顺利都不可能有。再说了，就你的脑子，要是什么都让你想明白了，那多少干了多年市场的不得跳楼？”

余笑对这个话表示认可，她在工作的时候明显发现了自己的心理素质不够过硬，工作弹性也不够，至于经验的缺乏那更是逼着她熬夜学习的短板：“所以我打算之后一段时间全心全意扑在工作上，至少在这个项目彻底落实之前，我们基本不可能换回来。”

“为什么？”

“我忙，没时间，我也不放心现在换回来，把这个项目交给你。”

褚年很轻蔑地“嘁”了一声：“说到底你就是不想换回来。”

“我说我想换回来，那就是真的想，我需要骗你吗？褚年，就你现在的状态，我要是不想换根本不需要骗你。”抽出一把椅子坐在客厅里，余笑看着褚年。

她的变化真的很大。

短短的时间里，褚年清晰地感受到了余笑与之前的不同，不仅仅是把本属于他的皮子晒黑了，她变得自信了，不只是因为成了“褚年”占尽优势自信，而是她的脑子清楚了——理智才会让人刚好自信又恰好谦卑。

同时，褚年也察觉到余笑看自己的眼神不再像从前那样藏着恨，好像一些东西确实被她给扔掉了。

他不喜欢这样的余笑，没人会喜欢一个占尽优势又会理智思考的谈判对手。

“好呀。”褚年说，“换回来没问题，先换回来我们再谈别的。”

余笑的嘴角挂着轻轻的弧度，透过她再熟悉不过的皮囊，她也能看到自己的丈夫。

七年来，他嘴里喊过“宝贝”，喊过“笑笑”，喊过“老婆”，现在他什么都不喊了，余笑觉得他终于把自己当成了一个真正的人，就像他在商场上遇到的对手一样。这让余笑有种异样的新奇感，她说：“我说了，我换回来的前提，第一是你把孩子打掉，第二让我把现在的项目做完。”

“那没得谈。”褚年拿起一根黄瓜啃了起来，“我打掉孩子，什么筹码都没了，你说让我相信你……余笑，你跟我说，你要是我，你会信吗？”

余笑想了想，轻声回答说：“我过去不就是选择了相信你吗？还一点点把筹码都给了你。”

褚年：“所以我出轨了呀。”

余笑：“……”

半分钟后，她说：“你说得有道理。”

这次是褚年差点儿被黄瓜呛到。

余笑并没有生气，这让他有些惊讶，也有些他以为自己已经不会有了的心虚。

“既然你想要筹码，我给你。”余笑站起来，从公文包里拿出纸笔，十分钟后，一张薄纸被拍在了褚年的面前——一张《离婚协议书》，上面写着褚年和余笑两个人的个人信息，下面跟着离婚协议的具体内容：目前共同居住的房屋属于褚年婚前财产，离婚后归余笑所有；余笑作为嫁妆的车归余笑所有；全部家电和首饰、名表归余笑所有；两人现金存款共计 ×× 万元，全部归余笑所有。

协议书下面签了一个名字：余笑。

“要是我骗了你，不肯换回来，你就在上面签上你自己的名字，所有的财产就都是你的。”

手指抚过那个签名，褚年冷笑了一下：“你签了余笑的名字，到时候没换回来，咱们做字迹鉴定，这协议有用吗？”

余笑看了他一眼，没说话，又低下头，没一会儿，一张一模一样的协议被拍到了褚年的面前。

这次签的名字是“褚年”。

除了原本的条款之外，还写了“褚年三年内的全部收益扣除生活开支都转给余笑”。

“这下够了吗？”

慢慢啃了一口黄瓜，褚年很坚决地摇了摇头，说：“不行。”

黄瓜碎末儿伴着他的嘴型差点儿喷出来。

他咽下了黄瓜，接着说："余笑，实话实说，这个家里，最值钱的就是'褚年'，三十岁不到的池新建设项目副经理，年轻有为，长得帅，前途远大，事业光明。别说只是区区这套房子，你换成京城二环内的我都得考虑考虑，更不用说这房子本来就该是我的，你也不过是霸占了。你说我为什么要答应你的条件？"

"那我们是又没得谈了？"余笑收起纸笔，身上的T恤随着她的动作勾勒出肩背线条。

"不，有得谈，只要你让这个计分器涨一分，一分就行，我立刻去打了孩子，跟你签离婚协议。"

看一眼那个计分器，余笑摇了摇头："褚年，这个计分器是要感情的，我对你什么感情都没有了，怎么给你分数？"

听完余笑的话，褚年抱紧了肚子："你变成离婚的男人还能说是回归单身，该有的都有了。我现在是个女的，我要是离婚了，那就是个被抛弃的还没有事业的女人。"

余笑慢慢站了起来，低头沉默了一会儿，轻笑了一声说："褚年，你还真是什么都明明白白的。可就是这么明白的你，不仅背叛了婚姻，还想离婚，想让我落到你自己避之唯恐不及的境地里。"

刚刚还满肚子算计的褚年张了张嘴，几秒钟之后才说："其实我当时没想得这么明白，真的，就是被冲昏了头脑。仔细想想其实我也不会……"

"你现在说这些话已经没用了。"

余笑对褚年的再次解释毫不在意了，她的眼睛看向褚年的肚子。在那里，有个小小的生命在孕育，是她曾经满心期盼的孩子，却也有着让她憎恶至极的褚家基因，还有势必给自己牵扯无限麻烦的血亲们。

"你现在怀孕差不多十周，如果想要做手术流产已经是最后的机会，怀孕到底是一件多么危险的事情，你明白吗？你拿孩子做筹码我已经毫不意外了，但是褚年，你问问你自己，你能好好生下来一个孩子，把Ta抚养长大吗？就你爸妈的那种状态，还有你自己对家庭毫无责任心的态度，你觉得你们三个人加起来有多少好东西能够传给后代？”

褚年摸着小肚子，虽然在余笑面前这么做有点儿奇怪，可他还是摸了一圈儿又一圈儿，脸上的表情其实在余笑说起他那对爸妈的时候就已经僵住了。

“你要是觉得不舍得，现在就让计分器给你一分，有了这一分，我立刻就不要这个孩子了。你不给这一分，这个孩子我就得继续怀，继续生。是，生孩子疼我知道，可疼也疼的是你的身体啊，我怕什么？有本事你一辈子不换回来，你换回来，这身体不还是你的？”

余笑觉得自己面对褚年的时候就是在逐步提高自己对“无耻”两个字的耐受程度。

突然想起了什么，她一指下面说：“你还记得吧，你这儿被我扎死口了，你爸妈还以为你喜欢的是男人。褚年，你把孩子打了，我解了这个口儿，跟你爸妈解释你不是喜欢男人的，我们各自放过对方的身体，行不行？”

当然不行。

褚年觉得自己现在就是一个要溺死的人，抓了一块浮木说什么也不肯松手：“我说了，你给我一分，我把孩子打了。”

两人又一次陷入僵局，或者该说这本来就不是一场平等的谈判，所以在不平等的基础上，他们两个一次一次地缠斗却没有结果。

略有些烦躁地在房间里走了两步，余笑说：“褚年，你一定要坚持生下这个孩子，你以为吃亏的是我吗？我要是一直扛着不换回来，直到你分娩，就是你去受着苦给我生了个孩子！”

褚年继续啃黄瓜，毫不在乎地说：“那不是挺好吗？”

余笑无话可说。褚年越是这样，她越发觉得自己没办法和褚年换回来了，自私无耻和不计后果地抓紧利益几乎是刻在了这个男人骨子里。

就在她要走的时候，褚年突然叫住了她，说：“你管管我妈和你妈，我现在要是没有半生不熟的鸡蛋就根本吃不下饭，她们两个还轮着来折腾我，就不让我吃，还说什么细菌感染。吃烧烤还致癌呢，也没见几个烧烤摊儿倒闭呀，怎么到我这儿想吃个鸡蛋就这么难呢？”

余笑的回答是掏出手机打开购物网站，嘴里说：“给你买点儿进口的无菌蛋吧。”

居然还有无菌蛋？褚年的脸一下子亮了起来。

余笑离开之后，褚年低下头摸了摸自己的肚子：“都说生孩子难，我觉得习惯了也还行。想想也是，全世界几十亿人口，不都是女的生出来的吗？也没听谁说因为受不了怀孕的折腾就不生了，对吧？孩子，你看着，等你爸吃饱了，肯定把你养得壮得像头牛。”

看一眼计分器上的“0”，褚年在心里叹了一声。

加加减减，余笑心里估计是个负分啊，他还是得在余笑不在的时候试试自己能不能刷满一百分，不试一次他不甘心啊！

7

楼下车库，余笑坐在车里，她真的不想要那个孩子，可要立刻换回来她又做不到，在这样的死局里，还有褚年在那儿不知死活地蹦跶，既然他执意要生……

余笑打了个电话给自己的妈妈：“妈，褚年怀孕了之后什么都不懂，麻烦您多照顾一下，鸡蛋的事儿您别管了，我给他弄了进口的无菌蛋……他该建档产检了，我下周陪他去。”

打完这个电话，余笑仰头在后座上深吸了一口气，现在跟这些事情相比，她真的更喜欢工作的氛围，哪怕是在太阳底下半天半天地做调研。

她却不知道，她妈跟她打完电话之后又给褚年打了电话：“笑笑啊，褚年跟我说不让我管你吃鸡蛋了，有什么无菌蛋。”

余笑的效率居然这么高？褚年吃着西红柿说：“是啊，妈，这样你就不用担心了！”

“哎呀，你懂什么，要是说无菌就无菌了，那哪儿来的什么假冒伪劣产品呀？细菌的事情，他们那些人能说清楚吗？”

短短几句话的时间，褚年已经感觉到他所期盼的“鸡蛋自由”又一次离他远去了。

但就算余笑的妈妈反对，褚年还是决定要快乐地吃他的无菌蛋，谁说都没用。天天吐得昏天黑地还不想吃饭的感觉，谁受得了谁去受，反正他是受不了。

短短一段时间，褚年已经完全忘了曾经那个吃鸡蛋必须蛋清蛋黄混在一起做到全熟的自己。半熟的鸡蛋拌饭，他吃起来跟吃蟠桃一样。

怀着对无菌蛋的美好想象，褚年看完了自己带回家的资料，又看了半小时电视，就躺在床上玩手机。突然，他的手臂僵了一下。

“嘶——”

痛感突如其来，他甚至还没来得及分辨是从哪里来的，那种扯开了一块肉的感觉就又消失了。

褚年以为是自己一个动作太久了导致血流不通，换了个姿势继续看手机上对道琼斯指数的分析。突然又是一阵痛感袭来，褚年忍不住抬手去揉了一下，才发现自己疼的地方是……胸？！

不仅仅是疼，褚年又仔细摸了摸，他在里面摸到了硬块儿。

余笑虽然瘦，可是该有的也都有，褚年从前也是爱不释手过的，那时候可没有什么硬块儿在里面啊！

勉强揉了两下，褚年感觉到另一边也疼了起来。他连忙双手撑着床，靠着床头坐好，连呼吸都不由得急促了起来。

疼痛就像是这个季节的蚊子一样，你以为它走了，其实它就躲在离你几厘米的地方伺机而动，等你放松了警惕，它又会嗡嗡嗡地与你纠缠。黑暗里，褚年觉得自己的感受变得更加地清晰，那是一种涨疼的感觉，好像有什么东西在往外扒着肉，可那块肉又努力地在里面收缩结成了团。不是很痛，就是很难忍，尤其是偶尔一两下疼还像小耗子一样往旁边的肌肉里蹿。

难耐地抓了两下，褚年想了想，还是对那里面的硬块儿不放心。他拿起手机搜了一下“胸部有硬块儿”，有人告诉他是正常的，忍忍就过去了，也有人说是乳腺增生。

褚年又搜了乳腺增生，很快，“乳腺癌早期症状”几个字刺进了他的眼里。

一扔手机，胸又开始疼，褚年咬着牙骂了一声，又挣扎着把手机拿了回来。

“最好的结果是正常现象，最坏的结果是癌症，道理我都懂，可我现在在疼啊！”

看着网上说的热敷方法，褚年最后还是下床放了些热水，泡了毛巾，敷在胸口上。天气本来就热，褚年最近还有些躁，这毛巾一放上来，他第一感觉就是给自己加了块烙铁。

也不知道是不是心理作用，这么敷了十几分钟他还真觉得不那么疼了，当然也有可能是里面已经烫熟了。

拿掉毛巾，褚年回到床上再低头看看胸前红热的两团，拉了拉睡衣的领子，又把旁边的枕头拿过来盖在上面。

迷迷糊糊睡着了，褚年做了一个梦，梦里有余笑，有他爸妈，他们围着他说：“来，我们给你治病。”

然后他们拿出了银光闪闪的铁勺，往他的胸前挖了过来。

天还没怎么亮，褚年就被惊醒了，再低头看看疼的那两块肉，他拿起手机给余笑的妈妈打了电话。

“笑笑？怎么了？”

“妈……”明知道余笑的妈妈是把自己当了她女儿，褚年在听见她声音的时候还是不由得一阵委屈，“妈，我胸口疼。”

“胸口疼？怎么疼？”

突然醒悟到自己是在和丈母娘研究“自己的胸”，褚年有些不好意思，可在黑夜里被疼劲儿折磨的后怕怂恿着他，他就努力组织语言形容了一下。

余笑的妈妈长出了一口气："哦，你那是以后要产奶水，胸都得变大，疼是正常的，没事儿啊。要不我明天给你弄碗鲫鱼汤送过去吧？"

"不用了。"褚年有点儿说不出的失落，他胸疼了一晚上，还因为这个被噩梦纠缠，可他跟别人说，别人回答说是正常的。

鲫鱼汤有用吗？又不是止痛药！

"对了，笑笑，那个鸡蛋就别买了，我查了，差不多四块钱一个的鸡蛋，就是为了让你吃个半生不熟的，至于吗？全煮熟了营养更好，你怎么就非不吃呢？"

褚年已经无奈了："妈，您要我说多少遍，没有那种鸡蛋我吃不下饭。我本来就吃什么都想吐，您怎么不能体谅体谅我呢？"

"笑笑，你都怀孕了，可不能娇惯自己，以后要吃的苦多着呢，这才到哪儿啊，你怎么就不明白呢？今天你想吃生鸡蛋，那明天你想吃生鸡肉了怎么办？就算吃不下你也得鼓着劲儿吃！"

我就想让自己像个样地活着，你怎么也不明白呢？

挂了电话，他用力搓了搓自己的脸。他可以骂余笑的爸爸"老王八"，可以不接亲爸亲妈的电话，可现在余笑的妈妈是唯一诚心对他好的了，他不能就为了几句话再炸起来。

"算了，去上班了。"褚年只能这么对自己说。

现在能安慰他的人，也只有他自己了。

第八章 / 不太平

曾经那个渴望被妈妈认可的女孩儿已经长大了。

1

余笑并没有如她计划的那样两日往返，刚在赭阳的机场降落，她就接到了来自“同事陈组长（宣传）”的电话。

“褚年，你现在是在京城吗？”陈潞的声音里透着一点儿焦急。

“陈组长，你好，我在外面出差。”

“褚年，你、你也不用一副要跟我撇清到底的样子。我就是告诉你，现在有人一直在联系各位董事，他们对你在东林那块地上的表现很不满。你本来就是被临时抽调的，做事还是小心一点儿比较好，小心总公司的事情没做好，回来也没有位置了。”这几乎是在明示池新建设里有人在搞她。

余笑无声地长出了一口气才说：“陈组长，谢谢你的提醒，我会小心的。”

电话对面，陈潞冷笑了一声说：“褚年，你以为我担着风险给你通风报信，就是为了听你假模假样地一句‘谢谢’吗？”

站在机场的出站口，余笑看着赭阳一如往日的大太阳，轻声说：“你想要什么呢？”

对于这个“破坏”了她的婚姻，一瞬间把一切真相都揭开在她面前的女人，余笑的心里没有什么恨意。她曾暗地里把“陈潞”和“从前的余笑”做了一个比较，怎么说呢？如果所有的“自愿付出”在褚年的心中都毫无价值，那从前的余笑就是毫无价值的。而陈潞不一样，她有一颗能够时刻评估自己和别人价值的心。

在这一点上，褚年一定是对陈潞十分欣赏的，直到陈潞通过“余笑”又彻底否定了褚年作为一个伴侣的价值。也正是陈潞的否定，仿佛短暂地把那颗评估价值的心借给了余笑，让她看清了什么是值得，什么是不值得。

“等你回来，记得给我打电话，我再告诉你我要什么。”女人的尾音里带着小小的钩子。

“不用了。”余笑解开一颗扣子，让自己更舒服一点儿，然后才对着热浪蒸腾的机场公路说，“我回去之后怕是没有时间，我妻子怀孕了，我要好好陪她。陈组长，我出来走了走才发现这世界上好的风景和好的人都不缺。”

“你在拒绝我，褚年？你老婆怀孕了，所以你对我不屑一顾了是吗？我怎么以前不知道你是这么一个顾家的好男人呢？”

余笑没开口，她已经说了她的答案。

“褚年，你当初可不是这么说的。”

“陈组长，今天谢谢你了，如果有机会，我一定报答你。”

陈潞的回答是直接挂掉了电话。

听着忙音，余笑慢慢收起了手机。要是她和褚年换回去了，真离了婚，陈潞还会喜欢褚年吗？

随便吧。

突然之间，余笑明白了一件事情，只要她完成了东林的项目，她就去寻求换回来的机会。等她拿回自己的身体，褚年也就能彻底离开她的生命了。

她不在乎褚年了，一点儿也不在乎了。

“啪”，像是有什么东西在胸口突然被打开了，虽然有轻微的疼，可更多的是舒畅，让她恨不能多多地深吸几口赭阳酷热干燥的空气。

“褚经理，赭阳社保局说他们的王局长想要见你，听语气可能之前说的由社保局这边牵头做职业培训中心的事情有眉目了。”

“是吗？”听着电话，余笑舒心地笑了一下，可见褚年和他那一家子就是个灾星，在她彻底放下之后好运气也立刻来了，“小莫，我现在就往城里赶，你带着社保局要的资料在他们那儿等我。等我从社保局出来，你整理一下咱们这些天的所有成果发回总公司。”

“好的经理。”似乎是被余笑的情绪感染了，莫北的语气听着也是朝气蓬勃，“褚经理，要是这个事情真定下来，我们是不是就可以回去一趟了？”

“要是能跟社保局这边签了职业培训中心的合作协议，我补贴机票钱让你回去休息两天。跟林组长说一声，他们也一样。”怎么也算是过来人，余笑一听就知道莫北是想她的男朋友了。

余笑这一天的好运并没有到此为止，在社保局等她的除了王局长之外，还有一个四十多岁的女人，是省城一家月嫂培训中心的老板。

“我是在网上听说这边要建一个职业培训中心，还是企业和政府合办的，我就想来问一问，能不能给我个地方让我开个分校啊？”

这……这也太好了吧！

有些高壮的王局长站在他们两人中间，面带微笑地说：“钱女士也是我们省里的三八红旗手，这些年解决了不少的就业问题，褚经理，她可是主动找上门要求合作的，诚意十足，你们天池可一定要考虑一下啊！”

“好，一定。”

2

之前那种突如其来的疼好像不明显了，但是胸前总是有一下没一下地发胀，褚年就有些不舒服了。尤其是他还穿着文胸，隔着文胸垫儿想揉也揉不住，可要是把手伸进去……褚年觉得自己做不来。

隔着文胸揉了两下，第三次觉得不舒服的时候他还是把手伸了进去。

“呼——”果然揉一下就舒服一点儿。

天气热，褚年穿的文胸还是全包的，有点儿厚，又热又涨，尤其是下缘位置甚至都积了汗，褚年没有办法，只能垫着纸巾去揉。纸巾上沾了汗，他将之扔在垃圾桶里，觉得身上又是一阵莫名的燥热。

忍过了一段不适，褚年继续在电脑上做项目书。除了项目书之外，他脑子里还在想介绍这一段的PPT该怎么做。

不知不觉，他这一天就这样折腾了七八次。

四点，褚年下意识再次伸出自己的手，还没等他的手到达预定地点，身侧有人戳了他的胸部一下。

“余笑，我看你擦了一天了，是不是开始胸胀了？”

看着韩大姐，褚年点了点头。

“你这文胸不行啊，怎么这样了还穿这么厚带钢圈儿的？捂着了怎么办？”

这本来就有的一块肉还能捂着？

“你要是不舒服就别穿这种文胸了，都怀孕了就别想着还得显身段儿了。你要不知道买什么样的，我晚上估摸着给你买两件你试试。还有，你的这个衬衣啊，也别这么穿了，就穿那种最普通的肥T恤最好，还舒服。”匆匆说完，韩大姐就收拾东西走了，她大女儿快期末考试了，她得回去多看着点儿。

她走了，褚年继续忙自己的工作，小玉又凑了过来：“笑笑姐，你别听韩大姐的，你现在肚子还没显呢，怎么就得穿得又肥又大了？不过你的文胸好像是有点儿紧，你要不就买几个无钢圈的穿，比你这种舒服。”

无钢圈的又是什么？

胸口又有些胀疼，他想去揉一下，在小玉的目光注视下又觉得不好意思。

那边，小玉已经把她常去的内衣店推给了他。看着店铺地址，褚年突然一笑。挺有意思，结婚的、没结婚的都看着他，都能说他两句，就因为他是个“孕妇”。

下班之后，褚年收拾了东西刚要走，就看见韩大姐站在楼梯口等他。

“韩大姐，你怎么又回来了？”

“给，你明天就穿这个，保证舒服。”把手里的黑塑料袋递给褚年，韩大姐又走了。

褚年打开袋子，看见了两件桃红色的背心，不是那种男式的背心，能看见胸前的位置是有一层加厚的。

这边背心还没收起来，那边他的电话又响了，褚年看了一眼来电显示，是余笑的爸爸。

电话那边，余笑爸爸的语气很不客气：“褚年是怎么回事儿，怎么他们公司里都说要换掉他？我早就跟他说过，工作的时候要谦虚谨慎，不要招了别人忌讳，他是怎么搞的？”

褚年的鼻子里出了一个气音，哼着说：“这话你自己跟褚年说去呀，怎么了，他还是个美国人，得让我给他当翻译啊？”

“余笑，你别跟我横啊，我告诉你，我打这个电话来是为了你们好，一会儿你让褚年忙完了打电话给我，我得好好说说他。”

听着这个话，真正的褚年心里真是很不舒服：“怎么，你这个话没头没尾的，光说了褚年得罪人了，你让我怎么传这个话？喂，褚年，我爸说你得罪人了，赶紧打电话给他，就这么说？”

“余笑！”余笑的爸爸提高了音量，开始“教导”自己的女儿，“我有没有跟你说过不要学你妈那么尖酸刻薄？你看看你现在像个什么样子？你之前那么闹腾，我看在你怀孕的分上没跟你一般见识，怎么，给你脸你还不想要了是不是？”

“你给我脸了？真是好大个脸！我怎么不知道你跟我说句话就是给我长脸了呢？你的脸面就挂在嘴皮子上了是吗？我早就说了，你别把我当褚年的袜子、裤子、裤腰带，我不是褚年成仙之后带上天的鸡和犬！”靠在墙上痛痛快快地耍着嘴皮子，褚年觉得自己真是一下子就把这些天的郁闷发泄了出来，“还有，你以后不准再说什么我不能学我妈了，我觉得我妈挺好的，至少比你好多了。我妈知道我怀孕了关心我，你呢？除了给我添堵还能干什么？”

电话里又变成了空洞的信号音，余笑的爸爸把电话挂断了。

应该算是又出了一口恶气，褚年却还是觉得不够舒服。余笑她爸不打这个电话他还没发现，他最近的火气真的很大，好像脑子里有根绳子变得特别脆，随随便便就能断了。

拎着那个塑料袋子往外走，房间里的空调让人的皮肤都凉了下来，一走出去就觉得有一阵热潮糊在皮上，明明觉得哪里都热，身上一摸却还是凉的。长出一口气，褚年摸出手机打给了余笑，别的都好说，余笑现在做的那是他的事业，他可得小心盯着。

“喂？你爸打电话来说你那儿有麻烦了，怎么回事儿？总公司那边建设部的一个经理以前跟我打过交道，你搜搜电话，联系联系他，知道吧，就像我教你的那么说话就行。”

余笑的声音沉着中略有一丝不耐烦：“我这边在整理报告书，你说的事情我已经知道了，没事儿的。现在赭阳这边有一家企业愿意出面和天池一起做职业培训中心的项目，我得赶紧把他们两家企业的情况整理清楚。”

“啊？什么企业啊？”

“是月嫂培训。此外，赭阳社保局还想把营养师培训和厨师培训的课程也都办到东林来。”有当地的有关部门和企业出面支持，余笑觉得自己现在跟谁说话都多了几分底气。

“哦，那挺好。”褚年觉得自己的语气干巴巴的，“你有什么困难可以跟我说。”

“没什么困难，就是老老实实低头做事就行了。”余笑一心二用地审阅着文件，又发现了一处要修改的地方，眉头轻轻皱了一下，用红笔在上面画了个圈儿。

这个圈儿让她想起自己也有事要跟褚年交代：“你的鸡蛋已经到了，快递给你放门卫那儿了，先买了二十个，你想吃再买。”

“嗯，好。”

“有事就告诉我，怀孕真的不容易，我随时等着你改主意。”

“呵，不换回来你就等着当妈吧，我肯定给你生个大胖儿子！”

挂掉电话，褚年不知道为什么觉得心里空荡荡的，他想说“我今天又把你爸骂了一顿，他气得挂电话了”，也想说“今天我觉得胸不舒服，有个热心大姐送了我两件背心，还是桃红色的，你说我穿不穿呢”，可话都没说出口，他觉得怪没意思的。一瞬间，他觉得天更热了。

褚年失魂落魄，一直到电梯快停在家门口了，才想起来余笑给自己买的鸡蛋还在小区门口。

“啪嚓”，电梯门打开。褚年皱起了眉头：“你们在干吗？”

“大师！这就是我儿媳妇！你看看，她是不是被什么给祸害了？”

说话的是褚年的亲妈，在场的除了她之外，还有一个手里拿着黄符纸、头上扎了一条金黄色头巾的男人。

“苗大妈，你别着急，我这就请元君娘娘来驱邪！”

褚年的直接反应是立刻关上电梯门，然后摁下了一层按键。电梯没动，电梯门又被打开了，他一看那个男的手里挥着那个符要冲向自己，连忙手扶着电梯门一脚踹了出去，又把手里拎着的塑料袋“啪”地一下打在了男人的头上。

他亲妈的尖叫声冲向他的脑仁儿：“余笑，这是娘娘庙里的大师，我花了好几百才请他来看看你，你这是干什么呀？！”

褚年怒急攻心地说：“这话我该问你才对吧？！你干什么？你儿子不在家，你找个男人来堵你儿媳妇的门，你是疯了吧！”

“嗷。”被踢中了小腿的男人抱着腿坐在地上，稍微缓过来，又捡起了那张符挣扎着站起来，嘴里说道，“苗大妈，你看你儿媳妇现在对我这么防备，这是她怕我的符！她绝对中邪了！”

“怕你大爷！”看见自己亲妈要冲过来，他又把电梯门关上了，这次电梯直接往下走了。褚年的心里松了一口气，到了一层，他一边快步往保安室走，一边大声喊：“保安，救命啊！有人要伤害孕妇！”

小区里的四个保安一起出马，把那个连现在的褚年踹的一脚都没躲过的男人结结实实地给摁住了，连带着还有褚年他妈。

褚年真的觉得自己的肺都要气炸了，他大声说：“报警，必须报警！”

“也没必要吧。”一个保安看了看“她”，又看了看另一边大声说“我就是来给我儿媳妇看看病”的褚年妈妈，“哪有儿媳妇报警把婆婆抓了的。再说了，你也没事儿，这个人是个骗子，可他也没干什么呀。”

“什么叫没干什么？我刚到家门口他就冲我扑过来，你们电梯里面不是有监控吗？你们自己看啊！怎么叫还没什么？我怎么不能报警抓人了？别说她是我婆婆，她就是我亲妈我也得让警察给我问清楚，她到底想干什么，是想我死吗？是想把我折腾死吗？！”

“你就是中邪了，呜呜呜！保安同志，你们给我评评理，她怀孕了天天想吃生鸡蛋，这不是被脏东西附体了是什么？！我告诉你余笑，你别以为你报警我就怕了你了，我儿子变成现在这样都是你的错！你别以为我不知道！”

听见自己亲妈说着毫不悔改的话，褚年拿起手机拨打了110。

警察到了之后，问清楚了事情的情况，带了那个骗子回去仔细调查，又给“婆媳”两个人做调解。褚年已经无奈了，他不想调解，他就想用法律的铁拳去净一净他亲妈脑子里的水！

“余女士，他们对你没有造成实际伤害……”

“怎么没有伤害？心理伤害不是伤害吗？”他看着自己的亲妈，警察来了她倒是很快服软说自己是被骗了，可见脑子也不是完全没了，他怒骂道，“我想吃个鸡蛋，想怎么吃怎么吃！我没中邪！我就是想吃个鸡蛋！你一边让我给你生孙子，一边我想吃个鸡蛋你就说我是中邪，你才是有问题的吧？！”

女警察连忙把他拉开。

“你们是觉得我在无理取闹是不是？你们以为我是小题大做对不对？从之前到现在，你们问问她，她干过一件好事儿吗？啊？她要是干过一件好事儿，我能是现在这样吗？！”听着尖厉的声音从自己的嘴里发出来，褚年觉得好像有一把刀又从自己的心口上插了进去。

从警察局出来已经是华灯初上，褚年觉得这一天真的过得格外漫长。

这次他没忘记自己的那盒鸡蛋，抱着鸡蛋回到家门口，韩大姐送他的背心还在原地，他捡起那个黑色塑料袋，打开门进了家。

煮了七个鸡蛋，个个的黄都是能流淌的，褚年一口气吃了三个，突然觉得喉头一哽。

整个家里只有客厅顶上的灯是亮的，照在褚年的头顶。

褚年想哭，泪水被他往下吞，嘴里的蛋都咸了。

早起，看着计分器上的“47”，褚年冷冷地一笑。

“看戏挺爽吧？啊！”他想把手里的东西扔出去砸那个计分器，可自己拿的是饭碗，只能重重地“哼”了一声。

今天是周末，按说褚年应该好好休息一下的，可他休息不了，下周二就是他完成项目书的时间节点。昨天省城那边给他传过来的资料有些问题，本来想回家之后再改的，结果回家之后他又热又躁，开着空调都不舒服，就拖到了今天。

在干活儿之前，褚年先洗了个澡，出来的时候拿起了韩大姐送的那个塑料袋。桃红色的背心真的很丑，丑到褚年觉得外面这层黑色塑料袋穿在身上都会更好看，可是摸着也真的很柔软。研究了一下之后，褚年还是把它穿在了身上。虽然后背有点儿松，但是前面真的托得很稳，而且下面不会勒得慌。再想想之前穿的文胸，褚年觉得那简直是给自己上刑。

穿着背心照了照镜子，褚年翻了翻衣柜，从里面找了一条黑色的短裤出来穿上了。虽然真的不好看，但是比他真空穿着睡衣还舒服一点儿，尤其是下面不会积汗了。

褚年有点儿得意，想了想，他掏出了手机。

3

做完项目总结发回了总公司，余笑如实兑现承诺，让莫北他们回家过周末，而她自己则留在了赭阳，以应对突发情况。

打开微信看见照片，她愣了一下。

“你这是在干吗？”

“新造型，给你看看。”

桃红色的背心、黑色的短裤、没干的头发、跷着的二郎腿，褚年完美打造出了一个应该蹲在村边路上晒麦子的“余笑”。

余笑的回答是也拍了一张自拍——英俊的男人坐在酒店的窗前，腿上摆着笔记本电脑，穿着干净整洁的T恤，脸上的棱角清晰好看。

褚年咂咂嘴，两个人的照片滑动一下屏幕就能做出清晰的对比。

一个村头大姐，一个都市精英。

以前的余笑虽然憔悴，但是衣着整洁，做事干净有条理，绝不会这么邋遢。

以前的褚年虽然自诩是个供职大企业的高级人才，却没有这样沉稳的气质。

一个变得更坏，一个变得更好。

褚年突然清楚地意识到，自己是变得更坏的那一个。

“我说，你真的还想换回来吗？”褚年突然问余笑。

余笑的回答和几天前一样：“当然，只要把东林这个项目做完，我就一定换回来。”

褚年哼了一声，对着手机说：“我要是你，看着这两张照片都不想换回来了。”

说完之后，他没有松开手发送信息，而是把信息扔进了垃圾桶。

这话他不能说，就算是一百二十分的诚实，也不能说。

“我妈我是管不了了，你打个电话管管她，她居然带着神棍要来给我驱邪。不过我爸也不是什么好东西，我妈给他打电话，他一听我妈在派出所就把电话给挂了。”

听褚年这么说，余笑忍不住笑了：“那你这个当儿子的把亲妈送进派出所就觉得自己是个好东西？”

“我不是啊，我认啊！”褚年很光棍儿地说，“那我能怎么办呢？我是实在没办法了。余笑，我真想知道你是怎么做到的，就我妈那样，你整整三年，三年都没怎么闹到我面前，要是换了我，我恨不能一周七天打进局子里。”

余笑："嗯……看出来了。"

褚年突然一下不知道该说什么了。

过了一会儿，余笑发来了一条语音："你妈那种性格，就是从别人的身上满足她的支配欲，只要顺着来，就没有麻烦了。再说了，褚年，我从前不是没有闹到你面前的，我还闹回家了呢，结果怎么样呢？你跟我说，让我对你妈包容一点儿，毕竟成了一家人，要在一起过一辈子的。现在想想，我错了，你也错了，明明就是不可忍耐的东西。这样的无理取闹和精神管制足够摧毁一个人的精神，而我以为自己有了爱情和家庭就应该为了它们去容忍。那为什么不是反过来，为了爱情和家庭，我去对抗和消除它们呢？或者，这样的痛苦我只要跟你离婚就不需要再去经历，那根本就不是什么我的一辈子的家人，那是你的。就算我们换回来，也还是你的。"

余笑的声音很平静，她很认真地去剖析曾经的自己和自己的婚姻，既检讨了自己的错误，也发现了褚年曾经更多的不足。这种感觉不再让她感到愤怒或者难过，就像是一个烂尾的项目一样，人们总结它的时候会有两种过程，一种是互相推诿责任、撇清自己，另一种是客观冷静地寻找经验和教训。余笑觉得自己已经从前者过渡到了后者。

褚年却不能接受余笑这样冷静的说法，他宁肯余笑像前些天那么歇斯底里。

把她的语音反复听了三遍，褚年终于想到了该对余笑说什么："你既然什么都明白，那你就去把我妈解决了呀。你要是能把我妈解决了，我……我……你让我干什么我就干什么，打孩子除外。"

听了褚年的话，余笑向上翻了一下，看着褚年发来的那张照片——真的很土，而且很疲惫，但是眼睛是亮的。想了想，她回了一个"好"，然后拨打了褚年妈妈的电话。

电话那边第一声传来，她的眉头就皱了起来："妈，你是不是哭了？"

"儿子啊！你妈我没法儿活了！我这辈子的老脸都让余笑给丢尽了！"

号啕声在耳边炸开，余笑只得把手机移到离自己远一点儿的地方。过了两分钟，她才把手机移回来，淡淡地说：“哭完了吗？”

“褚年，你不能不管妈妈！妈妈只剩你了！你爸也不是个好东西，我都进了派出所了，他一听就把电话给挂了！”

后面这句话有点儿耳熟啊，余笑说：“妈，是你去折腾余笑的，这就是你不对，你哭得再厉害，这事你也不占理。至于……妈，我这个月的钱是不是还没打给你们？”

一听见钱，褚年的妈妈立刻安静了下来：“是，你爸都说了好几次了。褚年啊，你都这么大了，爸妈辛苦把你养大不是为了跟你怄气的。你说你上次说的都是什么话，把你爸给气的，你出差回来了就过来认个错吧，什么喜欢男人，什么乱七八糟的。我知道，你是个好孩子，那些都是气话，对不对？”

余笑不搭这个话茬，只是很镇定地说：“那我一会儿把这个月的钱打到你的微信上。”

“什么？哎？”

余笑查过的，从前无论是每个月的私房钱还是养老钱，褚年都是打到褚年爸爸的银行卡上。这么算起来，褚年月收入是税后一万五，报给家里是一万二，房贷一个月四千七，明面上给父母的钱是三千，这一下就出去了七千七，剩下的四千三再有一千五是褚年的应酬花费，五百块是油钱，只有两千三是他们夫妻两个人的生活开销。

家里的大头收入都靠褚年的年终奖，三年间从最初的三万涨到今年的二十四万，也是他们家庭能够稳定维持的经济基础。这笔钱放在他们夫妻共同的账户里，几年下来的全部支出也不过四万多。因为余笑还攒着钱等孩子要上学的时候置换一套更大的学区房。

可事实上，褚年除了每个月扣下的三千有一千五是给了他爸妈，此外还有别的补贴和奖金，一年下来至少也有两三万，两边加起来一年三四万。而这些钱，余笑从来不知道。她更不知道褚年的个人存款竟然有接近十万。

现在余笑升职之后的收入是税后年薪二十万，还有总公司一天两百一个月六千的项目补贴，她不介意掏点儿钱让褚年的妈妈安静下来。虽然她从前一个月拿两千三的生活费还要给褚年的妈妈交账。

“妈，只要你别再去骚扰余笑，我一个月打四千给你。”她说。

“钱给我？”褚年的妈妈还有些蒙。

“对，我把钱给你。”

“哎呀，你这话我怎么听着不对啊，褚年，妈妈是只要钱的人吗？我那是关心余笑啊！你就打我微信上吧，我这个微信有指纹支付的，安全着呢！”

余笑打了三千过去，又说要是褚年的妈妈表现得好，过半个月再把另外一千打过去。

说完她就把电话挂了，实在不想再虚与委蛇。有这个时间，她更想给她自己的妈妈打电话，那个虽然说话不好听，虽然有很多问题，但是总关心她是不是缺钱花、每年都给她两三万“支援”的妈妈。

褚年脱了黑色短裤，在背心的外面套了一件黑色睡裙，照着镜子看看，再把快干了的头发梳得整齐一点儿……他觉得自己现在看起来好多了，就又拍了一张照片发给余笑，再找出余笑发过来的照片比较一下，看着比之前相配多了，也不知道为什么就笑了。

突然，褚年收到了余笑发过来的消息：“你妈那边我算是解决了，书房的书架底层有个蓝色皮的本子，你就跟着本子上写的做吧。”

书房的书架底层？褚年走进书房打开书架，从底层拿出了一个蓝色的本子——“怀孕之后要做的事情”。再翻一页，上面用彩色铅笔画着小小的婴儿，歪着头笑，手里抱着一个球，很可爱的样子。

“我的宝宝，今天妈妈第一次知道你的存在，只能匆匆忙忙开始准备上岗，虽然是个菜鸟妈妈，你也不能嫌弃啊……人生都有第一次，你第一次来到人世，妈妈也第一次成为一个妈妈，没有实习期，也没有从业考试，只能请你多多包涵，多多指教啦！”

一开始还有些莫名其妙，看了四五页之后，褚年突然意识到这个本子上的内容是什么时候写的了。

三年前……

余笑怀着上一个孩子的时候。

4

周末和妈妈打过电话，余笑的心情说不上变得更好，但也没有变得更坏。

爸爸又被褚年给气了一顿，生了一天的闷气，第二天还放狠话说再也不管女儿女婿了。

妈妈是笑着复述的，说完之后又是一阵嘲笑——当然是对着余笑她爸。可是笑完了，妈妈也提起了另一件事："笑笑，褚年这么搞，解恨是解恨了，可他说到底是你爸，等你换回来了，你们父女两个可怎么办呢？"

余笑只安抚她妈说不用担心，想想到时候有个无论如何要离婚的女儿，她爸现在受的这点儿刺激也不过是打个预防针罢了。

"妈，我给你打了五千块钱。"

"哎？你干吗？"

"钱是我自己赚的，给我爸妈花不是理所应当吗？"

余笑的妈妈只觉得女儿飘了："褚年怀孕了，以后要花钱的地方多着呢。"说完这句话，她突然哼哧哼哧地憋笑了两声，然后"哈哈哈"地笑了出来，"褚年怀孕了，这话……我怎么说得这么顺呢？"

说完又笑了一阵，好一会儿，余笑的妈妈才接着说："就跟我养了个儿子、娶了个儿媳妇似的。不过啊，褚年当姑娘比你娇多了，俏生生的一双眼睛看人。你就差点儿，从小就知道看书，都看呆了。"

这话不知褒贬，余笑的笑有些无奈："妈，听你的意思，你还想要个儿子呢？"

"要儿子？我要儿子干吗？我好好的闺女多好啊！我生你的时候，憋着一口气问男的女的，那个护士我记得姓黄，说是生了个女儿，当时我可高兴了，我说我攒了可好看的布能给你做裙子，从小到大都够了。结果裙子的样子越来越好看，我给你买新的都不够，哪儿还用做？你爸那个败家的还悄没声地把布都送了老家的亲戚……送了快两年我才知道，我还跟他吵了一架。唉，别提了，那时候真是……”

余笑的妈妈长出了一口气，转了话头："笑笑，你是个女孩儿，妈妈一直觉得是最好的，真的。当男人好妈妈知道，可有个你这样的女儿，妈妈挺骄傲的。犯过傻，有过错，受了点儿挫折都没什么，谁能没点儿波折呢？可那股劲儿过去了，人还是得开始对自己好，不然不就是干折腾自己了吗？”

余笑直觉自己的妈妈知道了，知道了自己有过不换回来的想法，这是在侧面提醒自己。可她也没有证据，而她妈妈这样的话，余笑从前从来没听过。她读书的时候听过爸爸说以她为荣，可荣耀短暂，随着她的青春期一起结束了。她妈从前对她都是嫌弃居多，这样的话，在她的记忆里是第一次。

“妈，这些话你早几年跟我说，效果应该会更好。”

余笑这句话是真心的。随着年龄的增长，夸奖和鼓励带来的安慰效果在递减，刚听到妈妈这么说的时候她觉得自己可能会哭，但是没有，因为曾经那个渴望被妈妈认可的女孩儿已经长大了。

当一个人学会了第一时间揣测别人的意图和动机，那说明一切的好与不好在击中她之前都要先穿过一面名叫理性的墙。挂掉电话之后，余笑突然惊觉她把这堵墙建起来，也不过短短的一点儿时间而已。

周一上午，被放回家过周末的都回来了，他们这一天的行程很紧，又有两家企业的代表从外地过来，想谈一下进驻东林的事情。虽然招商这一块儿的主力是当地政府，不过余笑作为承建方也要去作陪，也算是现场答疑。

“小莫，今天国资委刘主任要的那份证明，你回去写个申请，最好今天下午就能盖章，找快递发过来。”坐在车上，余笑给莫北安排工作，说完之后回过头去，只看见莫北正愣愣地看着窗外出神，“小莫，你怎么了？”

他们今天坐的是一辆七座商务车，除了他们两个还有其他人。同行的小姑娘戳了戳莫北的手臂。莫北猛地回过神来，就看见“褚经理”正看着自己。

“经理，对不起。”

“你……今天国资委刘主任要的那份证明，你立刻发个申请回公司，让他们最好今天下午盖章发出来。”

“是，经理。”

余笑转过头去继续整理自己的工作所得，没再说话。

莫北低下头写申请，过了一会儿，她又忍不住抬起头，看向正认真工作的“褚年”，又环顾着车里的其他人。

5

“把所有对孕妇好的东西都吃下去，这是要把孕妇活活撑死吧？”

盯着自己的午餐，嘴里这么抱怨着，褚年还是拿出一个三分熟的鸡蛋，磕开，把没熟透的蛋清倒进米饭里，蛋黄用筷子拨着放在一边。

番茄炖牛腩、清炒西蓝花，褚年今天的午饭比平时丰盛很多，因为他是照着余笑的笔记点的菜——要优质蛋白，要足够的蔬菜，要均衡膳食、营养搭配，还要保持低胆固醇摄入。为了最后这句话，褚年今天早上就吃了一个蛋黄，中午干脆就不吃蛋黄了，他觉得自己已经付出了超绝的忍耐力。

拌进了番茄牛腩的饭是热的，第一口顺着嗓子眼儿下去，褚年就觉得不太想吃了，可他还是用勺子又挖了一口送进嘴里。

蔬菜、优质蛋白……唉。

一碗饭褚年吃了二分之一，牛腩几乎吃完了，番茄汤泡饭也吃了不少，西蓝花吃了二分之一，半熟的鸡蛋白又吃了一个。吃完之后褚年觉得自己已经成了一个勇敢的战士，顽强地与反胃感做斗争。

余笑的笔记给他带来的影响不只是这些。

下班之后，褚年没有像平时一样打车，而是走到公交车站坐了公交。四站之后，他从公交车上下来，去附近的超市买了水果，然后慢慢走回家。

余笑的笔记上说，孕妇应该每天都有适当的运动。

褚年今天穿了短裤和T恤，脚踩运动鞋，背后背了个书包，买的水果什么的都放在了里面。一边走，他一边想自己晚上吃什么。做饭，褚年只会点儿最基础的，可余笑写了“尽量给自己做点儿健康的，不吃外卖”，这让褚年有点儿为难。

“要不让余笑她妈明天给我送点儿饭过来？”

褚年觉得这个想法不错。余笑她妈做饭挺好吃的，也就比余笑稍差一点点。

当然，从前的褚年并不这么想，他早就觉得余笑做的饭太单一了，只会蒸炸炖炒煮，换个花样也不过是做个寿司、牛排、烤鱼什么的。如今一个月八成的时间在吃外卖，还不停地被孕吐折磨，余笑的手艺在他的心里已经成功地母猪赛貂蝉。

“同学！同学！你的书包！”

就在褚年怀念余笑厨艺的时候，他被人拦下了：“同学，你的书包拉链开了。”

“啊？”褚年看着站在面前的年轻男孩子，茫然地拿下书包，果然看见外袋是拉开的，里面也没有东西，应该是他自己下班的时候没弄好。

“谢谢啊！”

“同学你太客气啦！”

等那个男孩子走了，褚年突然乐了。哎呀，他这是被人当成女高中生了？

抬手摸一把自己的肚子，褚年觉得这事儿应该跟余笑说一下。看，老子能当村头大姐，也能变成女高中生，没想到吧？

但他发过去的微信和自拍迟迟没有得到回复。

回到家，褚年从冰箱里翻出最后一盒余笑妈妈包的馄饨煮了，又在里面烫了一把青菜，配着一个鸡蛋。

看着馄饨上的那一层绿，褚年挺有成就感的，又拍了一张照片发给余笑，依然没有得到回复。

6

手机扣在桌上，余笑一直看着对面坐着的女孩儿："你申请调职的理由就是你男朋友不希望你再出差了？"

咬着下嘴唇，莫北轻轻点头。

"你不要只告诉我你的男朋友怎么想，你告诉我，你自己也是这么想的吗？"

莫北看着"褚经理"，她应该点头的，却没点下去。

"莫北，说实话，在第一次来赭阳之前，我一直觉得你就是个很普通的小姑娘，写写文件和合同，在办公室里混混日子，但是来了赭阳之后，我发现你比我想象中更有韧劲儿，更努力，也更积极。不止我一个人这么想，林组长也不止一次跟我夸过你，还有别人……设计中心的方教授也对你的踏实认真很赞赏。现在你告诉我，因为你男朋友不想你继续出差，你就要放弃这个职位吗？坦白说吧，之前我在总公司那儿很被动，因为有人说我不顾全大局，有两个董事一直在游说各方，想把我从这个项目调离。这背后是谁搞的鬼，我大概知道，我觉得你也不是猜不到。你觉得现在这个局面，你回到池新的市场部，还会有什么好的发展吗？"

过了好久，莫北说："褚经理，我已经二十七岁了，在公司一直做文员，上升空间也不大。我男朋友昨天跟我说，他想明年就结婚，可这个项目至少也得做到明年，我不能婚礼之前就这么一趟趟往回跑吧？而且……"她有些难堪地红了脸，"我这次回去听了一些话，真的不好听。褚经理，您别问我了，我、我真的……我真怕要是这么下去，我男朋友就不要我了。"

余笑的双手交握在一起，用指肚压着指节，她看着这个自己很喜欢的小姑娘说："所以，你男朋友的话、别人的话，就成了你自己的个人意愿了是吗？"

"褚经理，这不是谁的意愿的问题，我今年二十七岁，和我男朋友谈了两年半，两边爸妈、亲戚都见过了，结婚是必然的，难道我能为了一份工作就什么都不管不顾了吗？"莫北意识到自己的声音太大了，噎了一下，两只手不安地绞在一起，说话的声音又低了下来，“您别以为我是什么追求事业成功的大女人，我只想安安稳稳的，在该做什么的时间就做什么。”

看着她，余笑没有再说什么，只勾起嘴唇笑了一下：“好吧，我会考虑你的调职申请，但是工作不能耽误了，早点儿休息，明天我们还要出门。”

“好的，经理你也……晚安。”

莫北从房间出来，右手抬起来，用无名指擦掉眼角的泪水。

房间里，余笑坐在桌前，保持着双手交握的姿势动也没动一下。

十分钟后，她拨通了一个人事部同事的电话：“是的，莫北的资料和紧急联系人电话，麻烦您尽快……什么，现在还在加班？那麻烦你了，没什么大事儿，就是小姑娘想要调职，我看看能不能联系她父母劝一下……对，你也知道，上个月的内部评价我们这边都给了她 A+，现在调走实在太可惜了。”

挂掉电话没一会儿，余笑的工作邮箱就有了来件提示。打开邮件之前，余笑是有点儿犹豫的。她一个连自己的人生都还没有完全掌握的人，有什么资格对别人的选择指手画脚呢？在几天之前，她甚至还完全否定自己，觉得自己过去将近三十年的人生根本没有存在的必要，这样的人能够判定别人做的事情是对是错吗？明明佯装出一副成功者的自信样子已经耗尽了力气。

但是，余笑还是打开了邮件。

根据档案来看，莫北的爸爸是个医生，妈妈应该已经退休了，退休前的工作是个外贸公司的财务。莫北还有个哥哥，叫莫南，现在在银行工作。

莫北留的紧急联系电话是她妈妈的。

手指在手机屏幕上拈了两下，余笑输入手机号码，往椅背轻靠了上去：“喂，您好，阿姨，我是莫北的上级，我叫褚年……”

“您好，褚经理，我们家北北经常提起你，她一直说她组长，啊不，现在是经理了，真的是又帅又能干。不知道您打电话过来，是不是莫北出什么事儿了？她昨天走的时候还好好的。”

“不是的，阿姨，我是想问一下，目前你们对莫北的工作有什么不满的地方吗？因为莫北真的是个很勤恳踏实的员工，上个月我们的公司内部评测她是A+，全部门第一，我没想到她回家一次就向我提出了调职申请。我想知道到底是什么原因促使我手下的优秀员工想要更换岗位。”

第二天，余笑在吃早饭的时候遇到了林组长。说遇到应该不恰当，林组长显然是故意在等她的。

“褚经理，莫北现在回去真是前期多少功劳都给抹了，咱们得想想办法，这小姑娘工作干得好好的，要是被一群长舌头的给耽误了，那就太可惜了呀。”林组长的热心耿直一如既往，他坐在余笑边上，饭都顾不上吃了，掰着手指头跟她算莫北这个小姑娘虽然不声不响但是很能干，那架势简直是把莫北当成了关羽在请功，“经理啊，你可得想办法把她脑袋里的水倒干净啊，项目成了，她至少在总公司大佬们面前也挂了名了，可不能这时候什么都不要了呀！”

余笑只是笑着听，听完之后她拍拍林组长的肩膀说：“我们还是要尊重员工自己的意愿。”

林组长那张糙脸顿时跟被人一拳捶了脑袋似的。

吃完早饭在酒店门口集合出发，他看着莫北几次欲言又止。

莫北戴着眼镜，一直低着头不说话。

忙了一上午，送走了来看现场的企业代表，下午那顿迟来的午饭照旧是要去城中村里解决。余笑随手从莫北的手里拿过装着文件的袋子，说：“还是那家凉皮肉夹馍的店吧，他们家有炒菜，再从隔壁买只烧鸡，今天下午还有得忙，大家辛苦了。”

看着“褚经理”的背影，莫北想说什么，又咽了回去。

午饭，他们吃得不太平。

小小的窄巷本该在夏日的午后安睡，却被一场嘈杂惊醒了。人们探出头，看见一男一女撕扯在一起。

“我就是要离婚怎么了？我怎么就不能离婚了？我二十三岁跟了你，到现在都十三年了，我过过一天好日子吗？我离了你自己过日子怎么了？！”女人拽着自己的包，反手去挠那个不让她走的男人。

“妈！你不要我了吗？”十岁的孩子在旁边哭。

另有一个老妇人抓着他的手，不让他往他妈跟前去。

“妈得先顾了自己！妈连自己都顾不好，配给你当妈吗？！”

男人说什么也不松手，大声嚷嚷着：“说到底你就是嫌我没本事！”

“老娘嫌你没本事，老娘跟着你累死累活十几年，给你养了个崽！老娘是从前傻，现在聪明了！”

孩子“哇”的一声被吓哭了，老妇人一巴掌打在他的脑袋上：“哭什么！你妈出去找野男人了！不要你了！”

女人冲向她，嘴里吼着：“死老太婆你说什么呢？！”

坐在店里，混乱就发生在离他们几米远的地方，除了余笑，其他人都忍不住探头去看。林组长叹了一口气说：“有这个孩子在，这个妈八成走不了。唉，这个男人真是不行，人家十几年也对这个家付出了，离婚还非要闹着这么难看。”

林组长这话让余笑抬起了头。她听着外面男人又吼着什么话，女人尖厉的声音又把男人压了下去，不禁摇头：“有的男人觉得妻子是自己的财产，在心里给妻子划定了一个他觉得对方应该在的位置，要是对方不待了，对他们来说就是财产的损失。”

饭店的老板娘正好路过，听见她的话笑了一声说：“文化人就是文化人。那你说说，这男人这么没本事，又怎么把女人留了这么多年呢？”

“法子不都在那儿用着吗，打孩子，说女方出轨，说女方嫌贫爱富……没有一招新鲜的，却都好用。”说这句话的时候，余笑克制自己没有去看莫北。

女老板送了菜，探头看着还在争吵的两人，又问这个“大帅哥”：“那你说该怎么办啊？”

余笑没有回答。怎么办？够狠就完了。

这是所有人都知道的答案，只是做不到罢了。

“刺啦！”

“啪！”

外面那个女人的包被扯烂了，乱七八糟的东西掉了出来，不过一本书、几件内衣内裤，还有件小孩儿的衣服。

挨了一个耳光的女人被头发盖住了半张脸，她看看地上的糟乱，一只手抓着已经被扯开的衣领，一只手抓起了自己的身份证：“我已经起诉离婚了，你之前打我的，我也去医院拍照了，还有证人。你们黄家在东林人多，孩子我要不来我知道，可我离婚，法官不姓黄吧？你再打，你今天打不死我，我今天就走定了！”女人的眼神是冷的，比夏天里往外冒着白气儿的冰还冷。

男人急红了眼，从路边的案板上抄起一把菜刀就要砍下去，却被人抓住了手臂。

“放下！”

发疯的男人寻常一两个人制不住，更何况他手上还有刀。就在他要挣脱的时候，又有人冲上来，一个扳他的手臂，一个抱他的腰。扳他手臂的那个人身材高挑，一只手试图夺刀，另一只手抓着他的头发往外拽。

“你们放开我！”

“你把刀放下！”

另一边，穿着橘红色裤子的老板娘抓着被吓傻的女人就往外跑。

莫北哆嗦着手打电话报警。看着“褚经理”在那儿奋力抢刀，她的眼泪都要吓出来了。刚刚有人说男的打人了，他们才冲出来的，没想到居然会这样。

“当啷！”菜刀掉在了地上。

仿佛过了好一会儿，余笑觉得手臂一疼，只见一条血线在上面渐渐形成。

7

今天对褚年来说是个好日子，他成功完成了项目书，牛姐从省城跑来看过后对他大加赞赏：“只要这份项目书在刘经理那边通过了，对方第一笔钱打过来，我就先分你个大红包！”

“嘿嘿，牛姐，红包不重要，我就想知道，这个项目还是我负责吧？”

穿着绿色裙子的牛姐笑得像一朵大丽花：“设计方面当然是设计师负责，但是市场规划和具体执行我就交给你了。你现在身体不方便，要是有什么需要跑腿的就让小玉去干。”

听见牛姐这么说，褚年的心里长出了一口气，在这个小小的工作室里，他总算有了个不会被人轻易取代的位置了：“牛姐，您放心，工作方面我肯定做好，绝不拖后腿。”

“应该是我催着别人，让他们别给你拖后腿才对。”

说完了工作，牛姐下楼去拎了两个大袋子上来，对褚年说：“我听程新说你老公一直在出差，你要是生活上有什么需要帮忙的尽管开口。我前两天去了南方，看见他们那儿做的睡裙实在是好看，可惜我宽大，他们的版型小，这两件我图好看买的，想来想去只有你能穿。”

睡裙明明是给孕妇买的专款，褚年又不傻，还有两件分明就是孕妇装嘛。看着这些东西，他诚心诚意地跟牛姐道谢，别的不说，一个孕妇碰到这么一个大老板，真的是彩票中奖了。

“牛姐，这个是什么？”

牛姐把褚年举着瓶子的手摁了下去：“这个是我听我有了孩子的朋友推荐买的洗液，你知道的，怀孕了更得注意嘛，进口的。”

褚年：不，我不懂。

8

派出所门口，余笑看了一眼手臂上包着的纱布，对特意赶来的李主任致歉：“一点儿小事，真是麻烦您了。”

“这哪里是小事！东林这个地方的治安真的很成问题，我会跟你们上级部门反映的，两个人动手撕扯到动刀十几分钟了，你们派出所就在街对面，这是怎么维护当地治安的？！”李主任除了第一句话之外都是对当地警方的不满。

送他们出来的小警察说不出话。东林是城中村，人员结构复杂，治安管理的难度很大，就今天这个事儿，巷子那么窄，人那么多，他们警察进去光跑就跑了六分钟——说是跑进去，不如说是挤着蹭进去的。

余笑的另一边站着的是这次和他们一起来赭阳的法务，姓江。知道莫北报警了之后，余笑的第一反应就是把他给找来了。

“褚经理，咱们就是坚决不调解，申请司法鉴定走程序是吗？”

“对。”

“那好，事情交给我就行了。这案子好办，我大概率怼得那孙子（zei）去吃牢饭。”

看一眼名叫江今的法务，余笑说：“麻烦你了。”

回到酒店，坐在床上，余笑才开始后怕，银晃晃的刀光在她面前闪来闪去，她自己都不知道自己怎么就有那个胆量敢去夺刀。抬起没受伤的手捂住眼睛，她依稀还能看见血渗出来的画面。

就在这时，她接到一个电话。

“听说你受伤的时候，我还以为自己记错了，是把你派去当了战地记者。”

面对池谨文难得一见的讽刺语气，余笑只能干笑：“董事长，是我莽撞了。”

“最近的事情你不用担心，只要用成绩说话，就不是别人动动嘴皮子就能把你抹下去的。”

余笑知道池谨文说的是最近一些董事想把她从赭阳调走的事情，在做好总结交回公司之后，她大概也就知道自己没事儿了。但是能被董事长这样直接肯定，她还是高兴的。

“谢谢您。”

“我是实话实说，又不是在刻意夸大地夸奖你，有什么好谢的。”

通话刚结束，她的房门又被敲响了。

“褚经理，我买了些保鲜膜，你要是想洗澡可以用。”站在房间门口，莫北的脸色很纠结，她递出了保鲜膜，神情比保鲜膜的外包装还要复杂，“经理，那个……那个调职申请，我能先撤回吗？昨天我妈给我打了电话，谢谢您为了我的事儿这么忙碌……”莫北有些不好意思地把头低得更低了，“她骂了我一个小时，我还有点儿不服气，可是今天我知道了，是我想错了。”

“什么调职申请？我记得，按照公司规定，口头申请是没有任何效力的。”

“啊？哦！是！”莫北激动地点了两下头，下意识地跳了一下才说，“经理你好好休息，你、你、你今天见义勇为太帅了，我走了！”

目送莫北离开，余笑握着保鲜膜无奈地笑了笑，心里高兴的小泡泡却一个接一个地冒了出来。

真好。她说不出来是什么真好，却觉得有这么一刻在，这一天的忙碌、惊惶，甚至身上挨的浅浅的这一刀都有了点儿意义。像是伸手穿过时光之河，给了另一个人一个响亮的耳光，说“嘿，醒醒”，那个人就真的醒过来了，站在三岔口，她走上了另一条路。

高大的“男人”站在房间门口，虽然有伤，还是高兴得想去撸铁。

9

春风得意马蹄疾，说的就是褚年。

明明天气很热，明明又忙了一天的交流对接，回家路上，褚年还是走得精神抖擞，直到他看见一个人站在小区门口。

“爸？你怎么来了？”

余笑的爸爸背着手，哼了一声说：“天这么热，你怎么走回来了？”

“那个……我多活动活动。”

“活动是应该的，对孩子好。”

说完这句，“父女”两个相对无言。

过了大概十秒钟，余笑的爸爸开口了:“褚年不在家，你一个人得谨慎点儿。也不知道你是怎么了，年纪也不小了，做事越来越毛躁，你看看你刚刚走路的样子，哪里像个要当妈妈的人？”

褚年点点头，说：“哦。”

“去医院做检查了吗？”

“之前做了，结果都挺好的，就是我自己……那个，爸，要不你进去歇歇吧。”

“不用了。褚年不在家，你别以为自己就能撒野了，赶紧回家，好好休息！”

这话褚年又不爱听了，可也没到想吵架的份上，只说：“嗯，知道了。”

说完，他的眼前出现了一个塑料袋，黑色的，湿淋淋的。

“拿着，我今天钓的王八，找水库边儿的饭馆给收拾开了，我和你妈一把老骨头了，血压都不低，这个东西也就你吃还行。”

王……王八？

“啊？爸，我不会做啊！”说完褚年觉得哪里不对，又改口说，“那什么，王八我不会做啊。”好像也不对，看着余笑爸爸发青的脸色，褚年第三次说，“爸，王八我不会做啊。”

得了，“父女”二人都想起了之前骂“老王八”的旧事，气氛顿时变得无比尴尬。

褚年喃喃：“爸，王八……”

“你别说了。”

褚年安静了下来，连气儿都不敢喘了的那种。

“拿着。”把自己的劳动成果塞进“女儿”手里，余笑的爸爸背起自己的鱼竿往地铁站走去，走了两步又转了回来，说，“你工作上的事儿以后别找我管了，我也管不了你，大着肚子还要去搞什么项目。你可得把身体顾好了，我外孙要是有个什么闪失，你让我怎么跟褚年和亲家交代？”

褚年想顶一句“你能交代什么呀，我就不用你交代”，却又觉得手里的那只王八沉甸甸的。

下午六点的夕阳是橘红色的，照得举目都是温暖，让人没了置气的劲头儿。

“爸，我能照顾好我自己。”褚年听见自己这么说。

“有空回家吃饭，打车回来，车费我给你报销。”

“嗯。”看着余笑的爸爸要走了，褚年突然深吸一口气，对他说，“爸，我事业进步了，你不祝贺我两句？”当初自己成功成为组长的那天，褚年记得余笑爸爸高兴地开了一瓶五粮液。

“我刚说了让你稳重点儿，你看看你是什么样子！”

褚年的回答是踮起脚“哒哒哒”转了个圈儿，像个小学生似的。

余笑的爸爸也没了脾气，摆摆手走了，这次是真走了。

“今天好运气，老爹请吃鳖，老爹请吃鳖……”褚年一边用《老狼请客》的调儿哼着歌儿，一边把手里的塑料袋拍了个照片发给余笑，“你爹给我送了只王八过来，这玩意儿怎么做呀？你会做吗？”

过了一会儿，余笑回了一行字过来：“就他还能钓到甲鱼？你送到小区外面的餐馆里，掏点儿加工费让他们帮你炖了就行。”

哦，褚年这才想起来，这东西除了王八、鳖之外，还有个叫起来不那么尴尬的名字。

“算了，我还是冻起来，等你回来吃吧，毕竟是你爹送来的。”

回来一起吃鳖？褚年莫名地笑了起来，继续唱：“今天好运气，老爹请吃鳖，老爹请吃鳖……”

傻子一样地回了家，晚饭他给自己炒了个鸡肉，放了韭菜和白菜，结果炒咸了，早上出门时焖的米饭虽然还是热的，不知道为什么却很硬。这也不耽误褚年的好心情，炒锅里加上一碗水烧开，把米饭倒进去煮一煮，再放两个鸡蛋进去卧成个溏心的荷包蛋，褚年这顿饭吃得美滋滋的。

意外发生在他起来收拾碗的那一瞬间。

剧烈的腰疼让他像个虾米一样蜷在了沙发上，可就算是这样，仍有细细密密的疼仿佛占据了他后腰的每一个细胞。

“咝——啊！”

真的好疼啊！膝盖顶在胃上，刚刚吃的饭几乎要吐出来了，褚年一边对自己说“别吐在沙发上”，一边试图站起来去卫生间。挣扎扭动的过程中，饭碗被他的腿碰到了地上，没碎，只是剩饭撒得到处都是。

赤着脚踩在饭粒儿上，褚年又觉得胸开始疼了，也可能是肚子在疼，总之上半身躯干上的纤维神经仿佛都在尖叫似的。

“哇！”匍匐在马桶边上，褚年终于吐了。这次应该算是疼吐了的。

吐完之后，他的腰背还是疼，褚年扶着洗手池慢慢站起来，脚下沾着的饭粒儿让他滑了一下。

大概过了快半小时，腰疼突然就消失了，褚年又折腾出了一身的汗，最喜欢的桃红色背心和牛姐送他的睡裙都已经洇了。

“呼。”摸着肚子直挺挺地躺在床上，褚年开口问，“是不是今天不让你吃你姥爷送来的王八，你就折腾你爸我呀？啊？”

当然没有人回答他。

躺了十几分钟，褚年慢慢坐了起来，先赤着脚去把拖鞋找到穿上，再把地打扫干净，最后脱了衣服进浴室洗澡。

做完这一切，天已经彻底黑下来了，他打开电视，却觉得家里依然太安静了。

“余笑，你儿子折腾我！”他在告状，也可能是在撒娇吧。

余笑却没有回复他。

褚年晃晃悠悠地走到书房，拿出余笑的那本笔记。三年前的那个孩子他早就忘了，或者说，他刻意让自己忘掉。

求职成功、女友怀孕、结婚、突如其来的职场压力……那时候的褚年问过自己，有没有做好准备成为一个爸爸，却并没有得到答案。

所有人都高兴，所以他也高兴。可事实上……

——“有点儿腰疼，要是褚年在家就好了，他能帮我揉两下。”

看着这句话，褚年的脸上慢慢流露出了苦笑。

10

赭阳又下雨了，连着珠儿往下走的雨滴噼里啪啦地砸在地上，天阴沉得像块锈了的铁板。

莫北快要气疯了，眼镜后泛红的眼睛恨恨地盯着那个扒着“褚经理”胳膊的女人：“你是不是脑子不清楚啊？是那个男人要拿刀砍你，我们经理为了救你才受伤的！我们经理救了你，你反过来求她不要告伤了他的人？！我没见过比你更不知好歹的白眼狼！”

女人的头发都是湿的，滴着水，她的眼睛直直地盯着眼前的“男人”，哀求着说：“我求求您了，我儿子不能有个蹲大牢的爸爸呀，以后人都看不起他，他可怎么办呀？我求求您了，我知道我不要脸，我知道我下贱，我确实是不知好歹，可我不能看着我儿子的爸去蹲大牢啊！我求求您了先生，他们都说您是在东林搞房地产的大老板，您大人不计小人过，别跟他一般见识了。医药费我能掏，您要多少钱我赔，赔不出来我压着老太婆把她的棺材板儿都掏出来。我求您了先生，您别让我儿子的爸蹲大牢呀！”

两天之前还拿着身份证义无反顾想要离婚的女人，今天又为了孩子做出这样的姿态。莫北不懂这个世界是怎么了。

女人的衣服都湿透了，几个男同事想上去把她拉开，又不知道该从何下手。

余笑表情很平静，面对女人狼狈到了极点的脸，她深吸一口气说：“你先松手，我会考虑你的要求。”

“您先答应我！”

“你放手吧。”

“您先答应我，您答应我，我求求您了，您答应我！”

站在两米外的莫北低声说：“这算什么？欺负好人吗？就欺负好人欺负到这个份上了吗？”她的眼泪都快流出来了。

“啪！”

吓了莫北一跳的，是女人被甩到地上的声音。

“不管你儿子的爸爸进不进监狱，他有你们这对父母，这辈子就不可能抬得起头来。”瘦高的“男人”慢慢整了一下自己被拽皱了的衣袖，俯视着瘫在地上的女人，字字清楚地说，“我实话告诉你，我就是会追究到底，我就是得让伤了我的人受到他应有的惩罚。你是不是觉得我帮过你，我就好欺负了，还敢求到我的面前？那我告诉你，你找错人了。”

白色的闪电在外面的锈云中闪过，“男人”背对着雷光，让人看不清表情：“我去夺刀，跟你没关系，跟你儿子更没有关系。你要真是为你儿子好，就带着你儿子离开他那个要坐牢的爸爸，好好教他道理，别让他成为和他爸一样的人。”

女人猛地号啕了一声：“我做不到啊，我求求您，求求您帮帮我吧！我不能害了我儿子啊！我只想离婚，我没想他坐牢，我没想害了我儿子啊！”

余笑看着她崩溃一般地大哭，没有说话。

这时，林组长反应了过来，大声对酒店的工作人员说：“你们这是什么服务质量？就看人在这里骚扰客人吗？”

他一边说，一边冲过来拉余笑：“经理，咱们赶紧走，这些人都是脑子有问题，犯法了被抓是理所应当的，来闹受害人算什么事儿啊！”

见他们要走，女人也不站起来，只是匍匐着过来要抱他们的腿，吓得林组长后跳了一步。

“你们不能走，你们不能让我儿子有个坐大牢的爸！不能！你们不能啊！”

一个保安和一个前台过来架住了她的胳膊。她还在挣扎号哭，仿佛天都塌了似的，说什么都不肯起来。

一只手抓住了女人的衣领，把她提了起来，是“褚年”的手：“你现在这样，跟你那个当着你儿子的面说你出轨的婆婆没有任何区别。既然你都已经把她的套路玩儿熟了，你还离婚干什么呢？已经都是一样的人了，就在一起好好过日子吧。我这个好人，就祝你们长长久久，白头偕老。”

说完，余笑捡起掉在地上的雨伞，转身往酒店外走去。穿着黑色衬衣、长裤的身影进了黑色的车里，就像是一片阴云从天空中落下了一样。

其他人跟了上来，离“褚年”最近的林组长在上车之后扶着“他”的手臂说：“赶紧把衣袖卷起来看看，伤口没裂开吧？”

刚刚那个女人拉扯的就是褚经理受伤的那只手。

“没事儿。”话是这么说，余笑也没扭过林组长，露出了缠着纱布的上臂。

“有点儿渗血是吧？要不咱们先去医院吧？”

“不用了，国资委那边约的时间快到了，赶紧去吧。”

“不行，经理，咱们……”

“我说了，去国资委。”

林组长看着面无表情的“褚年”，突然意识到这个平时很好说话的年轻人现在是生气了。

意识到这一点的不止他一个人，车里变得很安静。

余笑再次整理好袖子，然后低下了头，整个人都是静默的。在低下头之后，她几乎又是凝固的。

莫北有点儿想哭，只觉得心里说不出的委屈。

“喂，给你看这个。”

一部手机被塞到眼前的时候，莫北才意识到自己身边坐了个人，还是平时不怎么说话的江法务。

“这是……视频？”

“嗯，我全程录下来了，省得有人搞鬼，回来之后我再跟酒店申请调监控视频。”

莫北转头看着江今：“你是说会有人搞鬼？”

“防着总是没错的，这年头，呵呵。”江今又对莫北说，“你劝劝你们经理，去医院检查一下，出个伤口再次裂开的记录，要不就给伤口再拍几张照片。”

戴着眼镜的姑娘却还看着那部手机，她摘掉眼镜，泪水落了下来：“凭什么呀？怎么都是好人受委屈啊？好人做了好事儿，受伤了，不来道谢就算了，还来给人添堵。做了好事儿的，还得录视频防着被人陷害，这到底是怎么回事儿啊？怎么就这么糟心呢？！”

“哎？”看着莫北哭了，江法务有点儿慌。

不止他，林组长也叹了口气：“小莫啊，你别哭了……唉，归根到底还是结婚的时候瞎了眼。那天经理说得对，这种事儿就看谁能狠得下心来，你看，那个女的狠得下心来离婚，她不就能跳出来了？结果现在又对孩子狠不下心了，倒是对咱们经理狠得起来。要我说呀，我要是那个女的，老公有了案底正好起诉离婚，把孩子也要走啊，换个新地方谁知道谁啊，真铁了心，也不怕养不活孩子。结果呢，她这又绕回来了。”说完又叹了一口气，这样的事儿别说发生在自己身上了，谁看见都觉得堵心。

车里的人说着又都探头去看褚经理，生怕他气坏了身体。

到了目的地，余笑迈着大长腿从车上下来，与人谈笑相得，仿佛什么事情都没发生过一样。

11

拿着电话，褚年也快疯了，是被吵疯了。

“妈，那只甲鱼我没吃，冻起来了。您不让我吃我就不吃了，真的也不是什么大事儿，您就别说我了。”

余笑的妈妈近乎尖叫的声音穿脑而来：“我怎么能不说呢？你们都是傻的吗？不知道孕妇不能吃甲鱼吗？前楼那个老刘的侄媳妇，据说就是吃了甲鱼，第二天就见红了！你爸不靠谱，你也不知道查查！”

余笑的爸爸也不落其后：“我怎么不靠谱了？我都说了，跟我一块儿钓鱼的老莫干了一辈子医生，人家不比你懂？他都说了，甲鱼里的微量元素是鸡肉里的好几倍，能补身体，我说要给我怀孕的女儿吃，人家也没说不行啊！”

“他知道个屁！我告诉你姓余的，别瞎折腾我女儿，我女儿怀孕、生孩子容易吗？我不管别人怎么说，反正这个东西有风险，她就不能吃！”

“吃饭还能噎死，喝水还能呛死呢，萧清荷你干脆别让余笑吃饭、喝水了！医生说的你不信，别人信口什么侄女家的你就信了？！”

余笑的妈妈再次发出连珠炮一般的质问：“医生就什么都知道吗？我女儿出事儿了他能负责吗？！他知道有人打个喷嚏孩子就没了吗？他见过孕妇缺钙缺到还没生孩子就先骨折了吗？他自己生过孩子吗？”

余笑的爸爸也急了：“你生过！你生过你就什么都知道！科学常识、医学知识在你这儿都是白费！”

褚年对着天翻了个白眼，要是早知道这只没吃到嘴的王八能让他从一大早就开始被折磨、折腾，他昨天肯定剁了手都不去接：“爸妈，你们别吵了！我不吃就行了，我发誓我绝对不吃！行不行？”

“不行！”余笑的爸爸对着手机大喊，“你今天就把那只王八吃了！你要是出事儿了，我从此就是乌龟王八蛋！你吃，你吃了爸爸给你买辆新车啊，笑笑！”

“你滚！”余笑的妈妈夺过手机。

“你别听他的，笑笑……笑笑？”

挂掉了电话的褚年一脸崩溃地发了个短信：“我去上班了，谁吃王八谁是王八蛋。”

穿好衣服换了鞋，出门的时候褚年在手机上搜了一下“孕妇能不能吃甲鱼”。对着搜索结果，他又翻了个白眼：“孕妇不能吃的东西能绕地球两圈儿，难道怀的都是外星人吗？这都是什么乱七八糟的？”

进电梯的时候褚年想，甲鱼就让余笑全吃了好了。可出电梯的时候，他突然顿了一下——“甲鱼是不是能壮阳？”

想想现在的余笑和虎视眈眈的陈潞，褚年打了个寒战。

“算了，她也别吃了，不然我真成王八了。”

（上部完）

枕边有你 上

作者
三水小草

封面设计
杨小娟

内文版式
邹子欣

图片总监
杨小娟

责任编辑
徐慧

出版社
中国致公出版社

总出品
湖北知音动漫有限公司

制作出品
知音动漫图书·漫客小说绘

官方微博
https://weibo.com/xiaoshuohui

平台支持
知音漫客 小说绘

图书在版编目（CIP）数据

枕边有你. 上 / 三水小草著. -- 北京 : 中国致公出版社，2021

ISBN 978-7-5145-1777-4

Ⅰ. ①枕… Ⅱ. ①三… Ⅲ. ①长篇小说－中国－当代 Ⅳ. ①I247.5

中国版本图书馆CIP数据核字(2021)第026310号

枕边有你．上 / 三水小草 著

ZHEN BIAN YOU NI

出　　版	中国致公出版社 （北京市朝阳区八里庄西里 100 号住邦 2000 大厦 1 号楼西区 21 层）
出　　品	湖北知音动漫有限公司 （武汉市东湖路 179 号）
发　　行	中国致公出版社（010-66121708）
作品企划	知音动漫图书・漫客小说绘
责任编辑	徐　慧
责任校对	吕冬钰
装帧设计	杨小娟　邹子欣
责任印制	翟锡麟
印　　刷	武汉鑫兢诚印刷有限公司
版　　次	2021 年 11 月第 1 版
印　　次	2021 年 11 月第 1 次印刷
开　　本	880mm×1230mm　1/32
印　　张	9.5
字　　数	300 千字
书　　号	ISBN 978-7-5145-1777-4
定　　价	45.00 元